MINGUO
TONGSU XIAOSHUO DIANCANG WENKU

民国通俗小说

典藏文库

耿郁溪 卷

爱染情丝 磊落

耿郁溪 著

中国文史出版社

目　　录

爱染情丝

磊　　落

爱染情丝

第一章　狡兔有三窟

北京别名称为燕京，燕京的都市里，有一个中产的人物，他生成很白的一个小胖子。

其实说他胖，并不怎么胖得邪乎，因为现在社会里的人们，差不多都骨瘦如柴，面黄肌枯的，所以显得他很胖。

他有二十五六岁，他所懂得的，比一般相当年纪的人不见得少，越是摩登的事，他越要知道知道，仿佛摩登的事都知道，即可称为摩登人物。

不过他只是知道而已，却并不去做。比方冬天的时候，他也扛上一双溜冰鞋来来去去，但永没见溜冰鞋挨过冰；夏天也买游泳衣，但他没有下过池子。电影明星，无论中外，如壁克福、嘉宝、胡蝶、貂斑华，他都能把她们的私生活说得头头是道，仿佛他亲眼见的一样。他家里如无线电、留声机、照相匣子、钢琴、冰激凌的桶、冰球的手摇机，简直无所不备。

他的眼睛并没有毛病，但是他要戴上两层眼镜，一副平光镜，又套上一层附嵌镜，是茶色的。如果说他不会只戴一副茶色眼镜就得了吗？不，那样不摩登，非得嵌上两层，才能表示出他的摩登玩意儿多来。

吃饭也是抢鲜，他能说出北京市哪个饭馆子的拿手菜是什么，女招待都叫什么名字和家在哪儿住，家里有没有什么人。穿衣服更是讲究，鞋都要十几双在那里摆着而不穿。

他的摩登玩意儿，都是为做古玩用的，有时放在屋里连动也不动。很讲究的月份牌，永远是一月一日，没有撕过一张。痰盂擦得光亮而满地皆痰，墙上是明星的相片，有时也挂上一张张大千的画，兜安氏药膏、阿司比灵、红色补丸、大脑袋的清导丸、万金锭、王府舒肝丸，全都备而不用。有病的时候住在医院，早起时，豆浆、牛奶全都送来，而他自己还有鱼肝油。

总之，他的生活及其思想完全受着时代的支配，他也可以说是没有思想，他的思想即是人家的思想，人家说什么摩登，他便怎么去做。

他住在西单集雅士胡同，以前叫鸡鸭屎胡同。他有个母亲和一个妹妹，他的母亲本来是他父亲的情妇，由情妇而成为太太。妹妹有二十岁，生得很漂亮，椭圆的脸蛋儿，衬着黑的眼珠儿、红的嘴唇儿、浅的酒窝儿，摆成动人的微笑。

他们姓邵，邵老太太年纪五十整，她的个性实在不好写，就连她自己都觉得矛盾。她有时跟人家笑起来，笑她自己如何的矛盾，她常说："我简直成了疯子一样。"如果不知道她个性的人，很承认她这句话是对的。就拿她待儿女来说，恶的时候，把儿女恨得咬牙切齿，咒骂狠打；爱的时候，儿子说什么就是什么。譬如说：儿子要拆两间房，邵老太太立刻给找瓦匠。

老太太虽然五十，但捯饬起来，颇像四十以里，她心理也非常年轻，说出话来，都是年轻人所说的话。她时常提起她二十岁时的风流史，什么同某伶一块儿吃饭，与某伶一块儿逛游艺园。说完，又自己笑着骂自己道："我那时候，简直是个骚丫头。"倒仿佛现在是老正经了似的，其实她现在正跟儿子追一个坤伶。

儿子叫邵野冰，这是他自己起的名字。正在捧一个坤伶，非常迷瞪，花了不少冤钱了。他因为怕邵老太太说他，竟拉他的母亲一起捧那女伶，他和邵老太太要了不少钱请老太太听戏。邵老太太挺喜欢，说儿子真孝顺她，知道请母亲娱乐，所以邵野冰要多少钱便给多少钱，邵老太太便是这么一个人性。

那女伶也是很有名的女伶，轰动北京社会。邵老太太看了，也自迷瞪起来，比她儿子捧得还凶。有时带着儿子进到后台找那女伶，有时约那女伶吃饭，有时坐汽车追那女伶到饭店。

邵老太太真的像疯子一般，逢人便说："怨不得我儿子追她，真好看呀。哎呀，一朵花儿似的，连我都爱她，魔力太大了。我儿子真有眼力，真有眼力。"

她不但带着儿子追，并且带着女儿也到饭店里去追，所以邵小姐染成一种浪漫，这种浪漫是小姐式的浪漫，和女学生的浪漫不同的。女学生的浪漫是大方的，对于任何异性，没有回避的。小姐的浪漫，是自己的任性，遇着男性，她又腼腆起来。

他们全家齐出，向这个女伶追随。邵野冰是想把她弄到手，当自己的老婆。邵老太太也想把她弄来当自己儿媳妇。小姐倒是无所谓，不过震于女伶的名声，如看见追逐她的人那样多，捧她的人那样热烈，不禁有些羡慕而已。其实认真说起来，那女伶还没有那小姐年轻而好看呢。邵小姐究竟是处女，而那女伶早已成了妇人。不过女伶善于修饰，善于用媚，有那迷惑异性或同性的手腕罢了。人们又全是慕虚荣、好虚誉的，所以女伶便身价十倍起来。追逐女伶的人很多，又全是些有钱有势力的，他们的醋争和暗斗，非常激烈而且肉麻，笑话是很多，现在又加上邵家这三位，越发透着热闹。

邵野冰是糊里糊涂地昏天黑地地花钱捧好，邵老太太是疯疯癫癫地奔走，羼在里面乱追，这一来，要演出许多趣剧和丑剧来。

这天，邵家军又到戏院里捧这女伶。女伶还没出台，台下人声嘈杂。本国戏院，比外国戏院的好处便在这里：热闹。外国戏院专门听戏，本国戏院的作用便复杂多了，喝茶、聊天儿、练嗓子喊好，功用甚多。假如静静地听戏，那戏院里早没有人来了。

人都是挤的，踝膝盖儿顶着后腰眼儿，啐口痰能碰着鼻梁子。而手巾把儿乱飞，瓜子皮儿满地，遇上捧角的不好也叫好，既听戏而哆嗦，旬乐事也。碰上熟人，三哥二弟，请安作揖，大声传话，既碍别人听闻，又妨人家视线。三哥一高兴，给二弟打的票；二弟立刻出去，买来香蕉、酱肘子夹烧饼、汽水儿、饼干、香瓜、鸡蛋糕，堆了一大堆。吃完一喝龙井茶，听回戏跑两天肚子，不这样不快乐。

包厢里面，几乎都是捧角儿的，大概也就是两廊子的听众是专门来听戏的。女伶一出台，好声四起，震动屋瓦。这捧角儿的各有帮闲，每个捧角儿的都带许多帮闲的。各据一角，互相排挤。捧角儿的为讨好女伶起见，竭力请帮闲的努力喊好。帮闲的为讨好主人起见，更要特别努力，以其压倒别个帮闲的声音，叫女伶多看这边两眼，这样便算得了胜利，回头还有吃一顿致美楼的可能。并且，当那女伶的眼光扫射到自己身上来时，透着格外的舒服，于是喊好更踊跃了。那被压倒的帮闲，自然气愤，冲突多半是在这种情形下发起来的。

捧这个女伶的，很有几个硬角儿，各带若干人，比较还是邵家将显得孤单，因此邵野冰也感到有增加势力的必要。因为手掌拍得肿了，嗓子喊得嘶了，也没有得到女伶的青睐。

这时候，有两个帮闲骂起来，戏是一句也没有听下去，一边骂着一边喊好，好在什么地方，没完全理会。包厢里，好像争吵起来，这时全场秩序大乱，真正听戏的都胆小，都往外跑，伙计乱嚷，妇女直哭，那是热茶烫的。

读者们，这些帮闲的组织，我都要写明白，这些捧角儿的身世，也要述说，不过这个钢笔头，一时写不出几件事，小的先把这场乱的结果放在这里，先把这位女伶的身世写一写吧。

女伶叫玉银香，这是来北京投师后给取的名字。她今年二十八岁了，但她对人说时，总是二十三岁，人家也相信她。因为她保养得好，又仗着脂粉堆着，在别人听她说是二十三岁时，别人还许说到不了呢。

她是上海人，从幼便爱学习唱戏。她的父母因为家境很困难，也不叫她入学。在十六岁的时候，竟和一个纨绔子弟发生恋爱，并且怀了孕。她的父亲本来想拿她生财，这个红姑娘的宝贝，是很可宝贵的。如今竟白白失去了，一点便宜都没有得过来，哪有不生气的？一生气，竟把她逐出，她竟和她的情人过度起来。起初也还好，后来肚子渐大，多少是失去美丽，何况经济这方面也发生问题。玉银香不得已，遂听了她情人的计策，到南京充当歌女来。

在南京生下孩子，身体自然消瘦了些，跟着保养了些日子，便牺牲色相，登台演唱。也还不错，仗着自己聪明，颇有几个人来捧，生活也渐渐安裕。不料这时候，她接到她的情人自上海来信，说另和一位女士结婚，叫她好好努力前程。原来她的情人在上海，知道她在南京很好，交了许多情人，所以一生气，又和另一个女人结了婚。结婚的请帖还给玉银香寄来一张。

玉银香一看，不胜悲哀，当时她虽有几个捧角儿的，但还保持着她的灵肉，没有胡来。现在情人已抛弃她，她也就不再保持了。早知如此，何必如此，既已如此，只好如此吧。

她拿自己的身体来换金钱，自己储蓄起来。而对于男子，便换了一个态度。她知道男子们没有多情的，她尽量来放些自己都觉得很勉强的风骚，来诱惑男性。同时想尽种种手段对付许多异性，如此成了习惯。

经过几年的这种生活，把她养成极机械化的浪漫女子。对于任何男性，都是假的情肠，她成了情场中的老手。于是一些追逐她的人们，越发被她诱惑得发狂了。一直到现在，和她发生关系的，不知凡几了。而她到底没有一个准的真丈夫，她把她储蓄的钱拿回上海给她的父母。她的父母见了，喜欢非常，几年的积怒一旦皆消。玉银香又在上海认识了许多阔佬，越老越钟情，她的收入，简直不可斗量了。

她又来到南京，因为南京还有许多阔佬惦记她。她一边和南京的阔佬讲恋爱，一边又同上海的阔佬通消息，暗送情波。因为她始终没有一个准丈夫，所以大家全要想做她的丈夫。因为大家全想做她的丈夫，所以反而使她没有一个准丈夫了。好在她手段使得圆滑，大家都服服帖帖地供给她，南京上海两下里跑，到处为家，人尽可夫。

这时，她又想到北京来了。她不知道北京这些迷瞪鬼是和南京上海不同的，她在上海南京好几年都是平安无事，唯独来到北京，不上几个月便演出许多趣剧来。

她说："假如我这几年在北京的话，我要说我是二十三岁，人家便不信了。"因为北京不像在南方那样叫她舒服，应付自如，北京的人头儿不听那套。

当她想要来北京以前，有她一个情人在南京很有些声望，便极力叫她入学念书，他想用教育的力量，把她感化为自己的姨太太。因为玉银香也感到当女学生是极摩登的，遂就答应了。她的情人又向学校托情，学校见有这么大面子，当然欢迎，从此玉银香便白天念书，晚间唱戏。

谁知叫她同学们知道了，便轩然大波，全体哗然，说不能和戏子同学，非要叫学校开除她不可，不然全体退学。学校无法，只得把她开除。

玉银香受了这个打击，便借词要到北京来。她的情人只得又写信托朋友，把她送到北京，投师于名伶门下。她又带来许多的贵重礼物给她师父，所以没有若干日便登台演唱。

我这写小说是为写北京社会的，所以她以前的生活史，只不过大略表白如上而已，现在书归正传吧。

话说玉银香正在台上唱，台底下忽然乱了起来，幸经军警弹压，复归平静。茶房一检茶壶损失不少，但又没法去说，苦在肚子里。

邵野冰这次眼见有两个帮闲互斗，感到自己力孤，假如自己和人家冲突，非人对手。越想越不自安，喊好也不敢喊了。

他对老太太说："妈，我非交几个朋友不可，这玩意儿咱们人太少。"

邵老太太是极胆小的人，见了方才的一阵乱，早已吓得呆了。如今见儿子提议，也倒同意。不过又舍不得这钱，一交朋友，钱就不少花。老太太虽然能够花钱，可是不愿便宜人家。自奉很厚，对人偏薄。自己高兴，能够拿钱不当钱，对于人家，也是拿钱不当钱，却当作命了。自己花五十吃一桌席，本是阔绰，给人家赈灾花一元钱不干。饭铺小费能给块儿八毛的，拉车的多要一个铜子儿不给。老太太花钱，就是这样矛盾。

邵老太太道："交朋友得留神，现在这年头儿可坏啦。人心都不在当间儿，全掖在胳肢窝里。你又老实窝囊废，别回头受人家骗了。"

邵野冰道："不要紧，我跟您说，我在这一帮里是最精明的，谁都说我机灵，咱不能受他们的骗。明天我带家来，您先见见。这几个朋友都不坏，有两个您见过的。"

邵老太太道："谁呀？"

邵野冰道："有那个贾天才……"

邵老太太没等他说完便嚷道："噢，人家那孩子可真外场呀，嘴儿真甜甘，见人老是那么规规矩矩的。嘀，那孩子不错，有出息，将来你看他是错不了，比你心里有准儿。嘀，可有准儿啦。"

邵野冰笑得闭不上嘴了。他道："妈，您瞧我交的朋友怎么样？"

邵老太太点头道："不错，这孩子我看心眼儿还不坏。"

他们正说着，茶房走过来道："老太太，散戏啦，今天没夜戏。"

他们抬头一看，可不是人全走干净了？他们净顾了说话儿了，一出整戏也没有听。

出得戏院，娘儿三个便到饭馆来吃饭，因为天热，又搭着人也太多，便在院里天棚底下的散座儿坐了。

刚刚落座，邵小姐忽然看见有个桌儿坐着三个人在吃饭，一个向着自己的非常眼熟，她叫道："哥哥你看，那个人是你那朋友郁芳廉不是？"

邵老太太道："郁芳廉？这个名儿很耳熟。"

邵小姐道："很有名的，到咱家去过一次，你会忘了？"

邵野冰道："妹妹不但记性好，眼睛也尖，可不是他吗?"

邵小姐道："你怎么不招呼人家一声，这种朋友你倒不赶着交了。"

邵野冰道："你不知道，那郁芳廉架子很大，恐怕他不大爱理我。"

邵小姐道："我倒有个方法，你就提我问他那本书出版了没有，他自然答复你了。"

邵野冰点了点头，走了过去，招呼郁芳廉道："老郁，老没见，为什么老不到我家去？你忙，我知道。"

他连问带答，一齐说了，反而使郁芳廉不知说什么好了，连忙起来让座。

邵野冰道："我同舍妹朝华一块儿来的。"说着用手一指。

郁芳廉抬头一看，果然邵小姐正在注视着这里。两个人一照面儿，邵小姐一笑，那笑是十分美丽的。

邵野冰道："舍妹叫我问你有一本什么书啊要出版了，是已经出版了？是……"

郁芳廉道："噢，已经出版了，明天我给你送去吧。"

邵野冰道："那好极了好极了，哥儿几个我候了。"

郁芳廉等三个人连连逊让不遑，遂各道："两便。"

邵野冰回到本位去，邵朝华还不时地向这边看。

吃完了饭，娘儿三个回到家里，邵野冰又谈到他的新阵容，说捧角儿非实力雄厚不可，遂对邵朝华说道："妹妹，你替我写几封信，把贾天才他们都给约来。"

邵朝华道："嗬，我不管写，乱七八糟的男子，我也不知道谁跟谁，我一个女子，我不能给他们写信。"

邵野冰道："你替我写，落我的款儿，与你无干。"

邵朝华一想："不，那我也不写，我的笔迹不能落在男子手里。"

邵野冰道："你可真顽固，你知道现在是什么时代？"

邵朝华道："说死了也不写，不管什么时代不时代，我就这么顽固，为什么你不自己写？"

邵野冰又赔笑道："妹妹给写了吧，我请客。"

邵朝华连理也不理走开了。邵野冰无法，只得自己拿起笔来写，写了"天才"两个字又放下了，因为笔画少，怎么看怎不像字。又想信怎么写呢？想了半天也想不出一句适当的话可以把自己的意思表白出来。自己也曾记住几句尺牍用语，如什么"正切驰思，忽奉手书""津门一别，倏忽经年""一朵云飞来，如晤故人"等等的话，可是这些话与约捧角儿帮忙的事都没关系，翻翻《酬世大全》，没有一篇是约捧角儿助兴的。"妈的还叫大全？"一赌气不写了，明天亲自去，比什么都强。

第二天一清早便跑出去了，邵老太太还没走，邵朝华刚整完容颜。忽然听到按铃声，女仆杨妈出去后，拿了一个纸条儿进来道："小姐，送信的送来一本书，不知谁寄来的。"

邵朝华道："拿来我看。"她接过一看，上面写着："邵野冰先生收。"她方要放在桌上，又一看，见下面写着"郁芳廉寄"，心里一动，手里拿了半天，知道是郁芳廉寄来他的书。可是她不敢打开，而又想打开。她知道打开了她哥哥也不会生气的，只是自己不好意思而已。她想到里面一定还夹着信，信里也要提到自己。想到这里，不由心跳起来，她便用刀子轻轻把粘着的地方撕开，一看里面并没有信，只是一本书。她想：他昨天一定回去就忙着寄书，要不然如何今天上午就接到了呢？他虽然没有写信，但这样很快地把书寄来，已经是想不到的事了。

她想着，打开书看起来。正这时，邵野冰带着两个朋友进来，来到上屋，先见了邵老太太。邵老太太一看，那矮的认识，叫贾天才，那粗的不知叫什么。

邵野冰介绍道：“妈，这也是我的好朋友，叫毛国璋。”

毛国璋请了一个安，又鞠了一个躬，说：“伯母，久仰久仰。”

贾天才满嘴叫太太，透着亲热。邵老太太是交际场中走过的，听毛国璋说久仰久仰，很不入耳，哪有对伯母久仰的呢。

邵野冰问：“妹妹呢?”他是想给他的朋友介绍。大声叫了两下子，没有答应，只得亲自到西屋来请他妹妹。

邵朝华见哥哥进来，忙跑过去说：“哥哥，郁芳廉寄书来了。”

邵野冰把书接过来，连看也不看，扔在一旁道：“妹妹，有俩朋友来，你去见一见。”

邵朝华道：“我不去，什么朋友都叫我见做什么。”

邵野冰道：“得啦，哥哥交朋友，哪有家里人都不理的？你无论如何得给我个面子。”说着又直央告。邵朝华被逼无奈，只得随他走了过去。

贾天才认识，连忙说道：“妹妹来了，妹妹可好?”

邵朝华不大认识，但人家这样透着亲热，不得不回礼。

邵野冰又给毛国璋介绍。毛国璋又作了一个揖道：“是，久仰久仰。”

邵老太太一听，才知道他是把“久仰”当作口头语，并不是什么不敬的意思，心里释然，但也自好笑。

邵朝华道：“请坐请坐，我们实在不会招待人的。”

贾天才道：“太客气，太客气，我们也无须乎招待，都是自己人。我们跟野冰真是生死交，多年的好朋友啦，哈哈。”

邵野冰得意道：“不客气。”

这时邵老太太和贾天才等说话，邵朝华转身出去了，邵野冰便追了出去，进到西屋。

邵朝华道：“哥哥，我替你写一封信，好不好？”

邵野冰道：“人家全来了，还写什么信？你又故意取笑我。”

邵朝华笑道：“不，不是给他们写。”

邵野冰道：“给谁写呢？”

邵朝华道：“人家给你寄本书来，你还不应当给人写封回信吗？”

邵野冰道：“哈哈，我求你写你不写，现在你反而巴结着写，我偏不写。”

邵朝华一转身道：“你爱写不写，反正人家不笑话我不懂礼。以后再叫我写，我还是不管啦。”

邵野冰一听，立刻又赔笑道：“得啦我错了，妹妹给写了吧。”

邵朝华道：“人家要问，可不准说是我写的。”

邵野冰笑道：“那不是给我自己泄气吗？”

邵朝华遂欢喜地铺了信纸，用钢笔写起来。

上屋里邵老太太跟贾天才他们说：“野冰太不成材，你说什么，什么都不成。我就守着这么个孩子，把他疼起来，现在简直昏天黑地地闹。人家给说了许多姑娘，我都嫌不合适，叫他自己恋爱一个去，他又不会，招了许多野妓，足这么一吃他。钱花多少没关系，我是怕他身体糟蹋坏了。他的朋友又少，免不掉上人家的当。所以我请你们哥儿俩来，就是为多照应点儿他，这孩子是什么都不懂。”

老太太说一句，贾天才答一声：“是的。”邵老太太说：“其实若说起来呢，野冰这孩子别看他颟顸，心里倒是没有什么。”

贾天才道："是的。"

邵老太太道："他对于朋友什么的，非常热心。"

贾天才道："是的。"

邵老太太道："这孩子天生来的好心眼儿，永远不知道什么叫弯儿啦钩儿啦，一冲性儿。"

贾天才道："是的。"

邵老太太道："他倒是跟他爸爸一样，说什么是什么。"

贾天才道："是的。"

邵老太太道："我就不然，我是特别讲究心细，这年头儿什么都不搁心不成，你们说是不是？"

贾天才道："是的。"

邵老太太道："我从前那时候心眼儿可多着哪，听个话儿，句句都搁心听，当媳妇的要是不搁心，那就叫人笑话了。"

贾天才道："是的。"

邵老太太道："我现在不成了，老糊涂了。"

贾天才道："是的，不，您现在还精明，比我们二十多岁的人精明得多啦。"

邵老太太遂又把野冰捧坤伶玉银香的话说了一遍，并说请他们二位帮忙，多约几个朋友捧捧场，多少钱咱们都花。

贾天才和毛国璋连声答应说："这不要紧，您不用管啦，破两个月的工夫，我们必定把玉银香给弄过来，这不算什么。"

邵老太太道："可有一样，你们别给惹祸，听说玉银香很有几个硬角儿，听说还有个大人捧着她。你们若是闹大发了，可给野冰惹了祸了。"

贾天才和毛国璋道："不能不能，绝不能，我们平平稳稳地给弄过来，您看吧。”

邵老太太道：“我倒是看着，你们要是惹了祸，也就晚了。”

贾天才道：“跟您说句大话，我贾天才也是个江湖。好，没点心眼力见儿成吗？毛国璋性子有点急，做事毛手毛脚，不大靠稳。可是有我们在一块儿，他也很好，您看他这半天多老实呀。”

邵老太太道：“人要太老实了也不好，多少要受人欺侮。”

毛国璋一伸胳臂道：“欺侮？谁欺侮咱们就把他狗日的……”

贾天才道：“说着说着就来了。”大家全笑了。

邵野冰从外跳了进来说道：“你们乐什么？”

贾天才道：“我们乐你天真呢。”

大家说笑着，到了中午，贾天才等仍无动身之意，邵野冰道：“妈，咱们午饭吃什么？”

邵老太太道：“你同他们哥儿俩到外头吃去吧，在家里吃太随便了，哪有这样的。”

贾天才道：“太太您不用花钱，我们哪儿也不吃，我们还有事，这就走。”说着把帽子拿起来，对毛国璋道：“我们走吧。”

毛国璋也拿起帽子来。贾天才又对邵野冰说：“你不出门吗？”

邵野冰道：“咱们一块儿走，等我穿衣服。”说着穿了衣服，一同走了出来。

邵野冰道：“咱们上哪儿？”

贾天才道：“随便，我哪儿全成，要不然咱们‘四海春’好不好？”

毛国璋赞成，三个人雇了洋车到四海春来。毛国璋暗暗佩服贾天才真是天才，随机应变，这顿饭，绕着弯儿也得吃上。

三人进了雅座，伙计擦了桌子。邵野冰道：“咱们吃什么？”

贾天才道："酒我可喝不多。"

伙计道："少喝点儿，来一壶。"

贾天才道："毛爷的酒量怎样？先来半斤吧，天热，少喝倒好。"说着，又要了几个菜，一边吃一边说。

贾天才说："玉银香真不坏，我听过两次，真动人，怨不得有这些人捧，邵爷的眼力不错。"

邵野冰笑道："你们以后就叫我野冰好了，邵爷这名词不好听。"

贾天才笑道："邵少同音，要改姓姑就上算多了，可是没有这个姓。"

毛国璋道："留着姑爷这名词，叫玉银香叫吧。"三个人全笑了，毛国璋居然也能说俏皮话。

贾天才歪头道："我说野冰，不用说跟玉银香接个吻，能够让她叫一声姑爷，就叫汽车碰死也不冤了，真。"笑着用手一推邵野冰肩膀儿。

邵野冰正在夹一块海参往嘴里搁，叫贾天才一推，海参又掉了出来，还差点儿烫了腮帮子。邵野冰笑道："你倒是留点儿神哪，没当上姑爷，先叫海参烫死啦，多么不值。"

贾天才笑道："玉银香的舌头，总比海参有滋味。"

邵野冰道："别说了，说得我要癫狂了。"

贾天才道："我有个主意，下回她再露演的时候，咱们把前一排的票全买了，交给我，我约人去。有国术社的几个朋友，叫他们帮忙。同时再叫他们约点儿同行的，把前两排一占，一个个耀武扬威，全听你指挥着。这一来就得把他们都唬回去，闹翻了动手，谁也不是个儿，打他们个落花流水，玉银香要不冲你看，我不姓贾。"

邵野冰一听，乐得连海参都叨不住了。

贾天才道："跟着来他几次，玉银香非得跟你不可，那就成了邵奶奶了。少爷你不爱听，少奶奶你准爱听吧。"

邵野冰道："爱听爱听，干脆就叫她少奶奶吧。"

贾天才道："不，暂时别这样叫，这样一叫，倒不好办了。哪有架秧子捧少奶奶的，大伙儿一喊好，也不合适。"

邵野冰道："对，还是你想得到。"

说罢，酒足饭饱。贾天才一串儿打着饱嗝儿，往外吐胃气。毛国璋最末把一大块水晶肘子放在嘴里，那满头汗噼里啪啦往下掉，一边嚼着，一边擦汗。跟着吃烟，连口也不漱。伙计算了账，把条子递给邵野冰。伙计一看，就知道是邵野冰拿钱。

邵野冰把钱掏出来，交给伙计。贾天才忙嚷道："哎，我给我给，那个别收，我给。"

邵野冰道："谁给不一样，客气干吗？"

贾天才道："非我给不可。"

伙计道："他老已经先给啦，下回您再候吧。"

贾天才道："不，下回是下回的，这回非我候不可。"说了半天，钱始终没掏出来。伙计知道等也白等，拿钱出去了。邵野冰给了小账，一同出去了。

邵野冰想到公园玩玩，贾天才怕这回该他拿钱了，遂说道："我还得联络联络他们去，先联络好了，有个准备，若是到时候现拉就太不合适了。"

邵野冰道："好，你们联络去，我派你为外交员，哈哈。"

贾天才道："我这外交员不挣薪水，还得往外掏钱。一说联络他们，小磨斤油儿，不花点儿成吗？这年头儿谁白给人利用？"

邵野冰一听忙道："我说，你用钱我这里有，联络朋友也是为我，不能叫你花钱。”

贾天才执意不肯要，推了半天，把票子掖起，然后各自分别而去。

贾天才先来到国术馆，那几个国术员都光了脊梁，露着大肚子，拿着芭蕉叶儿，在院子里大树阴凉儿底下泡上一壶茶，正谈得高兴。贾天才走进去一作揖，大家连忙让座。

贾天才见墙根底下放着几个西瓜，一边脱大褂儿一边说：“我可不吃西瓜，刚吃完来的，到哪儿尽是切西瓜，本来这热天儿喝茶是受不了，真热，我可不吃西瓜。”

有个胖子说道：“那么喝茶吧。”

贾天才道：“喝茶也不喝，我刚吃完西瓜，一喝茶不好。”

大家说：“那么还是吃西瓜。”于是便挑了一个切起来。

贾天才一边吃着一边顺着下巴滴答水儿。他道：“这西瓜不错，真正沙瓤儿。”吃了几块，擦了嘴脸，说道：“我请诸位听听戏，不白吃你们的西瓜。”

大家说道：“那敢则好了，吃几块西瓜请听一回戏，以后贾爷一来我们就切西瓜，哈哈。”

贾天才道：“真请听戏，还是名角儿，玉银香的，还请的是池座三排。”

大家一听，连忙问道：“真的吗？”

贾天才道：“冤你们是小狗子。”

大家道：“为什么贾爷想起请客来？”

贾天才道：“不是我请，我代人家请。”说着，便把邵野冰要捧角儿的话，说了一遍，说还得请诸位帮忙。

大家喜道：“白听戏还有不愿意的吗？”

贾天才道：“可是到时候得喊好。”

大家道：“喊好有什么？不费一点力气，自是嗓子不哑，喊喊还痛快呢。听戏不喊好儿，也憋得慌啊。花钱买票还得起起哄，何况请喊好呢。”

贾天才道：“那好极了。还有一样，要是和别人捧翻了，临时得动手。”

大家道：“讲动手，咱们爷儿们还怵谁一头吗？咱们整天干这个的。”

贾天才道：“人还少，前三排全占了，怎么也得百八十的。”

大家一听，说道：“咱们找哇，白听戏谁不干哪？”

贾天才道：“并且打赢了还有顿饭吃。”

胖子道：“贾爷，我有个亲戚，虽然不会把式，可是做事出身，也有两下子，你看够资格不够？”

贾天才道：“够够，自是能打就得，多多约点。”

大家一听，这个举荐外甥，那个介绍舅爷。贾天才道：“你们把人约好，听我的信儿，到时票一拿来，咱们就去，衣服最好整齐一点。”

大家答应，贾天才告别出去。

第二天贾天才又找到邵野冰，说人已约齐，就听指挥了。

邵野冰非常欢喜，说：“玉银香快演了，大概下礼拜。”

贾天才道：“勤打听着点儿，自是海报一贴出去，咱们就买票，不然叫人买了去，便不上算了。”

邵野冰道：“等出海报再买票，那就晚了。”

贾天才道：“那怎么办呢？”

邵野冰道：“我已经同戏园子卖票的说好了，票印出来，先把前三排的票留下，给他点利益就得。”

贾天才一听，鼓掌赞成道：“野冰，真有你的，老太太老怕你不会办事，这样看来，谁说你不会办事呀？真成，比我还成咧。”

邵野冰笑着直摸大腿。他说：“你瞧，昨天这蚊子咬的，真凶。”他把问题转到蚊子上，一来为极力压制自己的笑容，二来为表示并不把这件事放在心上似的。

贾天才是得着空儿便拍，不肯放松。他用大声儿嚷起来，说：“野冰，我真算佩服你就结啦，成，我都没想到。”他这么一嚷，把邵老太太嚷了过来。

邵老太太一边笑着一边问道：“你们说话调门儿真不小，嚷什么呢?”

贾天才连忙过去请安道：“太太好，我兄弟啦这手儿真漂亮。”

邵老太太一边笑着一边坐下，邵野冰仍旧低着头儿搓大腿，笑容简直压制不住了。

邵老太太道：“天才你吃烟哪。”

贾天才道：“是，您不用张罗。”说着，由筒里抽出一支烟卷儿，叼在嘴上，然后又递给老太太一支，划洋火先给老太太点着了，然后自己吸了一口，说道：“太太您放心吧，我兄弟成了，比我成。您干脆就大撒手儿不用管，足行，他要什么给什么，您就把银行存折都交给他，他决不会花错了，一块钱有一块钱的用处，好精明啦。您别看他马马虎虎，敢则心里有数，我们都不及他。”

邵老太太道：“他也是蒙的，不过有时候他倒有点儿小聪明。”

贾天才道：“小聪明？好好，别叫大聪明听见，简直，切。”

邵老太太道：“反正还得仗着你们哥儿几个帮助他。”

贾天才道：“那还用说？他就好比一个猛虎，我们一帮助他，就如同老虎生了翅膀一样，谁惹得了？太太。”

邵野冰站起来道：“妈，今天叫贾大哥在家里吃吧，我打个电话，跟快活居叫四个菜得啦。大热的天出去吃太受罪，家里老妈子又做不出什么好菜。咱们叫来一温，您说怎么样？”他极力表示他思想得周密，处处到家。

邵老太太点头道：“打去吧，最好叫个冰糖莲子，你贾大哥一定爱吃甜的。”

贾天才道：“我可不在这儿吃，野冰不用打电话，我家留下话了，他们等着我呢。跟您说吧，我家里为贴秋膘，今天吃白肉。”

邵老太太道：“那咱们也吃白肉，你家里的晚上再回去吃。”

邵野冰打电话去了。贾天才还嚷道：“野冰，真是，不用叫了，哪有来一回吃一回饭的？太太，野冰可成了，您放心吧。”这顿饭是吃上无疑了。

到吃饭的时候，邵野冰叫邵朝华一块儿吃，邵朝华说：“不饿。”

邵老太太道：“就一块儿吃吧，贾大哥也不是外人，一块儿吃，省得回头一个人又得做一回了。”邵朝华无奈，只得一块儿坐了。

贾天才非常喜欢，他先以为邵朝华不肯一块儿吃，是她害羞，他并不以为邵朝华是看不起他。他一边吃饭一边说：“大妹妹喜欢玉银香吗？”

邵朝华看着筷子道：“喜欢。”她是随便一回答，不愿意拂了母亲和哥哥的意思。

贾天才道：“大妹妹若是喜欢，不用忙，不出两个月，我能叫她当您的嫂嫂。”邵老太太和邵野冰都乐了，那邵朝华并没有乐。

从此之后，贾天才时常来找邵野冰。邵老太太喜欢他嘴甜，又说他什么都懂，他便更吹起来，对于社会上的交际人情，各界杂识，他都要谈一谈，表示他知道得多。

邵朝华是最爱看电影，如果谈起来她总是说嘉宝怎么样，庞爱梨如何，说得贾天才张口结舌。别看贾天才社会常识这么丰富，他就是不知道这些摩登玩意儿。他有时也偶然感到知识的缺陷，而要加以努力。但是他一想到经济时，他又觉得这些摩登玩意儿不成了。电影儿，瞎屁，把明星的名字背得挺熟也当不了饭吃。什么叫艺术？吃饭要紧。他们都是眼光不远，昏天黑地。这个竞争时代，不研究吃饭，不研究社会学，那叫浑虫。社会与人生是有密切的关系，研究电影有什么用？追求艺术又当作老几？

贾天才这么反复推论，立时心平气和，更有世人皆醉我独醒之慨。可是他一见到邵朝华，一听到玉银香，他的社会人生又不知哪里去了。吃饭问题，也搁在一旁。他把他这种行为美其名曰：名士风流，逢场作戏。

且不管他这个茬儿，还提到玉银香吧。

玉银香又唱戏了，戏报子贴出来，邵野冰早就在头两天把票买到手，交给贾天才。

邵老太太一看这些票白白送给人，又觉得可惜，她竟留下十几张。可是这十几张留下了也不知给谁好，放在家里，结果谁也没有舍得给，放在家里作废了。事后时常拿出来给人看说："这些票白白掷了，那时还不如送给你呢。"谁听了这话也不搭情，活该你白废了十几张，那时为什么不给人呢？这是后话。现在白废了十几张票还不大吃紧，人家拿她一百多张票的也不说她大方了。

贾天才由邵野冰手里接过百十多张票，又叫邵老太太夺去十几张，心里说道："这老太太真是，一百多张票都牺牲了，十几张票又舍不得了。"

邵老太太的经济学，就这么算得不到家，这且不提。且提贾天才拿了百十多张票，找到国术馆，大家一分，各人各处再约朋友。贾天才本来认识不多人，手里还有许多票竟撒不出去，最后把倒水三哥等都约上了。一切布置妥当之后，专等演戏那天到来。

演戏那天，是星期日的夜里，人非常的多，这些捧"捧角儿的"，仨一群五一伙儿，陆续出席。贾天才把他们分成三排，第一排由毛国璋领头，第二排是贾天才，第三排是一个练把式的。邵野冰做头目，指挥着喊好不喊好。

大家来到戏院之后，一会儿，邵野冰也到院，贾天才便问老太太为什么没来，邵野冰说："她们坐包厢。"

邵野冰坐下之后，茶房的手巾把儿打得好勤，一会儿一把。邵野冰当中一坐，四下里望了望，扬扬得意，嘴角差不多要撇过了鼻子。要不是贾天才给他纸烟，他的嘴又似乎很难以维持平衡的。

邵野冰向大家说道："诸位辛苦了。"

大家道："哪有的话。"

第三排的领头递过一张名片来，邵野冰一看，只见上面写着：亚东道德会会员、戒烟会会员、国术馆馆员、江淮四悟字班：赵有礼。邵野冰点头致意。

这时候，且先伏下这一场趣剧，说一说女伶玉银香吧。

玉银香先说过她在上海南京都有情人，每日都给她多少钱。她因为年龄大些，较一般女伶之侈奢放荡不羁者明白得多，她把钱都存在银行里了。她在上海南京筑了两个根据地，又想在北京扩充她的财源。上海、南京、北京，狡兔三窟。

来到北京，便有一个银行界的邓二爷把她包了，给她找了房子住，每日供给她几百块钱，而唱戏交际，仍是她的自由。所谓包者，只不过邓二爷到她家去时，特别招待而已。她家人口简单，除了她就是老妈子，自奉很简，屋里摆饰却非常华丽，那全是别人送的。

除了邓二爷，还有穆大人。这位穆大人，在她每唱一次戏，便给她二百块钱，所以他要到玉银香家里去时，玉银香也必定留住。假如邓二爷和穆大人遇到一块儿的时候，邓二爷便赶快走去，他是惹不起他们的。好在玉银香应付得很好，手腕特别高妙，不过这幕三角儿，演变到什么程度，这时还不知道。而在这三角之中，又凑上许多小组织，如邵野冰和其他的青年学生等等。虽然各怀野心，各有组织，可是他们的力量，距邓二爷和穆大人相差很远了。

这天玉银香唱戏，各捧角儿家都约来至好，各占各地，互相攻击。所以我们知道，凡是女伶或童伶演戏，其观众虽多，全是捧角起哄而去的，真正听戏的很少。

她还没有出台，那人声轰轰哗哗，台上的戏一点儿听不见，也不去听，大家互相谈话，专等玉银香出来，准备全副精神叫好和攻击。广播电台也正放送她的戏，而一般无线电听户，只听得嘈杂的声音，听不见台上的戏声。

一会儿，戏台上休息十分钟。在十分钟后，那玉银香便出台了。这时大家互递声色，咳嗽吐痰，把喉咙清除一下，茶房起始往回收茶壶，全场为之紧张。

十分钟后，锣鼓锵然，邵野冰的三排朋友已经布置妥当。

这一幕揭开，要知结果如何，请看第二幕吧。

第二章　春云渐展

邵野冰因为戏园里茶房把茶壶慢慢往回收着，他为预先振作起见，特派贾天才在外边买了五个大西瓜，切成一块一块儿，端到里面三排，大家低头大啃西瓜，冲着地下叫好：“好，好嘛，再来一块!”

玉银香在台上，见前三排都是些年轻小伙子，受着邵野冰的指挥，她为不吃眼前亏起见，极力向邵野冰飞眼色，邵野冰舒服极了。

贾天才说：“怎么样？这头一回她就注意上你，要是这样干他三个月，她非嫁你不可。”

邵野冰倚着贾天才，微微地笑。他已经软作一摊，对着玉银香眉来眼去的。

玉银香心说：“你也想吃天鹅肉，我非叫你得场相思病不可。”她是有意玩耍他，所以对邵野冰越发送秋波。邵野冰那舒服过火了，简直不知道怎么样好了，对着玉银香叫好儿，那声音都觉着特别了。

那楼上见这小子态度太不纯正了，都嗤通起来，别的捧角儿家也对他加以攻击，嚷道：“好神儿。”有的竟用起闲话，骂起他来。玉银香为给邵野冰招敌起见，越发对他献媚，别的捧角儿家全吃起飞醋，集中在邵野冰一个人身上，大家一起攻击他。

那邵野冰如何肯示弱，自己有这些人，他竟还言大骂。这时全场哗然，警官闻讯赶来，这里还在争骂。警官大怒，奋勇上前，遂将这一群人捕获。贾天才机灵，早拉着邵野冰跑出去。警官看他们那种打扮，不像打架的，也就没有理会。

这一群人，被警官一齐捉到区署，承审站在院里就问上啦，屋里装不下，承审问道："你们这一群，谁是哪边的，都分开站，因为什么互相打架？一面说完另一面说。"

大家说道："我们都是一边的。"

警官大吃一惊道："你们这百十多人全是一块儿的？好哇，你们是聚众群殴，妨碍治安。"罪过越说越重。

大家说道："我们可没有这罪过。"

警官道："谁是头儿？叫他一个人说话。"

大家道："我们头儿已经走了。"

警官道："你们头儿住在什么地方？"

大家道："西单牌楼，集雅士胡同。"

警官便把他们押起来，去捉他们的头目去。

这时邵野冰正和贾天才讨论这件事的善后，他们是又喜又忧，喜的是已经得到玉银香的青睐，忧的是这一群人被捕，明天放出来，怎么安慰人家才好。

邵朝华小姐也在家，在另一间屋子对邵老太太说她哥哥办的事太不对，捧角儿不是这么捧法，这要是闹大了，被捉到区里去，圈两天多不好看哪。邵老太太也没有办法，儿子已经这样做了，只好劝他下回别这样做就得啦。

正在说话，区里人已到，当时就把邵野冰绑上。贾天才刚要跑，也被旁人捉获，跟着又进来搜查一番，见没有什么东西。

邵朝华吓得不敢说话，邵老太太也急了，连忙问：“我的儿子怎么了？”

警官说：“您还问哪，您儿子的事您不知道？”

邵老太太想到是戏园里打架的事情，一定有人给他告下来了，老太太也无法，非要跟着儿子去不可。

邵朝华直劝，说：“妈，不要紧的，也就把我哥哥圈两天，罚几块，就放出来了。”

警官见没有什么，遂把邵野冰和贾天才带到署里，各自审问。结果都系纯粹良民，不过因为捧角儿，在戏园子里骂起来，立刻又重新写供，前供后供得畸相了，明着都吻合，内情却弄差远了去了。把供整理好了，连同一干人犯，一起送到局里去了，也不过是押两三天，罚了几个钱而已。

在这个时候，各报纸把这件新闻一登，和邵野冰认识的人差不多都知道了。他的朋友郁芳廉见了报之后，便到看守所看望他一回，然后又到邵老太太家里去安慰邵老太太。并说邵野冰这种办法不对，最好稍微管束一点，不然于他本身很有危险，将来闹得名誉不好听，于老太太也很有影响。

但是邵老太太听了这话，非常不喜欢，她老觉得自己儿子很有心略，办事有毅力，正应当鼓励他。养活儿子，不应当管得笔直，若是把儿子管得老实巴交的，到外边叫人欺侮。像邵野冰这样干，在外面才能不吃亏。气最要紧，儿子不成，在外面受气，到家里又不敢说，受夹板气而窝在心里，一场大病，就能命见阎王。所以对于儿子，应当由他性儿，如果有人劝她管儿子，她便疑惑人家挑拨她母子的感情，对于她的儿子使阴坏。所以她对于郁芳廉很诚恳的话，非常不赞成，但表面不说出来，只是颜色不大和悦而已，闹得郁芳廉还很僵。

邵朝华在旁边看着过不去，她说也屡次说过她哥哥做得太不像话，她觉得郁芳廉说得很对，而母亲却很不乐意的样子，不禁说道："我哥哥脑筋太简单，就是多么有毅力，受了外界的诱惑，便一冲性儿做起来。郁先生说的话很对，我以为最好对于他交朋友上注意一下，有多大毅力，没有好朋友帮助也不成，有好朋友而自己没有毅力，也是不成，您说对不对？"

她这些话，对她母亲和郁芳廉两方面都不得罪，而且还很中肯。郁芳廉一听，非常惊讶，先还以为邵朝华是一个浪漫女子，和邵野冰一样思想，现在一听，才知道她是个很有见识的女子，不禁暗暗佩服。他道："其实野冰也是很聪明的，好好用功，一定很不错。他给我写的那封信，写得多么流利呀。"

邵朝华一听，不禁微笑起来。邵老太太道："哼，野冰是个讲武的，他可不会那文，那信是诌的，是这个丫头给写的，他的信，老是叫他妹妹给替他写。"

郁芳廉看了邵朝华一眼道："噢，怨不得写得那么秀丽，我一看就不像他写的，原来是妹妹写的，真好。"

邵朝华笑道："我写得不好，您别笑话。"然后又对邵老太太说："谁尽替他写信，乱七八糟的信，我才不管写。"她大概是表示只有给郁芳廉的信她才管写。

郁芳廉也笑了笑，但他知道邵老太太不大喜欢他这样斯文，所以起身告辞走了出去。刚走得不远，看见一辆洋车，跑得很快，忽然洋车站住，由上面跳下一个人来，才晓得坐车的正是自己的朋友黄安远，连忙问道："上哪儿去？这么忙？"

黄安远笑道："我到玉银香家里去。"

郁芳廉道："嗬，不也捧起角儿来了，而且做了入幕之宾？"

黄安远笑道："这句不是瞎说的，我是被托出来的。和她的有位邓二爷，那是我一个远亲，论起来他还比我大一辈，他因为我和新闻界很有联络，想叫我给她宣传宣传，我是出于无奈。"

郁芳廉道："这倒不必辩白的，其实那算什么。"

黄安远笑道："你说话可别带刺儿。"

郁芳廉道："倒不是我说话带刺儿，怨你老是瞒瞒哄哄，遮遮盖盖了可是又盖不严紧，总又露一点儿来。"

黄安远道："你别瞎说了，我说，你到她家里去不去？我给你介绍一下，将来还有需要你给帮忙一下。"

郁芳廉道："你去吧，我不搅乱你们的高兴，帮忙有工夫再说。你走吧，别叫人家等得着急。"

黄安远一边乘上车，一边歪着身子作揖说道："回见，可别给我胡造谣言。"说着，飞驰而去。

黄安远近来和玉银香闹得挺近乎，玉银香对他倒是很诚恳。其实他的财力，远不在玉银香的眼里，她所以和他近乎着，一来因为他和新闻界有联络，可以尽量宣传；二来看他年纪轻，黄安远今年才二十三岁，在玉银香一班情人中，没有像他这样年轻的，差不多都在四十多岁光景。他那诚恳的性情在玉银香看来，非常好玩，有时就拿他当作小弟弟看待，所以她有什么秘密的事，倒是毫不瞒他的。

黄安远虽然年纪轻，可是野心颇大，越是年轻人，越是初出老虎似的硬干。玉银香因为他是邓二爷介绍来的，也没有感到其他。不过有时见黄安远对她时常有一种多情的表示时，也不免稍微回敬一些，所以黄安远更特别给她卖力气，俨然就把她看作自己的情人。

黄安远别了郁芳廉，来到玉银香家里，他是照直便进去的。她家只有一个老妈子，人口非常简单。

他进屋里，老妈子道："黄先生来了，小姐没在家，刚出去。"

黄安远心里很不痛快，问道："上哪里去了？"

老妈子道："我还不知道，您要没有事在家里等一等，大概一会儿也就回来了，要是有要紧事的话，我可以给您打电话，各处问一问。"

黄安远道："那么你就打电话吧。"

老妈子叫了几个号码，都说没有在那家。这都是玉银香教给她的。最后，叫到一个号码儿，玉银香接着了，说："叫安远在家先等一等，我就回去。"

老妈子告诉了黄安远，黄安远拿着一个电话簿子查呢，老妈子叫一个号码儿他查一处，最后那个号码，他一查，是聚达饭店，他的酸素作用起来了。

他只有等着，等着玉银香回来给她一种难堪，来报复自己的不好受。左等右等，只是等不来，他想打电话把她催回来，而又怕显得自己小气。假如现在马上就走，不等她了，叫她回来一看，竟没有等她，她一定很不好受。自己便可以决意，可是自己又舍不得走，那只好等着吧。可是她老不回来，等着又太无聊，他真是苦恼极了，闹得心里不定。黄安远又一个少年脾气，这样忍耐，已是不可得了。他坐在沙发上，独自生闷气。老妈子想同他说话，解他的闷气，他只是不理，老妈子借个理由躲开他了。

他一看电话机子，脑筋里想着方才玉银香给老妈子说话的情形，像聚达饭店里有个男子和她密谈的情形。又想到玉银香那种浪漫的快乐，把她方才对老妈子说的话忘了，和忘记家里还有一个等着她的人种种情形，一幕一幕地幻想，一阵阵不好受。

正这时候，忽然门铃响，老妈子走出去，黄安远知道玉银香回来了，便很端庄地坐在那里，拾起一张报来看。他想玉银香进来问自己招呼时，偏不理她，给她一个难看。

准备得很好，但玉银香竟没有进来，只听院里老妈子说："倒水的怎么换人啦？"

倒水的道："俺们掌柜的听戏去啦。"

黄安远一听，原来是倒水的，心里又恨起来。肚里这时很饿，想走又以为等了这么些时候，再也等不了多大工夫她也就会回来了。

老妈子对他说："您要饿，我给您买点儿点心，或是给您做点儿什么吃的好不好？"黄安远摇头，他想和玉银香一块儿吃。

又等了片刻，玉银香果然回来了，黄安远心里虽喜欢，但表面却装得非常不乐的神气，低头看报。只听老妈子说："小姐回来了，好，黄先生等了您半天啦，左等也不来，右等也不来，我说我给您打电话，黄先生说不叫打，怕耽误您的事。要说黄先生对您可真是关心极啦，小姐快请进去吧。"

玉银香穿着高跟鞋，咯噔咯噔走上台阶，掀帘而入。见黄安远坐在沙发上，连头也不抬，拿着报看。平常时候，一听说自己回来，他总是笑着相迎，今天竟理也不理，一定是叫他等恼了。于是，连衣服也没有换，走过去坐在沙发的椅沿上，把右腿放在左腿上，左手便把报纸夺了过来道："我回来你知道不知道？"

黄安远仍旧不理她，玉银香暗中笑了一笑，又抚他的头发道："怎么了，今天这么不高兴？"

黄安远道："我没有你高兴，在聚达饭店里是多么高兴呀。"

玉银香道："哟，你以为我高兴到那里去吗？我是没有法子，前天上海来了一个姓孙的，是千年公司灌留声机的，他是来接洽要灌我的片子，所以托人跟我说，先在聚达饭店请客，人很多，内行还到了不少呢。我老要走只是走不脱，讨厌死人了。可是一想，自己能灌留声片子，也是好处，你听了也必定很喜欢的，所以只得忍耐着，酒也喝得不少。你明白了吧，我不是跟什么人开房间去了。”说着一笑。

黄安远也笑了，可是并没有抬起头来。玉银香又用两手把他头仰了，向着他道：“你明白了没有？”

黄安远笑道：“你不晓得人家等得是怎么着急。”

玉银香道：“你看你，动不动就不理人了，气还不小。”

黄安远这时的气早已化归乌有。他道：“我饿着肚子等你，连饭还没吃呢。”

玉银香道：“你不会叫老妈子做吗？”

老妈子也走进来道：“我说给黄先生买点儿什么，黄先生只是不肯，黄先生愿意等小姐回来一块儿吃。”老妈子说话，真叫人舒服，恰恰说在人家心坎里。

玉银香道：“你去给他做点儿什么，我吃过了。”说着，站了起来，进到里屋，把衣服换了，把头发整理整理，擦了擦粉，又走出来道：“你看我脸红得难看不难看，今天的酒实在喝多了。”

黄安远道：“这一来，越发漂亮了。”

玉银香便笑着坐在他的旁边道：“邓二爷今天怎么没露面？”

黄安远道：“他今天有饭局吧？你灌片子代价什么的，接洽好了没有？”

玉银香道：“还没有十分接洽，可是灌片子是没有问题。我想代价多少没关系，能够灌片子，不是多少于自己有利益的吗？要不是名角儿，还巴不得白送给他灌。凡是灌片子的，名声总好点儿，你说是不是?”

黄安远道：“打算都灌什么戏?”

玉银香道：“我想灌一部全部的《四郎探母》。”

黄安远道：“和谁一块儿唱呢?”

玉银香道：“大概叫关介华唱四郎。”

黄安远道：“我可以给你在报上宣传一下了。”

玉银香刚要说话，门铃忽然响起来，老妈子开了门，由外面直走进一个人来。玉银香由帘子缝隙处看得很清楚，但外面往里却看不容易。她一看，不是别人，正是穆大人，她连忙起来和黄安远道：“我的酒还没有下去，又发晕起来。”说着，便往里屋走去，在她梳妆镜前扑了扑粉。

穆大人进了上屋，黄安远点头为礼。穆大人也是漂亮人物，并不那么粗野，他和黄安远点了点头便一直往里屋走。

玉银香转过身来道：“哟，我以为是谁?”

穆大人笑道：“你以为是谁，快说。”

玉银香笑道：“快说不快说也没有什么，还有谁肯到我这里来?随便说一句话，你就见神见鬼的。”

穆大人笑了，黄安远在外屋坐不住，悄悄溜了出去。

老妈子道：“黄先生别走，我都把饭快做好了。”

黄安远摆手道：“莫要声张。”说罢忍饥而出，坐了包车，一溜风走了。

拉车的一边跑一边说：“好家伙，真快。”

黄安远道：“怎么了?”

拉车的道：“我见穆大人的汽车一来，我就挪在一边儿了。那汽车站住之后，穆大人就走进去了，那马弁问我说：‘你是哪儿的？’我说：‘我们是报馆的。’马弁说：‘跟玉老板什么关系？’我说：‘是亲戚。’他这才不言语了。以后我不在玉老板门口儿等着了，躲在一边儿，别回头吃这苦子。”

黄安远道：“不要紧，他们要是不讲理的话，我可以告诉穆大人，叫他说他们。”

拉车的道：“我看穆大人未必听您的话，他不是刚进去您就跑出来了吗？您都惹不起，我趁早儿别招祸。”

黄安远道：“没那么些说的。”

拉车的道：“上回邓二爷的司机对我说，穆大人一进去，邓二爷就跑出来啦。没办法，人家谁敢惹呀，我说是报馆的还把他们唬下一点儿去。”

黄安远笑道：“报馆一样唬不了人，不过他们对于报馆的人好一点儿就是了，我说，拉我市场吧，我还没吃饭呢。”

拉车的道：“您在里面没吃呀，要说这工夫可不小啦。我看老妈子买东西说是给您做饭，敢则您还是没有吃着。”

黄安远道：“他们做的菜我不爱吃。”

拉车的无话，一直拉到市场，进了市场，便奔饭馆。在拐弯的地方，因为走得太快，几乎和一个老太太撞上。他抬头一看，见老太太非常眼熟，再一看，旁边站着一位小姐。

要知是什么人，且看下章分解。

第三章　再接再厉

话说黄安远来到市场，因为肚里太饥，走得慌忙，差一点儿撞在一位老太太身上。抬头一看，还有位小姐站在旁边，非常漂亮。他想了想，好像在哪儿见过。因为肚里饿，也无暇详细端详，匆匆而去。

那老太太和小姐不是别人，正是邵老太太和邵朝华。母女两个人因为邵野冰的原因坐在家里闷闷不乐，邵朝华便催促老太太出来游游，散散心。邵老太太便听了女儿的话，一同到市场来吃饭。不想正在绕弯，却差一点碰上黄安远。

老太太一边叨念着，一边进了饭馆子，上了楼，坐在一个单间里面。邵老太太说："你瞧，刚才碰上那个人，很有些眼熟，怎么想不起是谁来？"

邵朝华道："那不是在玉银香家里碰见的吗？咱们那天去就在那里，后来在戏馆子里也看见过好几次。"

邵老太太道："噢，你一说我想起来了，可不是他吗？他也不知叫什么，他一定跟玉银香有点儿关系。"

伙计拭了桌子，邵老太太又和邵朝华要了菜。菜还没来这工夫，就听楼底下喊："邵老太太在楼上。"移时便听楼梯响。

邵老太太和邵朝华都很纳闷，心里说："这是谁来找我们来了呀，并且也没人知道我们上这儿来呀?"

正自纳闷，只见伙计一打帘说道："二爷，老太太和小姐在这里。"

邵老太太抬头一看，见邵野冰笑嘻嘻走进来道："我一猜您就在这里。"

邵老太太奇怪道："你不是叫他们圈起来了吗，怎么又出来了?"邵老太太又道："别人呢?"

邵野冰坐下道："那还不是那么一回事? 问了问罚了几个钱儿，打了铺保就出来了。"邵野冰又道："他们不清楚，大概罚两个钱也就可以出来了。我回到家里，肚子饿得要命，一问老妈子，说妈和妹妹上市场吃饭去了，叫家里不必预备。我一想，您就是上这儿来了，所以赶了来。"

邵朝华道："正好，我们刚到，刚叫了菜还没上菜呢。"

邵野冰道："那好极了。"说着，又叫了两个菜。

邵老太太道："刚才在正街碰上一个人，你猜是谁? 就是咱们在玉银香家里遇见的那个人，我想那个人一定和玉银香有什么关系，因为咱们上后台不是也看见他好几次吗?"

邵野冰道："是那个很瘦很细的那小子不是?"

邵老太太道："是他。"

邵野冰道："那小子没有什么声望，现在玉银香那里力量最大的就是穆大人，没人敢惹。"

邵朝华道："哥哥，那你也得小心，我看……"

邵野冰道："你先不用看，我有我的主意。"

邵老太太道："你有什么主意?"

邵野冰道：“我最近认识一个人，是穆大人的副官。他很有两下子，人物也漂亮，穆大人很听他的话。我想联络联络他，叫他能够把穆大人的眼光转过别人身上，那玉银香就非是我的不可了。假如能够运动他叫大人把玉银香交给我，那更好了。”

邵朝华道：“我看……”

她还没说完，邵野冰道：“你又看什么？”

邵朝华道：“我看你想得太奥妙了。”

邵野冰以为她是夸他，不由得意道：“当然，我想得这好极了。”

邵朝华笑道：“我是说你想得太好了，恐怕没有那么便宜的事，况且……”

邵朝华一听，把筷子一放道：“你永远是跟我反对，外人都向着我说话，自己家里人反倒破坏起来，破坏于你有什么好处？”

邵朝华道：“我才不管你们的事，我不过是为你好。”

邵老太太道：“你就少说话吧，你哥哥刚受了半天的委屈，现在放出来，你应当安慰他，哪有拌嘴的。”

邵朝华不言语了。邵野冰又说了那副官许多好处，邵老太太又一夸他能干，母子对着哄。把饭吃完，回到家去。

第二天，邵老太太刚刚起来，听邵朝华在屋里哼哼的声音，好像在念什么，遂叫道：“朝华，你干什么呢？”

邵朝华走过来道：“我念诗呢。”

邵老太太道：“你别胡闹了，又念起诗来了。”

邵朝华道：“妈，您可不知诗的好处，我要给您批讲一首，叫您流眼泪，您就得流眼泪，叫您喜欢，您就得喜欢。”

邵老太太道：“就那么几个字，会有那么大魔力？我不信，听玉银香的戏我都不感动。”

邵朝华道："戏是戏，诗是诗，戏一半是看热闹，诗越静越好，有时候我自己都能流眼泪。"

邵老太太道："你这丫头，没事又看诗，既然快活活的为什么找那不自在，是眼泪有富余啦？"

邵朝华道："不是，咏诗有这样好处，比方自己有一种悲哀的身世，或是有一种委屈的心情，只是说不出来，说不清是怎么一回事，这时一咏诗，就把自己的情感完全发泄出来。"

邵老太太道："你别给我批讲了，我越听越糊涂。什么情感啦，发泄啦，诗里还有了新名词哪？"

邵朝华笑道："诗里没有新名词，我现在也没讲诗，这是我跟您说话呢。"

邵老太太道："你别跟我说这鬼子话啦。"

娘儿俩正在说话，只见邵野冰同着一个军官模样的人走了进来。邵老太太等一看，吓了一跳。等走到屋门口儿，邵野冰往屋里一让，邵老太太便知道是他的朋友，邵朝华先把里屋的帘子放下来。

邵野冰叫道："妈，有个朋友来，要见一见您。"

邵老太太在屋里道："你先陪着坐一坐，我刚起来，连头都没梳一梳呢。"

只听那副官说道："老太太，那怕什么的。"说着径往里屋走来，把邵老太太等又吓了一跳，一想这位副官真不认生。正在怔着，那副官已掀帘走了进来，脱帽给邵老太太鞠了一躬。邵老太太一看，见那副官虽然穿着大衣，但是长得出息，是个俊人物儿，关里口音，捯饬得很干净利索。笑的时候，露着嘴里的金牙，手上还戴着一个戒指。

邵老太太见他并不是那么凶暴的样子，只是太随便而已。邵老太太道："这屋里太乱，真是坐不住人，还是到外屋坐吧。"说着，自己就往外屋走来。

那副官看了邵朝华一眼，也就跟着走出。

坐下之后，邵老太太问道："这位副官贵姓？"

邵野冰道："他就是我和您说的那位刘副官。"

刘副官道："我叫刘得贵，老太太就叫我得贵好啦。"

邵老太太一听，这么漂亮的人物，会起这么一个俗名字，遂说道："野冰是个浑孩子，什么也不懂，你得多照应他。有个到不到的，你原谅他点儿，他一点儿客气都不懂。"

刘得贵道："我们都是这样，不会客气，这样最好，我们是讲义气，交起朋友就都同亲兄弟一样。听说哪儿也没有北京人人性好，要是交起朋友来，就和自己家人一样，不避讳，北京人真好。"

邵老太太道："可不是？北京人最讲道德，越亲热越好。"

刘得贵道："北京的住家儿，什么地方也比不了，真叫佩服。那人情的周到，简直叫人如同回到自己家里一样。就是我们自己家里都没有这样亲热，全不避讳，在一块儿说话，多么幸福。"

邵老太太道："要说起待朋友来，我们北京人可敢说这大话，准能越过越亲近。"

刘得贵道："是的，比方野冰跟我交朋友，你是野冰的母亲，也跟是我的母亲一样，妹妹也是跟我自己的妹妹一样。"

邵老太太道："是呀。"

刘得贵道："唉，我太不懂礼了，我应行个礼才对，刚才我没有理大妹妹，真是不对。"

邵老太太道："不知道不怪罪，朝华出来见见大哥，以后免得生分。"

朝华还不肯出来，邵野冰刚要过去亲自拉出来，邵老太太道：“不必理她了，可恶丫头，大概她又有点不舒服。”邵朝华始终是没有出来。

刘得贵坐了一会儿，便对邵野冰道：“走哇，咱们出去玩玩。”

邵野冰道：“走。”两个人出来，一边无目的地走着，一边说话。

刘得贵道：“我说，咱们这朋友怎么样？”

邵野冰道：“好哇。”

刘得贵道：“你愿意交我不愿意？”

邵野冰道：“谁要是不愿意交际，谁是你小舅子。”

刘得贵笑道：“你愿意要玉银香不要？”

邵野冰道：“你这话都是多余问。”

刘得贵道：“不是这样说，如果你真心要她，并且真看得起我，完全听我的话，我可以卖出死命去给你把玉银香弄到手。”

邵野冰道：“我若不是真心，叫我当时就死。你看，我当时没有死，一定是真心了吧！”

刘得贵道：“好好，我有办法，我叫穆大人爱一个别的唱戏的，叫他把玉银香给你，你看怎么样？”

邵野冰笑道：“那可好极了。”

刘得贵道：“可是有一样，你得允许我一个条件。”

邵野冰急问道：“什么条件？”

刘得贵道：“你允许我和你妹妹交朋友。”

邵野冰道：“我还以为什么条件，原来是这么一个条件，这不是极容易的事吗？刚才在家里不是还叫她见你呢吗？她大概有点病，要不然就见你了。”

刘得贵道：“你可得尊重我的人格，我和大妹妹交朋友可不是像一般那样交朋友，我们是要极纯洁的精神的相爱，一个朋友和朋友的妹子恋爱，大概不算怎么一回事，这是神圣的，是不是？”

邵野冰道：“不算什么，不算什么，多得很，不妨碍咱们的交情。”

刘得贵道：“到底还是你明白。我先怕你不明白，所以先问你一声，我这人交朋友最坦白不过。一般人跟朋友妹子恋爱，都不肯说出来，总是骗哄隐藏，其实这才不对，那叫朋友瞧见，反为不美，岂不更叫人笑话？你以为怎么样？”

邵野冰道：“可是你得极力给我进行玉银香的事。”

刘得贵道：“那当然。”两个人竟讲起条件来。

一边说一边走着，不知不觉地竟走出了宣武门。邵野冰道：“怎么会走到这儿来？咱们净顾了说话了。”

刘得贵道：“咱们到玉银香那里歇一会儿去。”

邵野冰道：“我是真走累了，平常还没走过这么远的道儿，要不是跟你谈得起劲儿，我早就不能走了。”说着两个人便到玉银香家里来。

老妈子认识刘副官，遂道：“我给言语一声儿去。”说着便大声嚷道：“小姐，刘副官来了。”

玉银香在帘子里道：“请屋里坐。”

刘得贵便带着邵野冰进到屋里，屋里还坐了几个人，仿佛内行的模样。

邵野冰假充熟道：“玉老板没出门？”

玉银香一见，就是在戏园里听戏骂架那一个，并且同着他的老太太来过家里。但是她却假装不认识道：“这位是……”

邵野冰闹得很僵。刘得贵道：“这不是邵二爷吗？”其实邵野冰是哥儿一个，不知由哪里会称作二爷。

玉银香道："噢，仿佛是见过面，一时想不起来，我脑筋太不好了。"

邵野冰道："玉老板交际太广，见一两次面，不容易认识清楚的。"

玉银香道："请坐请坐。"

刘副官因为随着穆大人来，他总是坐在下房，现在愣要坐上房，心里实在不舒服，何况屋里坐着许多人呢。所以老妈子还没端上茶来，刘得贵便坐不住了，说道："我们走吧。"

玉银香道："忙什么？还没有喝碗茶。"

邵野冰平时很能聊一气，现在也没得可说了似的，屁股刚刚坐在沙发上，一听刘得贵说走，只得又站了起来，和刘得贵走出去。

玉银香连屋门全没有出，说道："有工夫常来坐，我不送了。"

两个人道："不送不送。"走了出去。

邵野冰道："玉银香跟咱们不错。"

刘得贵道："好，她不敢对咱们有错，我常来找她说话，今天不是她那里人太多，咱们真得在她那里泡一泡，我时常跟她开玩笑。"

邵野冰道："以后不能开玩笑了。"

刘得贵道："怎么？"

邵野冰道："以后你就是大伯子了，哈哈。"两个人全哈哈大笑。

邵野冰道："不到我家去坐了吗？"

刘得贵迟疑了一会儿道："明天吧，明天你家里见。"说着两个人分别而去。

邵野冰回到家里，先跟邵老太太大斥邵朝华不懂礼貌："朋友来总不知出来应酬，叫人家说'这妹妹尽给哥哥得罪朋友'，您说叫人生气不?”

邵老太太道:“这个丫头倒是跟我娇养惯了,见着生人总是发怵,以后多叫她出来交际交际就好了。”

邵野冰道:“她哪里是害羞,她是故意给我得罪朋友,叫我在社会不能立足,她简直阴险透了。您别看她那么老实,简直心里厉害得多。”

邵老太太道:“朝华这丫头说阴险,可是冤枉了她。她可不能跟你使,不过她有个小心眼儿倒是真的,她比你是多个心眼儿。”

邵野冰道:“您说刚才刘副官来,叫她出来,她不出来,您说这不是故意给我不好看吗?”

这时邵朝华在西屋听见,实在忍不住了,跑了过来道:“哥哥的朋友,为什么老叫妹妹招待?我真不明白。”

邵野冰道:“有什么不明白的,咱们是一家人不是?我的朋友就是家里的朋友。”这个弯转的,邵野冰大概也学过逻辑。

邵朝华道:“朋友也得看是什么样的朋友,像你所交的那些狐朋狗友,不配我来应酬。”

邵野冰道:“你看刘副官人家多么漂亮,又外场又自己,那才是懂得交朋友的人。”

邵朝华道:“你的朋友没有一个好的。”

邵野冰一听,真有点发急,这要是把刘得贵得罪了,玉银香就算吹了。心里一急,过去就要打她。

邵朝华急忙跑到邵老太太的怀里,说道:“哥哥要打我。”

邵老太太忙喝住邵野冰道:“不准你胡来,这丫头也是贱招,非得把他的气招上来你就老实了。”

邵朝华道:“妈怎么老向着他说话?”

邵老太太道：“本来他说的也是正理，他的朋友就是家里的朋友，你要把他的朋友都得罪了，将来没有人帮助他，他找不着饭吃，岂不着急？”

邵野冰见老太太向着自己说话，非常欢喜。他道：“你要是不愿意应酬我的朋友，我就给你找婆家，你就见不着我的朋友了。”

邵朝华在邵老太太怀里闹起来道：“妈，您看我哥哥还要说什么，您不管他？”

邵老太太笑道：“这话说得也对，他给你介绍朋友，原来是叫你自由选择，你连他的朋友都不见，可不是硬给你说个婆婆家得了吗？”

邵朝华一听，转身走了出去，回到自己屋里去了。

邵老太太道：“这丫头脾气还不小。”

邵野冰遂把刘得贵怎么好、怎么肯热心帮忙说了一大套。邵老太太十分喜欢，说：“刘副官那人我倒非常喜欢他，年轻轻的很会说个话儿。”

第二天，邵野冰先去找刘副官，刘副官说：“我昨天同你定的在你家见，为什么又找我来？”那意思是疑惑邵野冰怕自己见他妹妹。

邵野冰道：“我来先给你报告一个好消息，然后再教给你一个好办法。”刘副官以为邵朝华喜爱他了呢。

邵野冰道：“我们老太太非常喜欢你。”

刘副官却道：“你妹妹要是不爱我，老太太爱我有什么用？”直话全说了出来。

邵野冰又道：“你听着呀。你要是得了老太太的喜欢，我妹妹就不难那什么了，你明白吧？”

刘得贵道：“我明白。”

邵野冰道："得老太太喜欢之后，从老太太那里入手，比我说强得多，我这简直都跟你说明了。"

刘得贵喜道："我简直把这事忽略了，还是这样做对。"

邵野冰道："况且我妹妹老跟着我母亲，把我母亲买喜欢了，朝华那不是很容易吗？"

刘得贵笑得拍邵野冰的肩道："真有你的，我要有个妹妹，早叫你弄到手啦，你成。"

邵野冰又拿出十元的钞票来，说道："回头交你给买两块多钱的礼物，送给我们老太太，你就作为是你的意思，别说咱们见着面了，然后你再拿这钱请我们老太太听戏，吃馆子，钱不够，临时我再偷着给你。"

刘得贵大笑道："真有你的，我算佩服就结啦。"

邵野冰笑道："你别忘了我的事。"

刘得贵道："不能不能，昨天我去探听大人的口气，他似乎可以答应把玉银香让给你。"

邵野冰笑道："仍须努力，回见，我在家等你，钱够不够？"

刘得贵道："够够，不够临时再说。"

邵野冰回到家里，悄悄回到自己屋子，装作睡觉，老太太这时还没起呢。过了不多时候，老太太起来，洗漱已毕，邵野冰和邵朝华都走过来谈闲话。

邵老太太问老妈子道："今天做什么菜？"

老妈子道："大师傅刚买去，还没回来呢。"

邵野冰道："今天吃鱼才好，妈，老没吃鱼了。"

邵老太太道："可不是？回头叫大师傅给买一趟，怕等一会儿晚了，没有什么新鲜的。"

正说着，门铃响了，老妈子出去开门，刘副官照直走进来，手里提着礼物，直奔上房。邵朝华急忙跑到里屋去。

邵老太太专爱小便宜，见刘副官送礼来，连忙笑道："又买什么东西，我们还短礼呢。"

刘副官道："我给老太太买两条鱼来，真新鲜。"

老太太鼓掌笑起来。邵野冰道："妈，您瞧瞧，您正想吃鱼，就有人送鱼来。妈您瞧您这儿子交朋友错不错?"

邵老太太笑得都说不出话来了。

刘得贵道："我算定老太太想吃鱼了，我心中一动，今天特意到市上买了两条极新鲜的来。"

邵老太太道："把鱼交厨师傅去。"

刘得贵道："今天专程请老太太听戏去，今天的戏码儿还不错。"

邵老太太道："你瞧，野冰这孩子永不懂得礼节，这哪有叫人家花钱的?"

刘得贵道："这算什么，我们小哥儿俩时常你请我，我请你的，不算什么。您说我们挣这些钱，家里有房子有地，不指着我们，可不是有钱就花啦。"

邵老太太道："是呀，能挣能花才是好小子哪。"

邵野冰在旁边直乐，以为自己的朋友是多么作脸呢。他道："妈，朝华老是不大方，您把她叫出来，回头听戏不是也得一块儿去吗?"

邵老太太道："这丫头就是这么不开通，朝华，快出来见见刘大哥。"

刘得贵道："妹妹是有点认生，须得我自己去请。"说着便要进里去。邵朝华一听，生怕他拉拉扯扯，遂赶紧走出来，给刘得贵鞠了一躬，走在邵老太太身旁站了，心里非常不乐意。

刘得贵一见邵朝华，比头一次见越发显得可爱了，她是那么美丽好看。

邵野冰道："刘大哥还要请你听戏呢。"

邵朝华道："不敢当。"

刘得贵道："不成致诚，就是为请老太太玩玩，大妹一定要赏光。"

邵老太太道："她一定去，她不去，由我这里就不答应她。"刘得贵听了，非常喜欢，邵野冰尤其喜欢。

一会儿，老妈子说："菜得了，开饭吗？"

邵野冰道："开！"

立刻搬桌子，就在上屋里吃。菜端上来，大家略让了让，互相坐下。邵朝华便坐在邵老太太旁边。

邵野冰一边吃着鱼一边夸奖说："真新鲜，买得好，买得好。"

邵朝华稍微吃了一点儿，便放下筷子走开。邵老太太道："你怎么吃这么一点儿，你刘大哥买的鱼多么新鲜哪，为什么不再吃点儿？"

邵朝华道："我不很饿。"

邵野冰道："她没吃就走了。"

邵朝华回到自己屋里，看郁芳廉所赠的那本书，很久很久。

上屋里吃完了，老妈子又给沏上茶，喝了一碗儿。刘得贵道："老太太听戏去吧，我去叫辆汽车去。"说着便往外走。

邵老太太道："不要去，叫野冰叫去吧。野冰，你去，别叫人家花钱。"

邵野冰和刘得贵一块儿出去打电话，出了门，邵野冰道："你看怎么样，老太太喜欢了吧？”

刘得贵笑道：“可是朝华老不喜欢。”

邵野冰道：“你别忙啊，慢慢来，太急了反倒不好，自是老太太喜欢就得。我说了，够不够？”

刘得贵道：“你知道那两条鱼多少钱不知道？好，我简直由人手里夺过来的。简直买不出来呀，你尽知道这么那么办，好，多贵呀。”

邵野冰又掏出一张五元的钞票给他道：“你再拿着，临时不够再说，汽车钱由我给吧，你不用管了，我们都是熟主顾，老是按节取钱，到时候你就给他们些酒钱得了。”说着打了电话，两个人复行走回家来。

刘得贵说：“你家里缺一样东西。”

邵野冰道：“缺什么？”

刘得贵道：“电话。”

邵野冰道：“本打算安一个来着，可是我们又没什么用，一天未必打一次电话，所以没安。有了事就在熟铺子里面借了，并且由外面打，人家也管送，到时候给小徒弟几块钱就成了。”

刘得贵道：“这个算盘打得太不到家，有这钱再添几块，自己安一个多么好，有什么事太方便。以后我就短不了打电话，比方玉银香有什么消息，我马上告诉你，多么方便，借电话有许多话不便说。”

邵野冰道：“对，明天就安。”

其实刘得贵叫他安电话，为是后来和邵朝华通话用的。

两个人进来，门外汽车已到。老妈子说：“太太，汽车来了。”

他们便全穿了衣服，邵老太太叫邵朝华也换身衣服，邵朝华说：

“我不去了，我今天不大舒服，头晕。”

邵老太太道：“你瞧，刘大哥今天好心好意地请听戏，你又犯病了。”

邵野冰生气道：“简直给脸不要脸。”

邵朝华一听，竟哭了起来。邵老太太喝邵野冰道：“她实在不舒服，你也骂她？你的脾气又太暴一点，朝华，换了衣服，跟妈走一趟，老在家里待着更有病。”

刘得贵一听邵朝华不去，非常灰心，请听戏请的就是她，不是请老太太，请老太太是名儿。他见邵野冰一骂，邵朝华一哭，他晓得今天恐怕去不了。后来又见邵老太太一说，机会尚未全失，遂也跟着说道：“对啦，大妹妹老在家里容易生病，出来到戏馆子里换换新鲜空气，病就能好了。”

邵朝华因为被逼无奈，倘若执拗，恐怕老太太也不高兴了。遂勉强擦了一把脸，也没有搽粉，换了一件衣服，走了出来。大家一见，这才欢喜。邵野冰过去给她立正，行了个洋礼道：“刚才我又多喝了一点儿。”邵朝华理也不理他。

一行四个人，坐上汽车到戏院来。刘得贵坐上包厢，又买了不少果子蛋糕之类，大献殷勤，不时和邵朝华没话找话说。

邵野冰反倒孤单起来，他待着无聊，便对刘得贵说：“你陪老太太坐着，我出去散逛散逛，一会儿再回来。”

刘得贵越发得意，说道：“你去吧，有我一个人服侍老太太足够了。”其实他哪里为服侍老太太呢。邵野冰去后，也不知他上哪儿去了，刘得贵更无顾忌，和邵朝华谈上没完。

邵朝华本来不大喜欢理他的，他说十句，只勉强回答他两句。他也觉得僵，谈得老不入港，心里想了许多方法，只是想不出，戏也没有看，心里尽琢磨套邵朝华说话才好。后来他忽然想到邵野冰跟他说过，朝华最喜欢电影、音乐，于是便转换题目，于电影入手，他道："我国戏剧，真不如电影，电影的艺术真好。"他也不知道是怎么好，并且他还非常讨厌电影，因为老看不懂。今天他为讨好邵朝华起见，只好昧着自己的心来说。

果然邵朝华道："我是最喜看电影的，电影的艺术比旧剧强得多，旧剧表演怎么好，只是尽美尽善，没有'真'的。电影上的表情，真好，喜怒哀乐没有一样不到登峰造极的地步。"

刘得贵一听邵朝华说了话，十分欢喜，又捧道："我早听说妹妹对于艺术很有研究，我是非常喜欢电影，只是老是不懂，太深了，哪天请妹妹看看电影，请妹妹指教指教。"

邵朝华道："我可不敢，不过看的次数多一点儿就是了。"

刘得贵道："我国人对于电影太落伍了，都不懂，像大妹这样把电影艺术研究透了的，能有几人？"

邵朝华道："多得很。"

刘得贵道："不，就我所认识的小姐太太，没有一个懂得电影的，谈起来总是戏和大鼓，她们太没意思，俗，总而言之，俗。妹妹，我看电影，有时候飞机也飞，火车也走，那都是真的吗？"

邵朝华笑道："那可不是真的嘛。"

刘得贵道："你说人家西洋片子照得是多么好啊，我国电影我也看过，就透着假，不成。"

邵朝华道："电影的艺术，还不在此，这不过是最浅近的。"

刘得贵见她越谈越爱谈，索性就和她谈下去，虽然自己听着头痛，但能叫她愿意和自己谈，这就于愿已足。

他道："哎呀，就是这一点我还不懂，再深一点儿简直更不懂了，以后非叫妹妹多指教指教我不可。我会的玩意儿很多，就是不会看电影。打枪、打麻将、骑马，我全会，嗬，我看人家外国人在电影里骑马骑得真好，赛马的情形，我看那个看得有意思，还有打仗，飞机，我全爱看。”

邵老太太笑道：“你们也不听戏了，老谈电影。”

刘得贵道：“我是跟妹妹研究呢，我爱看电影儿，就是老看不懂，以后多求妹妹指教。今天叫妹妹一说，我特别上瘾，明天非去看不可。”

邵老太太道：“电影有什么看头？你们年轻人就是看电影，看那一男一女，耍嘴儿。”

刘得贵笑了起来道：“老太太跟我一个样，只喜欢看热闹的，刚才妹妹说还有深的意思呢。”

邵朝华本来看不起刘得贵，又见他见识这样浅薄，非常好笑。不过他很虚心地听自己说话，并且可以发泄自己的长处，对于刘得贵也不见得怎么讨厌了。这时的邵朝华对于刘得贵，只是不大讨厌他而已，并没有什么一点点爱好之念。

这时邵野冰回来，戏也唱到末一出了，邵老太太怕散戏太乱，打算早点走，遂站起身来往楼下走。出了门，由刘得贵雇洋车，汽车已经打发走了，坐洋车到饭馆。好在并不远，进了饭馆，占了一个单间。

邵老太太说：“今天吃烤肉。”

刘得贵道：“对，烤肉正当时，这时正是吃烤肉的时候。”

伙计问：“在院里吃在屋里吃？”

邵野冰说：“在院里吃自己烤，吃着香。”

但邵朝华因为在院子吃显得粗野，自己有点害羞。她道：“我同妈在屋里吃，你同刘大哥在院里吃吧。”

邵野冰道：“也好，走，咱们院子吃去。”

刘得贵道：“不，咱们同老太太一块儿吃吧。本来请老太太，怎好我们单吃呢，这么吃也热闹。”

邵老太太道：“对啦，在屋里在院里一样。”说罢，便又全在雅座里吃了。

吃完，刘得贵又叫了一辆汽车，送到家里。邵老太太直说：“今天叫你刘大哥破费了，八月节我还东儿。”其实钱全是邵野冰的，统统算起，今天所花的，刘得贵还剩下几块钱呢。

刘得贵老对邵朝华谈电影，他是抓住就不放松了，谈到很晚才回去。临行，邵野冰送他到大门外，还再三叮咛别忘了进行玉银香的事。刘得贵说：“那绝对忘不了，不过不要着急，慢慢来，大人那脾气不大好办，可是对付好了，也办得痛快着哪，那电话，想着安电话。”

邵野冰道：“忘不了。”说着，看刘得贵走远了，才把门关上。

第二天，刘得贵又来了，以请看电影为名，并请邵朝华指导一切，特来促驾。

邵朝华虽然喜欢看电影，又加着今天的影片又是非常有名，自己正要去看。但是刘得贵这一来约，自己反倒不好意思去了。

邵野冰是向来反对西洋片子的，他已经声明不去。邵朝华非要邵老太太跟着去才成。邵老太太说：“我才不爱看那臭电影，不是电影不好，是我眼睛不成，我看电影眼睛老迷糊，看完电影，半天不得劲，况且我也看不懂，还是你们去吧。”

邵朝华一听，她也不去了。她说：“妈不去我也不去。”

邵老太太问道：“你这么大人了，老得我跟着，明儿我要死了，你就不活着了?”

邵朝华听了急不得说不得。邵老太太问她：“为什么必得我跟去?”

邵朝华委实有说不出的理由，不是说不出理由，是有理由说不出。她不能说：“一个人跟刘得贵去看电影不合适。”即或说了，邵老太太也会刨根儿问她：“为什么不合适?”其实老太太也知道她所以不单独和刘得贵去的理由，但是她偏故意要她去。因为邵老太太已经明白刘得贵非要请看电影不可的心理了，合着邵老太太和邵野冰母子两个人全拿邵朝华联络朋友，始终表现着重男轻女的习性。

邵野冰是完全拿邵朝华当作礼物，邵老太太比较好一点儿，爱女儿虽然没有爱子心切，但是也有点舍不得。不过她想刘得贵对于自己女儿不至于有一种强暴行为，自是人家对于她女儿的身体上没有不利的举动，她便不介意的。至于精神上侮辱，她反至为合理。她常这样说：“男人追女人是应当的，因为女人长得好看，我的女儿有人追，是有人爱我的女儿，我的女儿有人爱，就是她长得好看的缘故。一个女人，若是没有人追，那是一点人缘没有，说媳妇也不说那样的。”

这是邵老太太的哲学，所以越是有人爱朝华，她越喜欢。邵朝华是决心不单独和一个男子上电影院，邵老太太却故意叫她去，于是僵势又要现出来。

刘得贵恐闹僵了，反而去不成，于是说道：“老太太您就去吧，不然妹妹也不愿意去。”邵老太太只得答应了。因为邵老太太也是好玩的人，在家那是坐不住的。邵老太太去，邵朝华自然没问题。他们三人雇了车去了。

邵野冰却到一个茶馆儿去，听票友的清唱。不料在这里遇见贾天才。

贾天才说：“嗬，老没有见，这几天你尽上哪儿去了？我找了你好几天，都说你不在家。”

邵野冰道：“我天天出来。”

贾天才道：“昨天我又找你，老妈子说全家听戏去了。我到戏馆子一找，也没有你，见老太太同大妹妹坐在包厢里，旁边还有一个人，那是谁？”

邵野冰道：“一个朋友。”

贾天才道：“怎么样，那朋友是不是至近的？”

邵野冰道：“马马虎虎的，说不上。”

贾天才道：“要是没什么关系的话，最好还是少招惹他好，我以为不跟他来往才好。”

邵野冰道：“怎么，你认识他吗？”

贾天才道：“我不认识，不过见他那种神气可不正经。他跟大妹妹说话时，简直，唉，我也不愿意说了，总之那人有点不地道。”

邵野冰道：“那人其实也没有什么，只是性情粗一点，别的倒不怎么样。”

贾天才道：“他是干什么的？”

邵野冰道：“他是穆大人的副官。”

贾天才道：“你们怎么认识的？”

邵野冰道：“就是听戏认识的。”

贾天才道：“哎呀，那个人可交不得呀，最好是少交他，咱们是自己人啦，所以我才说这样话。”

邵野冰对于刘得贵正在热头上，并且正需要他，对于贾天才的话，听得就不大入耳，其实贾天才倒是说的是实话，不过贾天才也有他的意思在里面。他对于邵朝华未尝不垂涎，而且他又知道成功希望太少，因为经济力悬殊的缘故。可是人家要和邵朝华在一块儿，他又非常地吃醋。矛盾的心情互相排挤着，致使他掏心窝子的话，说了出来。

邵野冰不愿意对于刘得贵有所批评，而对于贾天才的话又不能不装作听从。贾天才见他听了自己的话，便又接着说："我有一种好方法，可以叫他永不再来找你了。"

邵野冰漫然道："什么方法？"

贾天才道："你告诉你的老妈子，不论你在家不在家，总告诉他不在家，他碰了几回钉子，就不找你去了。"

邵野冰道："不灵。"

贾天才道："怎么知道？"

邵野冰道："我用过多少次了。"

贾天才道："对于他吗？"

邵野冰道："不，对别人。"

贾天才猛然脸红了道："这个法子倒是不好，容易叫人误会，是不是？"

邵野冰道："可不是。"

贾天才道："上次捧玉银香，很得了效果，你说咱们出的主意多高，她真向你来看，她已经注意上你了。"

邵野冰笑了笑，贾天才又说："我看咱们再举行一次，她准能完全服了你，你信不信？"

邵野冰道："我现在已经把她弄过来了，不想那样干了，我另有一个门径。"

贾天才道："那样也好，本来聚众捧角儿也不大好看。也就是头一次，可以那样干，自是叫她注了意，也就别另辟门径为是，但不知你走哪一条门径？”

邵野冰道：“就是叫那穆大人的副官给说，叫穆大人把玉银香让给我。”

贾天才一听，不禁悲从中来，这样一说，自己全无希望了。

不提贾天才如何盘算，且说邵老太太和邵朝华、刘得贵在电影院里看电影。刘得贵瞧着戏院的情形，一边看电影一边对邵朝华说话，说得声音越来越大，招得四周围人都嗤嗤不已。

邵朝华非常讨厌，讨厌他连看电影的规矩都不懂。看电影虽然没固定的规则，可是有一种公德的习惯与礼貌，他大言不惭地说个没完，并且所说的都是外行话，邵朝华觉得同他在一起坐，真是一种羞耻。遇上电影映着可笑的时候，他就哈哈大笑，鼓掌不已；遇到映强盗杀人时，他竟骂了起来。银幕上映着警官追个贼，他便大喊：“追呀，追呀，快追！”听得人都大笑起来。有时那银幕上的贼躲在一个墙角隐藏，那警官走来，老找不着时，刘得贵大喊道：“他在墙那边藏着呢。”仿佛他可以和银幕上的警官说话似的。

邵朝华见他看电影的程度这样幼稚，越发看不起他，恨不能马上就离开他才好。但她又是一个慈柔的女子，不愿当时给人一种难堪，只得隐忍着。她想：“下回无论如何，不再同他看电影了。”

刘得贵为献殷勤起见，偏又说个没完，四周围人由嘲笑以至攻击了。邵朝华不得已，对刘得贵婉言加以制止。刘得贵倒是真听话，邵朝华说什么他便顺着答应什么，还勉强叫邵朝华能够待得住。

邵老太太简直看不下去，直要困，眼睛都流出眼泪。她站起来道：“你们看吧，我还得回家，这电影儿我简直看不下去，心里闷得慌，老不像看戏畅快。”说着便往外走。

邵朝华道："我随您一同回去吧。"

邵老太太道："那不像话，哪有把人家刘大哥一个人留在这里的。"

邵朝华怕自己如果执意要走，老太太必定和自己嚷，则又要惹起别人的攻击，只好暂忍耐坐下。

邵老太太走了，刘得贵越发欢喜，他以为邵朝华一定爱上了自己。这时灯亮了，休息十五分钟，这时四周围的观众都向他们看来，要看看说话的是个什么样的人。邵朝华坐在刘得贵的旁边，十分害羞，而且耻愧。本来她是看电影的行家，这时叫外人看她是个外行，仿佛脸面上不好看。她可是个好胜的姑娘，她低头不敢向四外看。但偶一抬头时，却和一个人对了眼光，致使邵朝华突地心跳不止，喜、惊、愧、哀，各种心情都挂上来。

要知这个人是谁，看下章才能知道。

第四章　渐入佳境

话说邵朝华和刘得贵坐在一起看电影，她总以为是一种羞耻，所以电灯开亮的时候，四周的人看来，她几乎不敢抬头。在她偶然抬头看时，忽然见一个人也正向这边看来，那人不是别人，却是郁芳廉，是有知识的人。见自己和一个外行人坐在一起看电影，一定要羞自己的。

她这时说不出是怎么一种情绪，忽见郁芳廉向自己点了点头，心中甚喜，立即笑着点了点头。

郁芳廉道："您也是来看这个片子?"这话就等于废话，可是除了这句话，又找不着别的话可说。

邵朝华道："对啦，我是同我母亲来的。"她先把这话表出来。

郁芳廉道："噢，伯母也来了，在哪里呢?"

邵朝华道："刚走，因为不大喜欢看这片子，同时也有点不舒服。您一个人来的吗?"

郁芳廉道："是的。"

这时，灯又灭了，电影继续演出来，他们便归沉默。

刘得贵向邵朝华道："那人是谁?"

邵朝华道："姓郁。"

刘得贵道："什么关系？"

邵朝华道："朋友。"

刘得贵道："是谁的朋友？"

邵朝华道："野冰的朋友。"

刘得贵道："和你也认识？"

邵朝华只是哼一声，刘得贵道："他是干什么的？"

邵朝华道："是个教员。"

刘得贵道："穷教员也看电影。"他以为看电影的全是阔人少爷小姐。

邵朝华已经不耐烦了，就没有答复他。刘得贵仍是问道："他和野冰熟不熟？"

邵朝华道："平常的朋友。"

刘得贵道："认识有多少日子了？"

邵朝华道："也就是三四年的光景。"

刘得贵一听，比自己年月久，不禁忌妒起来。他道："大概不像我们这样过得近吧？"

邵朝华漫应道："一个样。"

刘得贵一听说一个样，心里便盘算起来，想不到这儿有这么一个情敌，他以为男女一认识就发生爱情呢。他想："慢慢想法子得把这小子除去，不然，究竟是一祸害。"他心里净盘算了，电影也没有看。

一会儿演完散场，大家陆续走出。郁芳廉对邵朝华道："回头上哪儿去？"这话里仿佛有探他们行踪的意思。

邵朝华道："我回家。"这三个字虽然少，但是面面俱到，已经把好些意思全表示出来，一个"我"字，先把"们"字取消，然后说“回家”，表示不到别处去。郁芳廉也就一笑而别。

邵朝华当真不管刘得贵，自己一个人雇了车回家来。刘得贵本想也雇车跟了来，但又觉得不是滋味，待要他往，又见那姓郁的好像仍在望着自己，看自己的究竟。他为使姓郁的看着眼气起见，竟坐上一辆车追邵朝华而去。

邵朝华在车上正想着在电影院里的情形生气，后想到临别把刘得贵抛弃，一个人雇车回来，叫郁芳廉看着，一定很喜欢。想到这里，心里还痛快些。及至到了家门口儿一下车，好，刘得贵仍旧跟了下来，她心里当时又一阵不痛快。下了车给了车钱便往里走，刘得贵口里直嚷：“我给吧，我给吧。”

邵朝华不顾而去，刘得贵追了起来，进门便喊：“大妈回来了吗?”

邵老太太在屋里道：“早就回来了。”

刘得贵道：“好，这我才放心，我那时就想送老太太回来，又怕大妹妹一个人在那里没有照应，看完了我就赶紧送大妹妹回来了。本应当在外面吃饭，又怕大妈不放心，所以赶紧回来。”说得是满好听，其实他是跟了来的。

邵老太太听了非常喜欢，说道：“歇一歇吧，叫你惦着受累了。”

刘得贵道：“那有什么的，这是应当的。”他倒理直气壮起来。

邵老太太道：“野冰这孩子也不知上哪儿去了，整天不在家。”说着，便叫朝华，那意思是叫朝华陪着说话儿。

叫了几声，没有答应，邵老太太刚要生气，老妈子进来说：“小姐出去了。”

邵老太太道：“这丫头不是刚回来吗?”

老妈子道：“刚出去的。”

邵老太太道："这孩子学得也野起来了，净跟着往外跑。"

老妈子道："小姐说是理发去了，大概一会儿就回来的，晚饭说不必等小姐了。"

邵老太太道："哪有这样的？把刘大哥扔在家里她理发去了。也就是大哥不是外人，要是别人就挑眼了。"

刘得贵道："这就跟自家人一个样，来来走走，可不是就谁也不必跟谁了吗？我也去了，把大妹妹送到家里，我也算放了心，您歇着吧。"他是觉得待着没劲了，邵野冰不在家，朝华也出去了，剩个老太婆，谈着多没有兴趣呀，于是也辞了老太太走了出来。

刚刚出门，却碰上邵野冰走回来，还同着一个朋友。邵野冰见刘得贵要走，不由拦住道："忙什么，再聊会儿，我给你们二位介绍一下，这是刘得贵刘副官，这是贾天才贾先生。"

贾天才忙作揖道："走哇？咱们家里坐，再坐会儿。"就仿佛是他的家似的。

刘得贵自然没问题，又跟着同来。可是心里想："这姓贾的好像比我还熟和，我得跟他比试比试。"

贾天才也想："这家伙倒是有两下子，邵野冰不在家他就能在家坐，这回跟他泡一泡。"

三人进到里面，刘得贵和贾天才一块喊起来，全喊大妈。两人一比赛，越喊声儿越大，看谁把谁压下去。邵老太太的耳朵都要被震聋了，邵野冰非常高兴，这叫老太太看着是多么亲热呀，交朋友，一点错儿没有。

两个人挤进屋来，一齐向邵老太太说话。刘得贵说："我刚出门，又碰上野冰，就把我拉了回来。"

贾天才在一旁请安鞠躬，邵老太太全没看见，以致贾天才请了好儿次安。贾天才说：“老没给大妈请安来了，大妈这两天好！”

邵老太太不知答复谁好了。就是说话，他们也听不见，两个人抢着说，一句跟着一句。

贾天才心说：“你看我和邵老太太多么近乎。”

刘得贵心说：“你看大妈对我多好。”

两个人一比赛，邵老太太简直上气接不着下气，咳嗽起来。刘得贵是马弁出身，这时透着机灵，赶紧把痰桶端过去，叫老太太唾痰。

贾天才一看，自也不能闲着，过去便给老太太捶腰，一边捶一边说：“天气有点凉了，总得留神，着一点儿凉便要咳嗽。”

邵老太太道：“我倒是没有这咳嗽病，只是刚才一阵嗓子痒。”

刘得贵又倒过一碗茶来道：“您喝口茶冲一冲就好了。”

邵老太太道：“你瞧瞧，我儿子也没有这么孝顺过我一次，倒还不如外人，这儿子简直白养活了。”

贾天才道：“野冰倒是由小时就抚养惯了，可是他对于服侍老人家儿身上，总差一点儿。”

刘得贵道：“野冰也懂得孝母，他行孝是大孝，不拘小节。他能拿钱请老太太娱乐，给老太太买东西，这才是真正的孝。”这话一来捧邵野冰，二来讽贾天才。

贾天才道：“野冰是个有心的人，他是想干出一点事业来，以显父母，那才是孝呢。平时买东西等等，还是小节目，野冰是成，比我们眼光远，远得多。”

这母子二人，被俩人一捧，真是晃晃悠悠地如入云霄，立刻叫老妈子告诉厨师傅做饭。

邵野冰道：“叫厨师傅多做几个菜。”

贾天才道："越随便越好，我们在这儿吃，又不是外人，做那些菜做什么，最好是添双筷儿就得。"

邵野冰道："前天你生日，我还做寿也没做。"

贾天才道："你怎么知道我是前天生日？"

邵野冰道："前天不是中秋节吗？"

大家一听，全都笑了。贾天才道："你真成，跟老大哥开起玩笑了。"

邵老太太笑道："他就是这么好玩笑，不懂礼貌，一点安稳劲儿没有。"

贾天才道："礼儿不歪，笑儿不来，哥儿几个凑在一块儿，可不是都过要戏？这还算好的，到外面，简直就显着野冰了，好，谁也说不过他，真来得快。"邵野冰更高兴了。

刘得贵见邵野冰和贾天才闹玩笑，贾天才受宠若惊的劲儿，非常不乐意，仿佛还有点醋意。

贾天才说："哥儿们非得过着诙谐，才能算作好朋友。要是大哥长大哥短，别听叫得亲热，不成，您说是不是，大妈？"

刘得贵心说："这小子是有点跟我泡啦，咱们得干一干，看看谁成谁不成。"

说着话儿，开上饭来。贾天才道："您猜怎么着，我还真饿啦，您瞧着的，非给您吃个五光四净不可，我不会客气，看到谁家里，您说对不对？"他把话说在头里，预备要找补过节。

他们正吃着饭，忽然门铃儿响，贾天才知道是邵朝华回来了，便道："我去开门。"

邵老太太道："不用，叫老妈子去吧。"

老妈子去了，把门一开，原来是小姐。邵朝华道："走了吧？"

老妈子道："没有，他们正在吃饭，小姐快去吧。"

邵朝华低声道："你别跟老太太说我回来了，我不见他们。"说着，一个人轻轻走回自己屋里。

邵老太太见半天没进来人，便问道："王妈，谁叫门啦?"

王妈当时答不出来，因为小姐不叫说，只得说道："送信的。"

邵老太太道："你倒是把信拿来呀。"

王妈道："小姐的信，我放在小姐屋里了。"其实这是老妈子撒谎，谁知他们全当真了。

刘得贵和贾天才两个人心里盘算，给邵朝华的信，谁来的呢?这样看来，邵朝华在外面交际很广呀。

邵野冰怕刘得贵听了发生误会，所以极力岔开了，但刘得贵早已听见，而且误会已生。邵野冰也想，他也想不出是谁给朝华来的信，因为他知道朝华并没有朋友。邵老太太也非常纳闷。

吃完了饭，又说了很多的话，那时已是深夜，而朝华并没有回来的消息。不但刘得贵、贾天才疑惑邵朝华在外面有朋友，就连邵老太太和邵野冰都不禁疑惑起来。

刘得贵到底憋不住了。他道："大妹妹怎么还不回来，她一定住在外面了吧?"

邵老太太和邵野冰一齐否认道："不能不能，她没有一个人在外面住过的，这不定是上哪儿了，也许是看电影夜场去了。"

刘得贵道："白天看的，夜里还看吗?"

邵老太太道："你可不知道这个丫头，真是电影迷，一天能连着看三场。"

邵野冰道："妈，您得好好说说她了。黑天半夜出去，多晚不回来，一个姑娘人家，不像话，以前她就没有一个人晚上去过，近来学得这么大胆。”

刘得贵道：“也许有人跟着做伴。”他还是疑惑邵朝华有男朋友，或者就是那姓郁的也未可知。

邵野冰道：“不能，她没有朋友，平时出去总是我跟着，要不然就是老太太跟着，没有一个人出去过。今天特别，别是有什么缘故，出了错儿，也许叫汽车轧了。”

邵老太太道：“去，怪丧气的，永远不说好话。”

邵野冰道：“这丫头轧死都不多，近来就透着狂气。以前小丫头子，倒还听话，这程子就不是那么一回事了，非管她不可了。”

邵老太太道：“听你话就算好，不听你的话就不好，不能那样说话。”

邵野冰道：“不是那样说，把她当个人看，她就了不得了。”

贾天才道：“邵朝华不至于，她也是很聪明的女子，有其兄必有其妹，况且现在讲男女平权，不能谁管谁了。”

刘得贵也说：“也许到亲戚家里，被留住下，也未可知。”

邵老太太道：“不能，她没我的话不敢在亲戚家里住，就是上谁家去，总是由我带着，没有她独自去过的。”

大家纷纷议论，老妈子也不敢言语。

邵野冰道：“我看是谁给她来信，我就知道她上哪儿去了。”说着就要去。

邵老太太怕朝华当真有了男朋友，叫刘得贵和贾天才看出来，不大好看，立刻喝住道：“不用去看了，大概是你表姐来的，你拆开看了，她回头又跟我闹，说哥哥连书信秘密自由都不懂，我又得敷衍她。”

邵野冰因为识字也有限，万一看了而不懂，也自不好看，遂止住脚步。刘、贾二人，无精打采地辞了出来。

时已深夜，月明星稀，两人走在街上，已经冷清得没有什么人。他们各自无言，想到邵朝华和另一个朋友，这时不知在哪里消磨甜蜜的岁月，不禁凄然。尤以刘得贵心里最难过，自己都以为和邵朝华走入初恋，现在有了情敌，怎不伤心？茫茫深夜，很有点凉，秋意颇深，路上寂静得几乎连他们心跳的声音都要听见了。

刘得贵究竟是憋不住了，问贾天才道："你看邵朝华怎么样？"

贾天才道："什么怎么样？是品行，是学识，是相貌？"

刘得贵道："她是不是男朋友很多？"

贾天才道："没有吧，除了我们两个人以外，大概没有，要是有的话，我可以知道的。"他倒挺拉近乎的，居然和刘得贵拉为平等线，俨然有自认为情敌之势。

刘得贵仍不相信。他道："今天我同朝华在电影院里看电影，她同一人打招呼，我一问她说是姓郁，是野冰的朋友，你知道姓郁的这个人吗？"

贾天才一听他同邵朝华一同看电影，这程度便很不错了，这一来，邵朝华也是个浪漫的女人了，谁都可以进攻，以后我也试试，连刘得贵这小子都跟她一块儿看电影。

刘得贵见他不语，又问道："你知道有姓郁的这么一个人吗？"

贾天才想道："刘得贵比我认识她晚得多，人家倒先走上了，我反倒落后，非和他比试比试不可，我就不相信我不成功。"

刘得贵又问道："你到底认识那姓郁的吗？"

贾天才心里继续想："我怎么约她出来呢？写信吗？对，写信，今天她又接到一封信，不知是谁给她的。"

刘得贵见他始终没言语，不由推他一下道："我问你话呢。"

贾天才道："啊，啊，什么?"

刘得贵道："我问你认识姓郁的不认识?"

贾天才道："认识认识，我们很熟，他是省署里的一个秘书，我们至交。"他不但给自己吹，并且也给人家吹，其实他并不认识哪个姓郁的。

刘得贵一听，省署里的秘书，怨不得朝华爱招呼他，这样一说，今天晚上还许是在哪儿开房间了呢。

贾天才也想："怎么还有个姓郁的，这一说邵朝华的朋友真不少啊，我非进攻一下不可了，成功便是我得的胜利，不成功也没有什么。"

他们正走着，忽然对面来了一辆汽车，那车前的灯光在老远便闪烁，照耀得他们两个人睁不开眼睛。车到跟近，风驰而去，卷起丈高尘土，在灯光下弥漫着。

刘得贵道："你看见里面是谁吗?"他疑惑车里是邵朝华。

贾天才被灯光耀得什么也没看见，可他却说："可不是邵朝华吗?还同着一个男的。"

他这么一瞎说不要紧，刘得贵真往心里去，无精打采地和贾天才别了，各自回家去。

且说邵老太太和邵野冰自刘得贵、贾天才走出后，母子也非常疑惑，说朝华哪里去了呢?

邵野冰道："这丫头，一定跟人家开房间去了。"

他这话还没说完，只见朝华走进来道："不准骂人。"

邵野冰吓了一跳道："你瞧，说着曹操，曹操就来了。"

邵朝华道："妈，您瞧，哥哥老胡说人家，这要叫外人听见，多不好看哪。"

邵老太太道："你深更半夜上哪儿去了?"

邵朝华道："我哪儿也没去，就在家里来着。你问王妈，我多早就回来了。"

老妈子也过来说："老太太，小姐倒是早回来了，您那儿正吃饭呢，小姐不叫我告诉老太太，所以我说是信来了，其实是小姐回来了。"

邵老太太道："嘿，怨不得，我说你半夜不回来到哪儿去了呢。"

邵朝华道："我真讨厌他们，那姓刘的姓贾的，全不是什么正经人。"

邵野冰道："胡说，我的朋友没有坏人，世界上就你一个人好吗?"

邵老太太道："半夜里别抬杠，睡觉去吧。"

邵朝华等，各无言而退，回到屋里睡觉。

第二天，邵朝华醒来，老太太和邵野冰全没有起，她便一个人走了出来，她早晨出门，这是头一次，因为她是小姐而不是女学生。她走出来又无处可去，平常的日子，出门便坐车，今天特意要步行。她想上北京图书馆来。

别看邵朝华是个摩登小姐，但是没有进过北京图书馆，她一个人不好意思进去，但又没有人陪着她进去。她跟邵野冰说了好多次，叫他带着到北京图书馆里看一看。邵野冰也是没去过，并且他是不愿去，他老说："谁上那里去，多别扭，这一辈子不用想叫我进去。"邵朝华又想叫老太太跟着，但老太太更不去了，老太太说："人家那里是看书的，不是市场，咱们到那里逛逛。"邵朝华便始终也没有去过。

今天她想一个人去一趟，这种文化机关，就是走错了路，人家也能原谅。但是就怕别人看着笑话，万一不懂看书的规矩，出了笑话，岂不难看。

她正在犹豫，忽然听见后面有人叫：“邵小姐。”

她回头一看，却是郁芳廉。

郁芳廉问道：“邵小姐上哪儿去，这么早？”

邵朝华迟疑了一会儿道：“我打算上图书馆，可是又不一定。”

郁芳廉道：“那正好，我也是往那里去的。”

邵朝华一听喜道：“郁先生也是上那儿去的吗？我老早便想去，就是始终没有机会。我一人懒得去，我一切取书的规则都不知道，我正想找一位带我去，把一切手续告诉我，今天真是幸运，遇到您了。”

郁芳廉道：“噢，您一次也没有去过吗？”

邵朝华道：“没有。”

郁芳廉道：“那里面太好了，非常安静，真是用功的好去处，可是近来时常被一般青年情侣利用为约会的地点，因为在那里等情人，免去一半心焦的。”

邵朝华笑道：“郁先生经验之谈。”

郁芳廉笑道：“这是人家告诉我的。”

邵朝华道：“要是一同进去，人家就不疑惑是定约会的了吧。”

郁芳廉笑道：“小姐太多心了，我方才说的全是假话。”

两个人一边走一边说着话，谁也不觉累。

郁芳廉道：“野冰呢？”

邵朝华道：“还在睡觉。”

郁芳廉道：“他太暮气了，哪有这时候还睡觉的？我对于令兄，说句不客气的话，实在不敢恭维，他简直不是现代青年。”

邵朝华道："可不是？我母亲也不管他，上次您向我母亲说的那些话，多么正当，可是我母亲一句也不往心里去，没有办法。"

郁芳廉道："听说他近来对一个坤伶叫玉银香的很垂涎，其实我劝他不必这样了。玉银香那个坤伶，实在不是一个做贤妻良母的女子，野冰一死儿地进攻她做什么？我有个朋友叫黄安远，他知道玉银香的历史很详，照他说起来，玉银香简直不堪承教。难得是老太太也跟着他起哄，花了许多钱，一点儿也得不到什么。"

邵朝华道："谁说不是，我曾经再三说，总是不听。"

郁芳廉道："小姐，昨天在电影院里同您坐在一起的那位……"

邵朝华没等他说完，脸就红了，说道："那本来是野冰新近交的朋友，非常的俗气，一点常识没有。我和母亲看电影儿，他一死儿地要跟着，太讨厌了。"

郁芳廉道："噢，我以为……"底下没有说又转换口气道："那个人怎么一点学识没有，看电影就听他喊叫了。"

邵朝华道："那人根本就提不得。"

郁芳廉道："您为什么不入学校呢？"

邵朝华赧然道："我本来是想入学校的，可是家里不许，说一入学校就坏了，简直没有一点脑筋。"

郁芳廉道："还是入学校读书好，将来自己的前途也总有希望，难道您要靠老太太一辈子吗？就是将来嫁……"底下的话不好说，可是笑了。

邵朝华略一羞赧也笑了。她忙道："今天走这远路并不觉得累，还是早晨精神好。"

郁芳廉道："您每天要做这么一次早晨散步，对身体大有益处。"

两个人来到图书馆，便一起走进去。郁芳廉道："就是不看书，只来散步，也是好的，所以情人们在这里定约会的很多。”

邵朝华道：“您和别人定过约会吧？”

郁芳廉笑道：“没有，不过以后却保不住的。”

邵朝华低下头去，暂时沉默。

两个人进了图书馆，郁芳廉便告诉她哪里是看新书，哪里是杂志室，哪里是阅报室，然后又上楼来，告诉她怎么看书，坐什么位子，并且实地做了一次示范给她看。教她看许多小抽屉里的图书目录，教她如何取书还书，把手续都告诉清楚之后，又问她道：“您看书呢，还是外边散散步？”

邵朝华道：“今天把手续都知道就完了，明天再来看吧，您不看书吗？”

郁芳廉道：“既然您不看书，我也不看了，陪您在外面散一散步吧。”

说着两个人走了出来，来到东边，倚着石栏，望着北海。

邵朝华道：“我看这里比北海还要清静。”

郁芳廉道：“这里虽然不要门票，可是来的人少。北海买门票，反而去的人多，其实景致不是一样吗？”

邵朝华道：“可见人们还是爱热闹的。”

郁芳廉道：“我就喜欢清静，如果有个情人，同我住在一个荒山古庙、人迹罕至的地方，我绝不想再到城市里来。”

邵朝华道：“您想您能有那种情人吗？”

郁芳廉道：“我想不难有吧。”说着看了她一眼。

她道：“我愿意一个人在荒山古寺里。”

郁芳廉道：“不管一个人两个人，我总算有了同志。”两个人全笑了。

邵朝华道：“我总奇怪，人们为什么那么爱热闹，不会享清福。”

郁芳廉道：“我以为过于冷清也不大好，除非他受了多大刺激，我以为享清福之中，再有一半艳福那才有意思。”

邵朝华道：“有意思吗?”

郁芳廉道：“有意思。”

邵朝华道：“那么您就找您的情侣去吧。”

郁芳廉道：“我哪里去找呢?”

邵朝华笑道：“我知道您哪里去找呢？横竖您有地方去找的。”

郁芳廉笑道：“先不管她吧，现在还不到那个时候，一定可以找着了。”

邵朝华和男子长谈，这是头一次，以前除了和刘得贵在电影院里谈过一次外，都是由邵老太太带着的，并且那次所谈，实在引不起自己的高兴来，那是迫于无奈。今天和郁芳廉谈话，便感到极大兴味，不知是怎么一回事。郁芳廉呢，他以为邵朝华是摩登小姐，和男子谈话的经验很多，所以对她说话，不时有失去庄肃的地方，如此才可以提起兴趣，两个人都可以不感到疲倦。后来他看邵朝华总有一种忸怩的神情，不像浪漫小姐那样落落不羁。这种态度，最容易给男子一个残酷而愉快的心理：你越爱脸红，我越觉得快活。

郁芳廉在这种忸怩中，又发现她对于自己仿佛有种同情的意思，同时知道她并没有那浪漫的经验，于是在这逗笑的心理中又加上一半怜爱上去，所以说话，有时候正经，有时候又诙谐可喜。他那低柔的声音、和悦的脸色，帮助他的辞藻一同引进，邵朝华便不知不觉地陶醉了。她以前只知道母亲，说母亲是最亲爱体贴的人了，除了母亲外，没有人再比母亲那样处处可以使自己愉快。虽然母亲责备自己，但那也是慈祥和爱的。她对于男子，有她哥哥邵野冰做了模样，又加上他这些朋友的态度，她以为是个男子都是这样的讨厌。她虽然有时看见书里杂志里面有爱情的诗歌和故事，心里不免有春情的发动，可是一见到邵野冰等，便立刻把恋爱的观念打消了。

她时常悲观，她以为她这一生是没有恋爱的可能，一来环境不成，二来她以为那种好对象是没有地方找去。今天和郁芳廉一谈起来，觉得没有一句不使自己快活的，虽然有时不大好意思，可是在这不好意思当中，仍有愉快的心情。她想："这就叫作爱吗？"

郁芳廉见她那忸怩样子，知道她已经发出"情"来。他又进攻一步道："邵小姐有很好的朋友吗？"

邵朝华笑道："没有，将来也许有。"她是学郁芳廉的口气。

郁芳廉暗赞她的聪明，是比邵野冰胜万倍了，也不禁油然生爱。

两个人谈了许久，也不觉得累，也不觉得饿。他们正说着，忽然听得"咚"的一声炮响，邵朝华道："呀，都正午了。"

郁芳廉道："可不是，十二点了，您饿了吧？"

邵朝华道："我倒不很饿，可是也该到吃饭的时候了。"

郁芳廉道："我们到街上饭馆子吃一点儿去。"

邵朝华也自不愿意离开，便同郁芳廉走出。郁芳廉道："您是同老太太和野冰吃惯了大馆子，大概家常便饭您许吃不了，莫如我们到番饭馆吃一点俄国小吃倒不错。"

邵朝华道："我什么都吃，您不要看我是个女子，其实我比我哥哥还能吃苦些。"

郁芳廉道："那样最好，我们不要奢华染成习惯，您要同我天天在一起，准可以养成一种朴素的嗜好。不过这种嗜好，对于小姐们是不大适宜的。"

邵朝华道："您以后不要把我当着小姐好了，我实在不愿意当小姐。”

郁芳廉笑道：“您愿意当什么？”

这一句话把邵朝华问得竟答不出来，虽然知道这是郁芳廉的一种玩笑，但是心里有一种说不出的快活。她晓得郁芳廉是叫自己想到不当小姐而当太太，可以使自己脸红起来。她笑着摇头道：“什么也不当。”

郁芳廉见她参透这种意思，便也笑了。

他们到东城一个番菜馆吃了饭，顺便到市场逛了逛。邵朝华怕邵老太太不放心，要回家去。

郁芳廉又约她看电影，她仿佛也有点舍不得离开的样子，便一同看电影去了。自然，两个人坐在一起，所谈的都是行话。

邵朝华高兴极了，散场后，两个人走出，邵朝华要回家，郁芳廉说：“既然出来一天，索性尽性再回去，晚上该吃中餐了。”

邵朝华说：“若是吃饭，须是我请。”

郁芳廉道：“谁请都是一样，目的只为我们相聚的时间延长。”

两个人便到饭馆吃饭，吃完饭，又到公园散一会步。这一天，从早晨到晚上，两个人始终在一起，虽然谈说上没有任何进展，可是精神感情上，已经大有进展了。

郁芳廉怕野冰知道不大合适，因为野冰不是开通人物，别看他闹得那么五花八门，可是他的思想并不维新。

郁芳廉说：“您回家，他们要问您这一天做什么来着，您怎么回答他们呢？”

邵朝华想了想道：“我就说同您在一起，那有什么关系？”

郁芳廉道：“不，如果这样说，那就于我们不利了，您如果希望我们仍能见面、一块儿游玩的话，最好是暂时撒谎的好。”

邵朝华道："我怎样撒谎呢？"

郁芳廉道："您没有女朋友吗？"

邵朝华道："没有。"

郁芳廉道："那您就随便说到某一个亲戚家去了。"

邵朝华道："但是他们可以问出来的呀。"

郁芳廉道："那么您说在图书馆待了一天也可以。您就说，有一本书真爱看，看了一天，也不忍释手，到晚上还没看完，明天还要接续看呢，如此把明天也定出来了。"

邵朝华笑道："您真是撒谎大家，把明天的谎也撒了出来，但我想他们一定很相信的，因为我跟他们说过多少次要到图书馆来。"

郁芳廉道："那好极了，那么，我们仍是图书馆见吧。"

邵朝华笑了道："明天？"

郁芳廉道："您如果有别的约会的话，就不必了。"

邵朝华道："总是这样说话。"

郁芳廉道："您不喜欢听吗？"

邵朝华道："不喜欢。"

郁芳廉道："那么这句等于我没有说，那么明天……"

邵朝华笑道："真是，我不会像您那样狡辩，各方面都占着。"

郁芳廉笑道："小姐，这是承受您的意，我不敢各方面都占着的，我是问您明天到图书馆去吗？"

邵朝华道："现在不敢说，但多一半是要去的。"

郁芳廉道："那么明天见吧。"

邵朝华道："那么您明天也去吗？"

郁芳廉道："本来我是每天必到的，可是您明天去，我就不一定去了。"

邵朝华道："为什么？"

郁芳廉道："我怕落定约会的嫌疑。"

邵朝华笑道："我不同您说了。"说着转身跑了去，雇上洋车回到家来。

在车上想到方才的情形，真是甜蜜极了。她想："这事真奇怪，怎么他每一句话都那么有力量，使自己心跳。回想起来，方才所说的话，没有一句忘却，真记得清清楚楚，并且连说话的神气都记得分毫不差。别人说话，不也是一样吗？为什么印象不像这样深呢？这就是恋爱吗？"

她想到恋爱，觉得有点脸红，可随之更觉愉快。回到家里，高兴而羞愧地往自己屋里去。一问老妈子，知道老太太和少爷全出去了，心里先放下了。

老妈子说："小姐，你这一天上哪儿去了？由一清早老太太、少爷就叨唠，一直叨唠到晚上。现在他们娘儿俩找你去了，也不知到哪儿去找了。"

邵朝华道："老太太回来，就说我早回来了，和老太太走是前后脚儿。"老妈子答应了。

到了夜里，邵老太太和邵野冰回来了，进门便问那丫头回来没回来？老妈子说："早就回来了，等您这些时候了，恐怕小姐都要睡了。"

邵朝华忙跳出来说道："妈回来了，我回来说妈刚走，妈晚走一会儿我就能跟妈一块儿玩去了。"

邵老太太本来是生气的，可是一见了她，又没有气了，便仍装着生气的样子，那是给邵野冰看的。

老太太说："哼，你玩了一天了，还要跟我说，你也太不知足了。”说着，往屋里便走，又说：“你当是妈妈又听戏去了呢，我是找你去了，连你哥哥都找你。”

邵野冰始终不言语，他准备发作。

邵朝华道：“妈，我没有玩去，我看了一天的书，在图书馆里。我不是老说跟您去的，您老不带我去，这回我一个人去，在那里看了一天。”

邵野冰道：“看一天，谁信？吃饭在哪儿吃？难道人家图书馆还管饭不成？”

邵朝华道：“我因为有一本书，看得入瘾，所以在附近一个小饭馆儿吃了一点，又去看去。”

邵野冰道：“你别瞎说了，你一个人就进小饭馆了？打死你你也不去，平常的饭馆子你还嫌脏呢。”

邵朝华道：“我没有吃他们的饭，我是到一个咖啡馆里吃些点心，喝杯咖啡牛奶，我才不吃那脏饭馆子呢。”

邵老太太便信以为真，因为邵朝华倒是说过想到图书馆去，但没想到她会这么看上瘾。邵野冰没话可说，本来人家用功还能说坏吗？

邵朝华又说道：“那本书我还没看完，明天还得接续看去。”

邵老太太道：“哎呀，可别去了，宝贝儿，这么看书简直不要命了。连饭也不正经吃，这要是连看几天，还不得瘦呀！明儿别再去，歇两天再去，哪有天天去的。”

邵朝华道：“不，那算什么，人家天天去的有的是，并且学校也天天上课呀。”

邵老太太道：“学校也有个星期礼拜，你可受不了那累。孩子，别去啦，明天跟妈妈听戏去吧。”

邵朝华道："不，那本书我还没看完呢。"

邵老太太道："明天我叫老妈子给你送饭去，倒是吃点儿好的呀，给你送两个螃蟹去。"

邵朝华一听笑了起来，说道："人家图书馆可不准在里面吃饭，也没有地方。"

邵野冰道："妈，螃蟹留着咱们吃，不给她，谁叫她上图书馆呢，非得在家里才给吃呢。"

邵朝华道："爱给不给，我还不吃那个。妈，我睡觉去了，明天还去呢。"说着，便走回自己屋里。

邵老太太道："对啦，早点睡吧，累了一天了，夜里就别用功了。"

邵朝华咬着下嘴唇走进屋里，温习她这一天的经过。入梦以后，偏又梦见郁芳廉了。她梦见郁芳廉跪着向她求婚，她虽然觉得过早一点儿，但是很乐意地答应了。当时自己还很羞赧的，她想："郁芳廉是很稳健的人，为何这么早就向自己求婚？难道完全了解了吗？但是他也应当尊重我呀，哪有就这样贸然求婚的呢？我那时先不该答应他好了，应当先叫他忍耐些时候，女子是不能太顺从他们的呀。"她又想到已经成了他的太太，这种滋味是多么新鲜有意思呀。她正想那有味的时候，醒了，才知道是个梦。她想除非是梦，否则郁芳廉不能这么贸然向自己求婚的。

第二天一清早，换了一身漂亮的秋装，邵老太太和邵野冰还没有起，邵朝华便轻轻走出来。

老妈子一见道："哟，小姐打扮这么漂亮上哪儿去呀？"

邵朝华连连向她摆手，老妈子一缩脖子低声道："小姐，回头老太太要问呢？"

邵朝华道：“你给我雇辆车，到北京图书馆。”

老妈子道：“我给你雇去，哪儿？我没听说过这个胡同。”

邵朝华道：“你跟拉车的一说北海旁边图书馆，他就知道。”

老妈子去了，一会儿进来说：“小姐，给您雇好了。”

邵朝华道：“老太太要问你就说我上图书馆了。”说着走了出去，坐着车直奔图书馆。她想：“这地方定约会倒是不错，还落个用功的名儿。”

车上坐着，忽然对面来了一辆车，上面坐着刘得贵。她犹豫了，招呼不招呼呢？招呼太麻烦，甚至脱不得身，不招呼又要把他得罪了。正想着，两车已碰到一条横线，刘得贵仿佛才看见的样子，忙道：“喂喂喂，上、上、上哪儿？”

邵朝华道：“我买点东西，一会儿就回来。”说话间，两车已经开得很远了。

刘得贵好像失了珍宝一样，不胜垂头丧气。他昨天来了，等了一天，邵朝华就没有回来。今天想一清早就来，谁想还是把她放走了。已经来到这里了，那就只好找邵野冰去吧。

到了邵宅，正赶上老妈子往外倒痰桶，邵野冰的痰桶是装尿而不是吐痰的。老妈子倒痰桶，说明邵野冰刚刚起来。

刘得贵往里便走，老妈子说：“刘副官来了，二爷刚起。”

刘得贵进到里面，邵野冰正在漱口，牙膏的水儿顺着牙刷子顺下滴答。见了刘得贵进来，连忙鞠躬相让，仿佛对刘得贵抱着很大的歉意似的。

刘得贵进了他的屋里问道：“老太太还没起呢吧？”

邵野冰道：“可不是？沏茶。”下句是向老妈子说的。

刘得贵道：“我说，我给你进行得已经有眉目了。”

邵野冰一听有眉目，连忙问道："怎么样？"

刘得贵道："大人已经没有问题了，不过玉银香还有人包着，你还得花几个钱。"

邵野冰道："成，成，花多少钱都成。你用多少，你说吧。"

刘得贵道："这先不忙，回头咱们外头说去，那谁上哪儿去了？"

邵野冰知道"那谁"两个字指的是邵朝华。他道："她上图书馆了，你刚碰见她了吧？我起来时她刚出门，谁想到她这么早出去，要知道我昨天就告诉她你今天来就好了。"

刘得贵道："你简直没有诚意。"

邵野冰道："不是不是，她这两天又用起功来，真是。"

刘得贵道："她不至于还有情人了吧？"

邵野冰道："绝没有，我敢割脑袋起誓。"

刘得贵道："姓贾的是不是……"他疑惑贾天才向她进攻了。

邵野冰把脑袋摇了又摇道："绝对不是。"

刘得贵道："她得什么时候回来？"

邵野冰道："这可不一定，你若是等不了的话，你可以到图书馆找她去。"

刘得贵道："图书馆在哪儿？"

邵野冰道："说是在北海那边，大概离后门很近吧，老妈子知道，老妈子给雇的车。"

刘得贵道："再叫老妈子给我雇一辆，我把她找回来。"

老妈子答应给雇了车，刘得贵便坐了车到图书馆来。不想中途遇到贾天才。

刘得贵道："上哪儿去？"

贾天才回头一看，却是刘得贵，他道："我上北海。"他是哪儿地方大便说上哪儿。

刘得贵一听说他上北海，想到他一定是和邵朝华定了约会。连忙下了车，付了车钱，叫他走去，自己便和贾天才一同走。

距离图书馆也不甚远了，刘得贵道："嗬，你真抖哇。"

贾天才还不知怎么抖了，只得笑了笑，表示确要抖起来的样子。

刘得贵道："你这是赴邵朝华约会去呀？"

贾天才惊讶道："你怎么知道？"心里却说："连我还不知道呢。"

刘得贵笑道："这事还瞒得了我吗？她老妈子告诉我的，说她到图书馆来，你现在不是赴她的约会吗？"

贾天才笑道："你的消息真灵通，成。"

刘得贵简直要犯酸，可是强自忍耐着，又道："昨天你太幸福了，一直玩了一天。你们上哪儿去了？"

贾天才知道她一定昨天一天没在家，遂顺口答言道："随便在公园绕了绕，没有上哪儿去。"

刘得贵道："你们程度一定很不错了？"

贾天才道："马马虎虎吧。"

刘得贵道："是邵野冰给你介绍的，还是她自己向你要求的？"

贾天才道："都有一点儿，但是她主动力大一些。"

刘得贵道："你们接吻没有？"

贾天才笑道："那还不是很平常的事吗？"

刘得贵更酸了。他问道："怎么样？滋味好吧？"

贾天才笑道："那还用说，那小嘴唇跟我的嘴唇一合起来，嘿，热酥酥的，真。"他笑了，连他自己都以为是真事。

刘得贵一听，气满胸膛，本想立刻回去找邵野冰，但又怕他们约会成功，他想搅散他们的约会，他只得忍住了，和他一块儿走着。

贾天才道：“你打算上哪儿去?”

刘得贵道：“我也打算上图书馆。”

贾天才一听，怕他真上图书馆，遇到邵朝华，自己并没有这么一回事，见着面多么僵得慌，遂道：“我看你上图书馆没用，你是武人，不必看书，瞎跑这一趟。”他这样说。

刘得贵心说：“我今天还就是摽上你啦，你上哪里我上哪里。”他道：“咱们一块儿走吧，我也没事儿。”

贾天才一听，不禁着了慌，他想：“我非得把他抛开不可。看这种情形，邵朝华兴许还在图书馆里，把他抛开，我一个人去找她，多么畅快。”

两个人默默不语，各藏心事，看看到了图书馆，两个人竟全走了过去。他们谁也不认识北京图书馆在哪儿，都以为在沙滩那个大红楼，况且图书馆门外也没有挂着大招牌。

两个人上了桥，慢慢踱着。贾天才道：“我们先到北海里玩玩。”

刘得贵道：“好，哪儿全成，反正是二龙坑的鬼，跟上啦。”

贾天才着急也没办法。他们进了北海，慢慢地走着。刘得贵道：“我说老贾，野冰没跟你提什么事吗?”

贾天才道：“没有。”

刘得贵道：“我现在和你实说了吧，他已经把邵朝华介绍给我做朋友了。”

贾天才装不明白地说道：“是呀，我们都是她的朋友。”

刘得贵道：“不，她是我一个人的了，我们是有条件的。”

贾天才道：“有什么条件?”

刘得贵道：“我给邵野冰弄玉银香，他把邵朝华给我，将来我们还要结婚。因为你是自己朋友，我所以才对你说，我希望你早一点把邵朝华放弃了，我请客。”

贾天才一听，本来自己和邵朝华就没有什么一档子事，现在刘得贵表示请客，乐得做个人情，遂道：“那没有什么，我要知道你有这么一回事，我早就放弃了，我不知道。其实，本来也不是我对于她怎么进攻，实在是她要和我讲恋爱。这真是奇怪的事，女人要是追男人，真是比男人追女人还厉害。论真说起来，你是比我强得多，又漂亮又肯花钱。”

刘得贵道：“不是这样说法，女人总是喜欢多交几个男人的，当然道理我也懂的，现在是二十世纪，应当开通，所以我并不嗔她交朋友，以后我们结婚，我还给她介绍朋友呢。你们以后敞开儿地交，我不管，你瞧的。不过最近我得抱门罗主义，因为初恋是很要紧的，你说是不是？”

贾天才道：“当然，今天咱们在哪儿吃？就在这里边，好不好？”他听了利益不放松。

刘得贵道：“咱们漪澜堂里边，我请，可是你得退让邵朝华。”

贾天才道：“那还用说，咱们这是什么朋友，说句撒村的话，我不能割你的靴子，对不对？”

两个人全笑了。贾天才心说：“吃完了你再说。”

两个人来到漪澜堂足一吃喝，反正刘得贵也向邵野冰报销，这也是联络费之一。

贾天才和刘得贵一起誓，说：“姓贾的是红脸汉子，绝不会说了不算，我不割你靴子，我一定不割，讲究朋友义气，如果咱们还不死心，对不住朋友。对不对？”

刘得贵道：“你真算是好朋友就结啦，我佩服你。我说，可有一样，你不但让我，你得机会还得给我吹嘘吹嘘。”

贾天才道：“那当然，下回我见了她，干脆就说开了，叫她爱你。你瞧着的，我办得到办不到?”

刘得贵非常欢喜，其实他不知道贾天才根本就没和邵朝华讲上恋爱。

两人分别之后，贾天才回到家里。他忽然想：“刘得贵这小子说我和邵朝华有一手儿，不知从哪儿来的消息，也许邵朝华真对我有情，假如她真对我有情，我倒可以进行一下。刘得贵这小子叫作烧纸引鬼，花钱还引进个狼来。”自己也笑了。

他又接续地想：“我应当怎么样进攻呢?她既然是有意，我若写封信给她，大概一定成功，即或叫刘得贵知道，我就说：‘我是给你说和进行呀，我是劝她爱你呀。’得，这不挺好吗?就是这个主意，久是这锅主意。”贾天才把戏腔儿也说出来了。

他果然给邵朝华写一封信，约她到电影院一叙，他把电影院当作一叙的地方了。写完了信，念了又念，觉得写得很漂亮，真像个情书。他不好意思寄去，亲自到邵野冰家里，并没有进去，只是把信交给老妈子，叫老妈子递给小姐了，不要叫别人看见。

老妈子拿进去，递给邵朝华。邵朝华拆开一看，却是贾天才约她到电影院一叙的。她看了，气得不得了，刚想要把信撕得粉碎，猛然又想出一个计策来。她为隐避和郁芳廉的形迹起见，她把贾天才的信竟放在桌子上面。

第二天，她一清早出去了。

这天是礼拜，贾天才约的是早场，他知道早场省钱。他在头天晚上推了头刮了脸，一夜就没有睡好，尽琢磨明天早场见面，应如何谈吐和看完早场，应到哪儿玩去。计划了很久，大概算计着花三块多钱。他现在手里只有两块多钱，不够，但是有可以省的办法，譬如明天早晨去到电影院，打五更就起来，走到那里，不用坐车，这就省下了。票给她打一张，才一毛多钱，看完电影，找小饭馆吃饺子，水灵灵的，不费钱。饱了逛公园，走着去，一来说是饭后散步，二来揽上腕子也未可知。手里还有一块多钱，连买票带喝茶，足够。刚吃完饺子不能吃点心，碰巧还许她给钱。她既然爱我，就许她花。他越想越高兴，一夜没睡好。第二天早晨起来，已经时候不早，太阳老高了，吓得大吃一惊。一想：这得坐车，不然就晚了。

爬起来一看钟，偏巧钟又站住了。他慌忙洗了脸，漱了口，穿了衣服，对一支旧文明杖相了半天："拿，是不拿呢?"结果，还是拿了它，一边甩着文明杖，一边走了出来。戴了他那已经褪了颜色的呢帽，换了底的皮鞋，洋洋奔电影院而去。

跑到电影院，人家那里还没开门，和人一打听，才六点多钟。没办法，只好马路上转磨。好容易挨到人家开了门，可是没有卖票，等了又等，耗得无奈心烦的，才渐渐有几个学生来了。又等了些时，卖票的打着哈欠卖起票来。贾天才买了一张，堂堂入院。

这时且提邵野冰。当贾天才正式入场时，邵野冰还在睡乡里。邵朝华刚刚出门赴郁芳廉之约。这时，刘得贵来了，把邵野冰叫醒。邵野冰起来，便问邵朝华。

老妈子说："小姐出去了。"

两个人一听，全都跳起来，一齐跑进邵朝华的屋子。邵野冰一看，桌上放着一封信，他拿了起来，打开便看，又看不下去，递给刘得贵道："你念我听听。"

刘得贵念完，才知道是贾天才来的，是约今天早晨到电影院看电影，邵朝华一定到电影院赴他的约会无疑了。

刘得贵气道："好，你拿你妹妹两头买好。"

邵野冰跳道："谁拿妹妹两头买好谁不是人揍的。"

他们一吵，邵老太太醒了，走出来骂道："你昏了吧，你不是人揍的是什么养的？你把你妈都骂上了，你这小兔崽子。"

邵野冰道："我是小兔崽子就不算骂您了？"

邵老太太也说不出来了，反而笑道："这孩子，就是这个地方会顶嘴，大清早晨起来就嚷，嚷什么？"

邵野冰道："刘大哥来了，我跟刘大哥说话呢。"

刘得贵忙走了出去道："老太太，您早起来了。"

邵老太太道："你瞧，你什么时候来的，我都不知道。"说着便往邵朝华屋里走来说道："那丫头起来没起？你们就在她屋里嚷。"

邵野冰道："没起来？您来看看。"

邵老太太一看，早没邵朝华的踪影。邵老太太道："这丫头，大早晨就上图书馆了？"

邵野冰道："您别信她的话了，她还上图书馆？您看看。"说着把信递过去。

邵老太太道："我没戴眼镜，求刘大哥给念念。"

刘得贵遂接过信来念道："朝华吾妹大鉴：敬启者，小兄不才，蒙我妹垂青，订交永久，无任感激。顷于明天得暇，拟往电影院一游，敬请吾妹驾临，有话相叙，余见面再谈。小兄贾天才叩上。再者，此信勿使别人看见才好。"

刘得贵念完，邵老太太道："哟，这是哪儿的事，我们姑娘可不是这样人，回头再叫那姓贾的引诱坏了，这可不是闹着玩的。"

邵野冰道："这都是放纵的。"

邵老太太道："你瞧这好朋友。"

刘得贵忙道：“您也别生气，我和邵野冰去给她找回来，您看怎么样？”

邵野冰道：“走，咱们就走。”说完换了衣服，和刘得贵到电影院去了。两个人直奔电影院，到了那里，已经开演，黑压压一片人，哪里找邵朝华和贾天才去呢？

邵野冰道：“咱们先看电影，等完了自然就找着他们了。”

刘得贵是等不得的，想起他们那依依偎偎的模样，十分有气，恨不能把贾天才拉出来揍一顿。他道：“咱们先把姓贾的叫出来揍一顿，这姓贾的可太不是人了，昨天我请他吃的饭，他妈的还割我的，不，还他妈夺我的朋友，妈的。”

邵野冰道：“咱们外头来，我写个玻璃片给他叫出来再说。”说罢，便一齐走出来。写上“贾天才先生，邵找”字样，专等贾天才出来质问。

且说贾天才，在场里等邵朝华，左等不来，右等也不来，心里十分打鼓，心想：“她不会不来的，她对我那样好，哪能不来呢？小姐们干什么总是麻烦的，她一定打扮很漂亮地来，她现在还许在洗脸，搽粉，穿衣服，穿高跟鞋，嘀，麻烦极啦，哎呀，她不是叫邵野冰圈在家里？野冰起不了这样早，她也许怕羞，不至于，像她那样浪漫，还要怕我做什么？”

他一边等着，只是不来，这时人已满了，每进来一个人，他必回头看，等得无耐心烦的。等一会儿，电灯全灭了，电影演起来，邵朝华还没有一点踪影。他心里非常难受，以为他给邵朝华那封信，一定被邵野冰看见了，把她圈在家里，不叫出来。

正想着，忽然见小银幕上映着：“贾天才先生，邵找。”

他一看，喜得跳起来，踩在旁边一位妇人脚上，妇人叫唤起来，大家直嗤通不止。贾天才按着人家的肩，往外便蹿，文明杖杵在人家脖子上，非常冰凉，人人都直骂。贾天才一边道着歉，一边往外跑。

要知后事如何，再往下接着看就分晓了。

第五章　不等边多角形

话说贾天才在电影院里等邵朝华总是不来，心里很是焦急。猛然看见小银幕上映着“贾天才先生，邵找”，他以为邵朝华来了呢，他这一喜，非同小可，跑出来便找邵朝华。但是哪里有她踪影？

他正奇怪，忽然被一个人抓住，仔细一看，却是邵野冰和刘得贵。他立刻想到邵朝华一定被他们扣在家里，不得自由，他们却来找自己。

他想到这里，由惭愧而变为愤怒，问道：“做什么找我？”

刘得贵道：“做什么，你自己还不知道？你是什么朋友？”

贾天才道：“朋友？朋友有什么关系？这是人人自由，你管得着吗？”

刘得贵道：“走，咱们外头说去。”

贾天才道：“没那么大工夫，我还看电影去呢。”说着便往里走。

刘得贵一看，更以为邵朝华在里面，便把贾天才揪住道：“出来。”

贾天才一看他动起武来，忙往后一撤身，抡起文明杖，照着刘得贵脖子打来。那文明杖的弯处，正好套在脖子上，他往里一带，刘得贵便来了个嘴吃屎。刘得贵急了，爬起来拿起电影院贩卖处的梨，照着贾天才脑袋打来，正是鼻梁子，打得贾天才直流眼泪。

茶房过来劝道：“先生，您这里很吃亏，一个梨好几分钱呢。”

刘得贵哪里还管得着那些，直扑贾天才。贾天才便往场里跑。邵野冰和刘得贵便往里追。大家正在里面看电影，忽然一阵大乱，全都大吃一惊，以为又像上次一样，发生枪杀的案子，所以大家全慌了起来，乱成一团。刘得贵又直嚷：“毙了你这家伙。”

大家一乱，贾天才乘势溜走。这时候警官赶了来，刘得贵也乘机跑了，只剩下邵野冰还找这两个人呢。茶房告诉警官说：“有他。”

警官过去把邵野冰捉住，仔细一看，说道：“好呀，原来又是你呀，上回在戏园子就是你，这回又砸电影院来了。好，你不知道你是怎么一回事了。”

邵野冰道：“没有我，我不知道是怎么回事。”

警官道：“你不用推辞，还有谁，指出来。”

邵野冰道：“他们全走了。”

警官道：“不能全走了，这么些人，难道连一个也不剩?”

邵野冰道：“就是两个人。”

警官道：“两个人？不对，上回你们多少人?”

茶房道：“在外面打的倒是两个人，里面不晓得有多少，有没有就不知道了。”

警官道：“你们都损失了什么东西?”

茶房道：“就是玻璃碎了几块。”一顺便又举出几样，甚至于自己的鞋开绽了也是邵野冰给踢的。

邵野冰道：“那玻璃是大伙儿挤的，不是打的。”

警官道：“没那些废话，大伙儿挤的也是因为你们打的缘故，走吧。”说着，把邵野冰带到区署里去了。

且说邵朝华自一清早离家之后便找到郁芳廉。她把贾天才怎么给她写信，怎么约她到电影院，她把信怎么放在桌上的事全对他说了。她又说："那姓刘的若是去了，见我不在家，看了那封信，一定疑惑贾天才的。如此他们可以互相攻击起来了，我们这时候却得以悠然游去了。"

郁芳廉笑道："您这个方法很妙，不过稍显得不大方些。"

邵朝华道："对付他们，不能不这样的。"

郁芳廉道："这一来，可就不只是三角形了。"

邵朝华羞赧道："我不懂。"

郁芳廉笑道："不懂也罢，我们先商议怎么玩法。"

邵朝华道："不如在你那学校寝室里谈一天倒不错。今天礼拜，您又没有功课，同事的大概全都出门去，我们在那屋里谈话，是多么有意思。"

郁芳廉道："也好。"说着，两个人便来到学校。

教员宿舍，是特别住一个院落，平时都很清静，今天礼拜，便越显得清静了。那一间一间的教员室大多是锁着门，教员们都有自己的娱乐所在，所以有的昨天夜里就没有回来。

郁芳廉来到自己屋里，把邵朝华让进去，叫校役沏了茶。邵朝华坐在椅子上，看窗前的花草，渐渐凋谢了，树叶落了满地。她道："以后我最好哪儿也不去，在这间屋子里，是多么幽静，就是上课的时候，这院里也是清静的，并且您上课的时候我在您屋里看书。"

郁芳廉道："那好极了，吃饭也在这里吃，但是睡觉我可不敢留。"说完笑了。

邵朝华低着头，拿着桌上的一本字典来回翻着看，可是心里却想着郁芳廉那句话快活。

郁芳廉道："我如果有钱，便盖一个花园子，和一个情人在里面住，那真是南面侯不换。"

邵朝华道："为什么必须有情人？"

郁芳廉道："您要问我吗？我答不出，不久的将来或者您可以自己知道了。"

邵朝华摇头道："我不愿意知道。"

郁芳廉道："不愿意知道为什么还要问？"

邵朝华笑了，抬头看见那枣树上一个小红枣儿，一点声儿也没有地落在荒草里，她不禁神想，觉得郁芳廉的理想花园，却是很有味的，假如在篱旁自种上几种菊花，每天弄草吟诗，真是了此一生都是快乐的。她想到家里母亲和哥哥那样昏天黑地，那种快乐在哪里？听了一天戏，回家一睡，醉生梦死，倒还不如和情人整天在花园里谈谈情话，看看书，作作诗好得多。

她想到这里，不由对郁芳廉生出一种很热烈的感情来，她爱他了，她不愿意离开他了，她屡次想说出来："我永久是你的了。"但是一阵心跳之后，还是没有说出。

郁芳廉也是如此，假如没有邵野冰的关系，这话也就说出来了。现在两人全在一块儿碰，碰到焦点，自然而然就明朗化了。

邵朝华随便由架上拿下一本书来，一看是《爱经》，便道："我看见报上说有这一本书，今天头一回见到。"

郁芳廉道："您可以看的。"

邵朝华道："没有用处。"

郁芳廉道："看书若图有用，则看书的目的就不对了，尤其《爱经》这类书，若为有用而念它，那作者就不必出书了，况且，这本书也不是没有用处的啊。"

邵朝华道："有什么用处？"

郁芳廉道："您不要明知故问吧。"

邵朝华道："怎么知道我明知故问？"

郁芳廉不即谈话，翻开《爱经》，指出一段叫她看，她念道："偷偷摸摸的恋爱，在女子看来，正是和男子看来一样地有味儿的，但是男子不知道矫作，女子却将她们的心情掩饰得很好。"

郁芳廉道："明白了吧，这就是这书的用处。"

邵朝华道："我不承认这句话的。"

郁芳廉道："不承认也罢。"两个人说笑着。

一会儿，厨房开了饭来，郁芳廉告诉听差多开一份客饭。两个人吃过了饭，在院子里散一散步。那树叶子好些落在郁芳廉的身上，邵朝华一一给择了下来。两个人对面站着，离着很近，这时两人都不免有情。

郁芳廉道："您这样不冷吗？"说着把手扶在她的肩膀上。

她低下头去道："不冷。"

郁芳廉道："您的身体还很强健。"

邵朝华道："为什么老对于我用'您'，我不喜欢听这个'您'字的。"

郁芳廉笑道："这个'您'是我的口头语，说惯了。其实也没有什么，我觉得'您'字比'你'字味儿好些，我的小姐，您如果不愿意听这'您'字，那我就改为'你'字也可以。那么，你请坐。"说着，把两只手扶在她的肩上，仿佛叫她坐的样子。

但她并不坐下，他的手便由肩上往后移动，终至于把她贴近了自己的胸前，他道："你。"

邵朝华把头略抬起来，他简直要馋吻欲滴，恨不能把她一口吞下去。她把头靠在他的肩上，两个人暂时沉默，但心房却跳得厉害。他渐渐俯下头去，她把眼睛闭上了，便觉得嘴唇上有一种热的柔软的东西接触了，似乎压迫得紧却还有吸吮的样子，虽然觉得自己气迫，但是又觉得非常舒适，而且有一种说不出来的感觉。她陶醉了，她整个的身体倚在他的身旁，吻了之后，邵朝华还有点羞赧的样子，可是把“爱”字已经完全发泄出来了。

郁芳廉道：“你快乐吗？”

邵朝华点头道：“和你一个样。”

郁芳廉道：“我现在很惭愧。”

邵朝华道：“惭愧什么？”

郁芳廉道：“你太尊贵了，我是不配接受你的爱的。”

邵朝华道：“噢，难道你不爱……”底下没有说出。

郁芳廉便道：“不不，你不要误会，我实在有点受宠若惊。我觉得你的美丽，应当配一个像贾宝玉般的有钱的阔公子，我是穷光蛋，我……”

邵朝华道：“你是说我嫌贫爱富的吗？”

郁芳廉发着慌道：“不不，你是不明白男子的心理的，我的意思是说你如果爱我，好像对于你的美丽太不相值似的。你爱我，我当然求之不得，你想，我要跟一个神来恋爱，我是多么冒渎呢。你就好比是神一样，你太美丽了，你比神还美丽。我的爱，你只要拿你的一分爱来爱我，就抵得住我拿全副精神爱你了。爱，我只要你拿一分来爱我，我就心满意足了，我永远是你的。”他这句话说得邵朝华低下头去，心里非常高兴，而爱他的心越发切了。

她想：像刘得贵贾天才那种人物，只是把女人当作一个玩物，哪里像郁芳廉这样体贴温存呢？她道：“吾爱，你不要忧虑吧，我永远爱你。”

郁芳廉道：“我谢谢你。”说着，又吻了她一下。

两个人又谈了许多话。郁芳廉道：“我们到公园散散步好吗？”

邵朝华道：“我愿意在屋里谈话，我现在心里快活极了，我不愿离开这里，我永远要在你的身边了。”说着，倚着郁芳廉又吻起来。

窗外的树叶，飘飘地落下来，被风吹在窗纸上，扑棱一响。郁芳廉道：“唉，人终要是老了的，像我们这样年龄，若是白白过去，岂不可惜了吗？那一般乡女们，自生下来便做活，一直到老，没有尝过恋爱是什么滋味，真是可怜极了。”

邵朝华道：“太下无情，太上忘情。”

郁芳廉道：“情之所钟，正在我辈啊。”

邵朝华道：“有这个情，也是苦恼的，我看倒是没有的好。”

郁芳廉道：“当然是没有情的好，可是情这个东西可以支配理智的，无论如何，它也自然而然地流露出来，不能免的，硬要控制它，那是不可能的。太上虽然忘情，但那正是它有情的地方。大凡受了情的苦恼的人，他总稍微好些。”

邵朝华道：“我就很奇怪，比方一般青年学生，他们当然比下要高一点，比上又低一点，正是有情的年纪，但他们竟朝三暮四，今天爱了这个，明天爱了那个，爱情一点儿也不专，你说他是有情呢，是无情呢？若说无情，他又爱这个爱那个的，若说他有情，他又并不专一，到底怎样解释呢？”

郁芳廉道：“那他还是距离太下不远，他们还够不上水平线的资格，他们把恋爱当作一种摩登功课，他们只是一种色欲的冲动。只有那始终如一的，才是真正的爱情。”

邵朝华道：“我想你不至于做太下吧？”

郁芳廉笑道："你不要疑惑我，你要相信我，你相信我才是真正的爱我。"

邵朝华道："你相信我吗？"

郁芳廉道："当然相信你。说也奇怪，爱情这个东西，总是有猜疑杂在里面，所以吃醋的事和爱情是并引的，没有讲恋爱而不吃醋的，越是吃醋得厉害，越是表示爱情的浓厚，他要是没有爱，当然也不会吃醋的。总之，爱情这个东西是神秘的，研究不透。"

邵朝华道："我们也不希望做哲学家，做心理学家，我们也不必研究它了，研究它也是没用的。"

两人又谈了些话，到了晚间，吃过饭，邵朝华这才回到家里。到了家里一个人没有，一问老妈，才知道有人打电话来，说少爷又被警察署捕去了，老太太出去托人情去了。

邵朝华也没有言语，等了一会儿，邵老太太和邵野冰全回来了。邵老太太回来便问丫头回来没有。

邵朝华出来道："妈，您回来了。"

邵老太太道："好哇，你又给你哥哥招事，你哥哥又叫警官给捉了去。幸而有人给打电话来，我赶紧托个人情，花了几个钱，把他放出来，都是你这个丫头。"

邵朝华道："我又怎么了？我碍着哥哥什么事了？"

邵老太太道："你要不是跟贾天才看电影去，他们能到电影院找去了？要不是为你，他们就打起来了？要不是打架能把你哥哥押起来了？"

邵朝华道："谁跟贾天才看电影去了？"

邵野冰道："你这丫头还犟嘴，我亲眼看见你的。"

邵朝华道："呸，我上哪儿去了？你会在电影院看见我？瞪着眼睛造谣言。”

邵野冰道：“我有凭据。”

邵朝华道：“你有什么凭据？”

邵野冰道：“就在眼前头，你桌上还放着呢。”

邵朝华道：“噢，就是这封信哪，你问问谁理他了？就凭姓贾的那样儿，我跟他看电影？你也太瞧不起我了。”

邵野冰道：“你没去他怎么去了呢？”

邵朝华道：“他爱去不去，跟我有什么相干？我还理得着他吗？他要上刀山我也跟着他吗？”

邵野冰道：“你不用犟嘴，反正我有抓住的时候。”

邵朝华气道：“你说什么，你要抓我？还不错呢，别说我讨厌那姓贾的，就是喜欢姓贾的你也管不着，反正我不给邵家门丢脸，你就不能干涉我的自由。”

邵野冰道：“你还不给邵家丢脸，你算丢尽了脸了。”

邵朝华一听，哭了起来道：“你还是哥哥吗？有这样侮辱妹妹的吗？”

邵老太太道：“你们又吵，你们非得把我吵死了算。我死，你们两个人都合适，你们就吵吧。”

这俩人一听，邵老太太生气了，便谁也不再言语。

邵朝华说：“您不说他，他把我骂成野妓了，您看我哥哥交的是什么朋友，他不看他自己，光是说我。”

邵老太太说道：“你们两个人谁也不用说谁，全给我睡觉去。你也不准出门了，什么图书馆不图书馆，没有好地方。这年头儿凡是有男人的地方，就不是好地方。”

两个人也不言语，各自回到自己屋里。她坐在椅子上思前想后，想不出一个好方法来。她想：和郁芳廉成了这种情状，完全一刀两断，那是不可能的。可是继续下去，终究是个问题。若是不告诉家里，那么这样隐隐藏藏，也非善策；若是告诉家里，非要惹起一场风波不可，到底怎么办呢？

她想了半天，越想越忧愁，索性不管它，听天由命吧，到什么结果再说。邵朝华这么一听天由命，她本身竟发生一种不幸的事，这是后话，暂且不提。

咱们且提贾天才先生吧。贾天才自电影院一场追逐战后，回到家里，十分懊恼，他想刘得贵和邵野冰找到自己，一定是刘得贵的坏，邵朝华所以不能来，一定是刘得贵这小子的坏。这小子非得想法治他不可，邵朝华这时心里不一定多么难受呢，咳，应当看一看她去，顺便探探风声。但又实在不好去，现在已经闹明了，还如何见邵老太太和邵野冰呢？

想了想，还是从邵老太太和邵野冰入手吧，一方面还得对付刘得贵。他猛然想起一个计策来。他想：还是先用调虎离山之计，把邵老太太和邵野冰调出来，然后便找邵朝华去，那就成了。现在要想把邵朝华约出来，恐怕很难，但是邵老太太和邵野冰出门也不带着邵朝华，这也是问题。即使出来，也是不成功。翻来覆去地想了一天，总是想不出好方法来。这些日子玉银香也不唱戏，假如她要唱戏，这母子一定去听戏的，机会岂不很多？

他想得连晚饭也没吃，一夜也没睡，昨天又起得太早了些，夜里又一着凉，第二天便头痛得难受，竟起不来了，哼哼哎哟的。他想：这要是叫邵朝华知道，应当怎么样安慰我呢？越是病的时候，越是想爱人，越是想爱人越是觉得凄凉寂寞。

贾天才竟落了眼泪，呻吟着道："我的爱人哟，你的心上人病了，你知道吗？”呻吟完了，觉得有点诗味，猛然心中一动：“给她写篇白话诗去吧，一来可以卖弄卖弄自己的才学，可以把刘得贵压下去；二来博得她的同情，她来信安慰我也未可知。”

这一想心中高兴了许多，爬起来便写了两三句，但写完又没诗兴了，怎么也想不起续来，他又躺在床上琢磨滋味，把自己的病态写出来，读着满有诗味，而且很动人的。因为自己念着都落下泪来了。他以为这封信若是叫邵朝华看见，不知要博得她多少眼泪呢。

他很高兴，想不到贾天才会成了诗人，天才天才，诗人才有天才。他又把什么黄叶满地啦，秋风飒飒啦，随便写上了很多，写完便发了，信皮上写着“邵朝华女士亲拆”，寄去之后，专等好消息。

这封信寄到邵宅，偏偏赶上邵野冰出门，他把信接到手里，他也大概认识几个字儿，见上面写着邵朝华女士亲拆，他想这是贾天才无疑了，揣在怀里找刘得贵去了。

见了刘得贵便道：“你看，贾天才这家伙还不死心，今天又给邵朝华来一封信，叫我接到手里，你看看。”说着，把信掏出，掷在桌下。

刘得贵拿着一看说道：“这小子也不怕费纸，一行一行的，不会连起来吗？”说完一念，念完才晓得贾天才得相思病了。

邵野冰道：“怎么办呢？”

刘得贵道：“我有一个办法，咱们给他写一封假信去，用朝华的名义，把他约到饭店，叫他开个房间等着，咱们看他敢去不敢去。”

邵野冰道：“那于舍妹名誉上……”

刘得贵道：“不碍事，咱们这是假的，也不必叫朝华知道，咱们就用朝华的口气，你说这计策妙不？”

邵野冰道：“好，就这么办，你写吧。”

刘得贵道：“我写字也不成。”

邵野冰道：“那么找谁写去呢?”

刘得贵道：“咱们找算卦的写去吧，算卦的管写信。”

邵野冰道：“走。”

两个人出来，在街上买了纸和信封，找到一个算卦的，把来意说明，叫算卦的给写。

算卦的写道：“天才我哥见字知悉，敬启者，影院一别，转瞬三日，念甚念甚。顷接华翰，敬念我哥染病在床，妹不胜焦急之至，鬼门关胡同有李大夫，治病甚好，可以往看，门诊四毛。”算卦的还代介绍医生，信里加广告，也倒不错。他又往底下写道：“妹近来亦饮食无味，终日思君。现在想得一个妙法，请我哥务于后日礼拜六，往北京饭店三楼十四号房间，静候小妹，妹准于九时前往，一切费用，均由妹付之，勿念，切切此布，敬请秋安。再此事幸勿使他人知道为要，妹邵朝华谨上，鞠躬再拜。”

写完了，念给刘得贵等听。刘得贵又叫在开房间三字旁加上圈，并在后边又写上“千万必去，妹想你急了，再不去，妹即上吊矣”，这才满意封起来。

付了资才要走，算卦的拦阻道：“您得给双份儿。”

刘得贵道：“怎么呢?”

算卦的道：“我这里规矩，凡是儿子给爹写信，女人给男人写信，都加倍给钱。要是丈夫给妻子写信，可以给车费。”

邵野冰道：“好好，多给你一份。”说着，把钱给了，两个人走了。

邵野冰道：“这倒不错，咱们去不去呢?”

刘得贵道：“咱们也去，可以亲眼看他受教了。”

邵野冰道："那他要看见咱们了呢?"

刘得贵道："咱们不叫他看见嘛，咱们不会开十三号房吗?"

邵野冰道："对。"

规定好了之后，到了后天，礼拜六的晚上，邵野冰找到刘得贵一同上北京饭店去了。

且说贾天才在床上躺了两天，病越发沉起来，到夜里尽说胡话，尽说："妹妹我真想你，你快来吧。"到了礼拜六的早晨，为昨夜吃了点儿药，稍微好些，他想挣扎起来。这时候忽然邮差送封信来，他打开一看，心花怒放，把这信贴在胸前许久，闭目想着，嘴里叫着，他的病竟完全好了。这事真怪，一封信比一服药的力量强得多，虽然那封信是算卦先生写的。

他想到开房间，简直恨不能立刻到夜里才好。他跳下床来，差点儿栽了一个跟头，腿软得厉害。趴两天这精神差多了，真是好汉就怕三泡稀。

他漱完了口，洗完了脸，坐在桌旁仍自看情书，越看越得意。

这时毛国璋来了，还提着一蒲包果子，他是来探病的。他接到贾天才一封信，那封信上写着贾天才绝笔几个字，前面说他病得如何凶，不容易好，现在已经落了炕。看人世实在是污浊得很，不愿意再活着了。最后写着贾天才床上弥留留笔。那封信的凄惨，毛国璋看着直流眼泪，他想贾大哥真要哲人其萎，那是多么惨呢。他赶紧买了一点礼物，到贾天才家里来看病。谁知到了贾大哥家里，却见他还在看信，一点不像有病的样子，不禁怔了。

贾天才见毛国璋提着礼物来了，知道他来看病，便立刻皱起眉头，唉声叹气。

毛国璋道："大哥怎么了?"

贾天才道："老弟，咳，我现在真有自杀的心。"

毛国璋道："为什么呢？活得好好的。"

贾天才道："我现在没办法，我没有料到一个女子爱男子，爱到这种程度，现在叫我简直撒了手无策。"

毛国璋道："怎么一回事，贾大哥失恋了吗？"

贾天才把嘴一撇，看不起毛国璋的样子。他道："我现在正希望失恋，失恋才好了呢。因为不能失恋，所以才有许多苦恼。"

毛国璋道："到底是谁呢？"

贾天才道："按说，咳，我跟你说了吧，但是你可别对任何人说去。"

毛国璋道："我绝不对别人说的。"

贾天才道："咳，这也是一种天缘吧，你可知道邵野冰的妹妹邵朝华吗？"

毛国璋道："噢，挺漂亮的，怎么，跟你有关吗？"

贾天才道："其实，我倒没有什么，但流水无情，落花有意，她非要和我恋爱不可。你说现在的女性，有多么开通，没办法。"

毛国璋道："那就跟她恋爱得了，这不是乐得的吗？"

贾天才道："但终究是个问题，你想，她家里能够不干涉她吗？"

毛国璋道："你们到什么程度，接吻了没有？"

贾天才似乎有点不屑于和他说的样子道："你可得秘密一下，她现在约我到饭店开房间。"

毛国璋一听惊讶道："开房间？"

贾天才撇着嘴道："我看你大概没讲过恋爱，这算什么呢，谁谈恋爱不开房间呢？"

毛国璋道："我哪里经验过这个呢？你去是不去啊？"

贾天才道：“正在犹豫，不去，未免叫她伤心；去吧，也不好。”

毛国璋道：“去吧，去一趟看看。”

贾天才道：“我正在病着，要不然就去了。”

毛国璋道：“对啦，我正要问你，你信上写得是那么厉害，怎么……”

贾天才道：“噢，你不知道，我是被她缠得非要自杀不可。现在有你这么一句话，叫我决定方针，那我就这么干下去吧，反正恋爱是神圣的，谁也不能怎么样，我这回下了决心。老毛，你看我的吧。”

毛国璋道：“我庆贺你成功。你结婚的时候，我一定给你买一个花圈。”

贾天才道：“没有送花圈的，送花篮什么的。”

毛国璋笑道：“对啦，送花篮，你今天晚上去，哎呀，不少钱哪。”

贾天才道：“恋爱还心疼钱不成？况且她来信说一切用费，都由她给付。她已经体贴到这种地方，你说我怎么能够辜负她这一片爱心呢。”

毛国璋道：“多少也得带着点儿，你说对不对？赏个茶房等等的。”

贾天才道：“那也就几毛钱就成了。”

毛国璋道：“好，明天我听你喜讯，哈哈。”

贾天才笑了，说道：“谈谈再走，忙什么。”

毛国璋道：“明天见，你这时还得多歇一歇，预备晚上有精神，哈哈哈哈。”毛国璋笑得几乎把腮帮子脱下来。

贾天才见他去后，便琢磨自己今天如何应付这个约会。贾天才想道："多少要带张整块儿的，箱子里头还有几张别的，一块儿拿着，反正不使，拿它做样子。文明杖还得拿着，以备万一，假如邵野冰和刘得贵知道也去了呢。"一边想着，一边快乐着。他拿着那封写的情书，来回念个不止。他道："我还得洗个澡去，不然……得洗洗澡，多搓点儿香皂。"

他上了澡堂子有点中气不足，差点儿晕在池子里，一边说又一边想："晚上吃了点窝头，每天要吃葱，今天不敢吃了，怕有气味，回头怎么接吻呢？似乎得买点口香糖，到那里再说吧，她一定带着。"

自己越想越高兴，半天，好容易才出了池子，又刮了刮脸，回到家里吃了晚饭，一直去了。

到了饭店门口儿，心里直琢磨，进去不进去呢？等着她来一块儿进去吧，不好，叫她看着自己太没有能力了，连房间都没开过，太泄气了。可是进去得有点谱儿，这么大饭店，不能叫茶房压下去，俗语说客大欺店，店大欺客，我得压住他，进门给他一个虎头拍。想罢，便堂堂入店。

进了店，不知往哪儿走，茶房都没理他，一个个似乎都很忙似的，客人也上来下去的很多。他心说："上楼再说。"

这时有个茶房问道："您找谁？"

贾天才道："开房间。"

茶房以为他是给别人开的，问道："楼上是楼下？"

贾天才道："三楼十四号。"

茶房引至那一间，贾天才堂堂入内，他道："如果有邵小姐找，叫到这里来。"

茶房道："您贵姓？"

贾天才道："我叫贾天才。"

茶房出去了，跟着给他打脸水，沏了茶。

贾天才等了一会儿，还不见来。心里非常着急，满屋里转磨，心里来回盘算："怎么办呢，她也许不来了，叫邵野冰给扣下了？也许等一会儿来，女人总是怕羞的，等到深夜来，免得被别人看见。我得沉住了气，或者先睡一觉，反正没有错儿，但是睡也睡不着，还是等着吧，我还得想一个脱身之计，万一她不能来，我好来个金蝉脱壳。怎么脱壳呢？把手杖放在这里，恐怕他们不干，我也不干哪，这手杖还不错呢。要走就得走得干净，什么也不能留下，怎么办呢？不要紧，她一定能来，何必瞎着这会子急。"可是时候已经不早了，问问茶房什么时候，想想还是不问的好，问了透着自己没手表，饿了又不得劲，直叫唤。

茶房进来了，看了看他，问道："您吃一点儿点心吗？"

贾天才道："好，什么都成。"心说："吃完再说，现在大概不到十二点钟，退房间大概可以退，这块钱足够吃点心的，若没办法，把那票子给茶房，转身就走他也来不及细看。"想到这里，心里稳定一些。

茶房拿来点心咖啡之类，放在桌上，贾天才装着思想的样子，又像等人的样子，皱着眉头，在屋里转。茶房看了看走出去了。

贾天才过去抓起一块点心放在嘴里，整个儿一块放进去。门开了，把贾天才吓了一跳，茶房进来转了一个弯儿又出去了，差点儿把贾天才噎死，拿起咖啡便冲，妈的，什么味，噢，没搁糖，这四方块大概是糖，舔了一下，全放在杯里。

吃完，邵朝华还没来呢，他想：大概凶多吉少。

茶房对他似乎不放心，三番五次进来看。邵朝华是一点影儿也没有。时已深夜，邵朝华还没有来的消息。贾天才不胜急躁。这时出又出不去了，心里一着急，又加上对刘得贵、邵野冰等的愤慨，气急交加搭上忧虑，贾天才竟晕倒在床上，自己仿佛又知道又不知道的神情。

这时又进来两个茶房，有一个茶房说："我说怎么样，服毒了没有？我一看他那神气就不是那么一回事。来回在屋里转磨，准知道要自杀。你瞧瞧，这要不是我灵机一动，咱们这里又出一条人命，快请警官去吧。"说着立刻给本段打电话，把警官请来。

贾天才躺在床上，听见茶房说他服毒自杀，心里一动，这倒有了救了，索性装他一装，出这个门再说。心里想罢，便呻吟起来，仿佛有多大痛苦似的。

警官来了一看，这不得了，赶紧留口供要紧，留下活口供好办得多，于是便问贾天才姓甚名谁，在哪里住。

贾天才装着特别痛苦的样子，绝口不说。警官想道："这一定不是失恋自杀，干脆先送医院去。"警官道："这毒服得可还不轻，你看他的脸全青了。"

饭店经理害怕起来，情愿掏钱给叫辆汽车。汽车来了，两个警官和茶房把贾天才抬到汽车上，贾天才又沉着应付，呻吟不止。饭店经理和茶房见贾天才上了汽车，心里便放下了，关门睡觉不提。

且说警官看着贾天才一直开到将近的一个医院，费了很多的手续才出来一个办事的人，说大夫没在院，不收病人，又给贾天才号了号脉，说："这人不成了，赶快送到别的医院去吧。"

警官无法，又送到公共医院，又费了半天手续，才把贾天才搭进去。医生先给打了一个强心针，跟着又灌了些药水，这药水非常难喝，但是无法，不喝不成，喝下去了。一会儿的工夫，把窝头和咖啡点心都吐了出来。

大夫说："成了，有希望了，不要紧了。"

贾天才心说："本来就不要紧嘛。"这么一折腾更难受，差点儿把肚肠子都翻出来。

这个消息传到新闻记者耳朵里，于是成了新闻，说什么贾天才因失恋自杀，谓：日昨某饭店去有青年一人，衣服阔绰，当即开三楼房间一间。至夜，人已转入睡乡，该青年竟寻短见，服毒自杀，呻吟不止。时警官闻声起来，连同茶房将门撬开，该青年因方服毒未久，正在挣扎。警官询以姓名住址，该青年坚不吐实。问其自杀原因，彼连连摇首叹息，似有难言之隐。当即送往某医院诊治，闻现已脱险，据谓该青年自杀，乃系失恋云云。

第二天还有新闻记者去访问贾天才。贾天才道："医生嘱我不要多谈，实在对不住诸位，我不能详细跟诸位说的。这事已经过去，也不便多说了，我现在已经看透世情。"

记者问："贾先生将来是不是到西洋留学？"

贾天才道："这本是我的本旨，将来办得到与否，须视环境如何了。"随后又问了几句话，记者们兴辞而出。

过了两天，贾天才出院了。回到家里，他反而更得起意来，虽然受了些罪，吃了些苦，但报上总算有了自己的名字，一时也成为社会上的闻人了。他想："这新闻邵朝华一定看得见，她要看见这段新闻，不知要怎样地伤心呢？"贾天才到这时候还不忘邵朝华。

话说刘得贵邵野冰那天在饭店里，亲眼见贾天才拿着手杖进到十三号房间的门。他们两个人便在隔壁屋里，悄悄地等着。等了半天，也没有动静。

邵野冰叫茶房看了好几次，茶房因此疑惑起来，问邵野冰道：

“那位是做什么的?”

刘得贵道:“不知道,你可得留点神,别让他自杀,你们就吃官司了。”

茶房愈发害怕,监视得更严了。后来,见贾天才果然服了毒,闹荒了起来,邵野冰这时候就想出去到那屋看看贾天才是不是真服了毒。

刘得贵拦阻他道:“不要去,他一定是没有办法,装作服毒的样子,你这时要一过去,他便讹上你了。他若是真服了毒,你要过去后,那茶房叫你给房间钱,说你跟他认识你不吃亏了?”邵野冰遂即止住。

过了两天,看见报纸一登载,邵野冰又找到刘得贵,说道:“这家伙倒抖起来了,听说有许多女人给他去信,说他多情,很安慰他一阵。”

刘得贵一听,不禁吃起醋来,说道:“咱们看一看他去,咱们假装不知道,说看见报纸登着新闻,很关心他的。一来看看他的病好了没有;二来慰问他失恋。朝华那一层,咱们始终就不提,你说好不好?”

邵野冰道:“那合适吗?”

刘得贵道:“那怎么不合适?你是知道邵朝华那信是假的,他不知道你是知道的呀。你要是不去,他反倒许疑惑起来,说你不会交朋友。”

邵野冰道:“好,就去,还得买点儿什么。”

刘得贵道:“买点饼干等等就成了。”两个人说着便去找贾天才去了。

贾天才这两天在家里休养,倒是接到了两封女性的信,那大概是对他的失恋表示同情的。贾天才接到这些信，越发高兴起来。

那天毛国璋又找了他去，说："我正要听你的喜讯，你怎么会自杀起来？"

贾天才道："你不知道，我这自杀是假的。皆因那天找到饭店里去，和邵朝华见了面，偏偏在我出恭的时候，又遇见一个女朋友，她非要到我房间里坐不可。你想，她们两个人一见面，有不吃醋的吗？她们两个人一打架，我又不好偏袒一方，从中一劝，她们两个人都说，我爱情不专，全都走了，反而闹得我剩了一个人。我遂出了一个计策，宣传我自杀了，她们一定可以回心转意的了。"

毛国璋道："好，真有你的，要是我非真自杀不可。一个女人我还弄不了，两个人更不成了，你总算是有手段。"

贾天才得意道："对付女人，非有经验不可。三个四个的，在我手里不算回事。你看，这不是又有女人来信了吗？她们都因为我自杀情专，特愿意和我交朋友。我还撕了十几封信，都是女人来的。"

毛国璋不胜羡慕道："这也是歪打正着。"

贾天才道："其实我要要她们，那是非常容易的了。不过我不大愿意这样办就是了。"

毛国璋道："我说，你若是有不愿意交的，我求你点事，你给我匀一个两个的怎么样？"

贾天才道："那好办，不过女人爱一人，轻易不容易变更，我给你办着看。"

毛国璋道："你把好的留着，把没工夫交的匀给我就成，我说。"

贾天才道："邵朝华怎么样？"

毛国璋一听，几乎跳了起来道："邵朝华？真的吗？那可求之不得呢。我说，我跟她见过几次面，总容易进行，并且我还觉得她对我有点儿那个些，哈哈哈。”

贾天才道：“你先别快乐，我慢慢给你办，可是你先别对人说去。”

毛国璋道：“要是说成了，我请客。”

贾天才道：“那倒不成问题。”

他们正说着，邵野冰和刘得贵走来。贾天才和毛国璋一使眼色，毛国璋明白，便谈了几句话，告辞走去。

邵野冰道：“听说你不大舒服，早想来看看你，昨天看见报上登你的新闻，你的艳遇不小哇。”

贾天才一听他的话，似有意似无意，不觉脸红了道：“没什么，瞎闹。”

刘得贵道：“究竟怎么一回事？咱们听一听。”

贾天才见他们似乎不知道的样子，遂道：“那是一幕趣剧，报上给登上悲剧了。其实我并没有失恋，我是拿自杀来促我爱人的意向坚决。”

刘得贵道：“爱人是谁呢?”

贾天才道：“这个我暂不发表，日久自然知道。现在又来了许多女性，都是愿意和我交朋友的。你们看，我倒成了忙人儿了，可惜不会分身法，不能一一周旋。”

刘得贵不胜羡慕道：“明天我也来这么一手儿，这倒不错，这些女人都叫什么？我们看看信。”

贾天才把信给了他们，他们一看，只见有一封信署名是“叶姬”，写的信非常婉转柔腻，名字也漂亮，信皮信纸也很讲究，说：“这一定是谁家阔小姐呢，贾爷近来真抖起来了。”

贾天才笑了，没有言语，那意思也就不用说了。刘得贵对于贾天才又是羡慕，又是恨他，又是可笑，谈了一会儿走去。

刘得贵对邵野冰道："咱们这一手儿，反倒叫他得着便宜啦，真是弄巧成拙了。咱们还得想个法子涮他一下子。"

邵野冰道："算啦，反正他不碍咱们的事，咱们不理他好了。"

不提两个人说话，现在该提到邵朝华了。刘得贵等假借她的名义，给贾天才约到饭店，她完全不晓得。根本她对于贾天才就没有什么，纯是刘得贵这样猜疑，叫贾天才闹出这一场笑话来。报纸一登出来，邵朝华也看见了，心里很好笑：像贾天才那样的人，居然也有女人爱他，怪不得要失恋。像他那样俗气，没有不失恋的。她暗自好笑。

这两天，她倒是没有出门，可是心里却无时不在郁芳廉那里，无论做什么事，读什么书，心里总是想到郁芳廉，干什么也没有兴趣，只有想郁芳廉算是快乐的事。这两天刘得贵又来得勤，真讨厌他，越讨厌他越想郁芳廉的好。这天，她实在忍不住了，跑到郁芳廉那里。

郁芳廉正在上课，他下了课后，走在院子里，碰见同事的，都对他挤眉弄眼，向他笑道："有人等你呢。"

郁芳廉看他们那种神气，便知道是邵朝华来了，走到屋来，见邵朝华正看着一本书。邵朝华见郁芳廉进来，便道："上课去了？"

郁芳廉道："对啦，我早知道你来了。"

邵朝华道："你如何知道的？"

郁芳廉道："他们都和我说有人等着，所以我知道一定是你来了。"

邵朝华道："真讨厌，他们一个一个都故意跑到你屋里，假装看了看说郁先生没在屋里，我也没有理他们，他们便走了。有的还站在窗外往里看，多么讨厌。”

郁芳廉笑道：“因为你太漂亮了，谁不想看你呢。我想，你要做新娘子的时候，一定更有人来看你了。”

邵朝华羞笑道：“你怎么也这样说，讨厌。”

郁芳廉道：“秀色可餐，可见文人们对于女人感觉着如何不同啊。”

邵朝华道：“怨不得女人总是怕男人。”

郁芳廉笑道：“如此才可以表示出男人的爱是比女人热烈的。”

邵朝华道：“但是男人的爱情虽然比女人的热烈，但是没有女人持久，并且不容易专一。”

郁芳廉道：“也不见得，不能一概而论，我就不然。”

邵朝华笑道：“嗯，天知道。”

郁芳廉道：“你不相信我吗？”

邵朝华道：“我实在怕。”

郁芳廉道：“怕什么？”

邵朝华道：“你说怕什么？”

郁芳廉道：“你怕我把你吞在肚子里是不是？”

邵朝华笑道：“你敢吃我吗？”

郁芳廉道：“我怎不敢吃你？”说着，俯下身体，用口在她的脸蛋上吻起来。

邵朝华笑道：“讨厌，你真使力。”

郁芳廉看时，果然在她的脸蛋上显出一个白的嘴圈儿来，那颜色更动人更鲜艳了，郁芳廉道：“你不会也吻我吗？”

邵朝华笑道：“你把脸给我。”

郁芳廉当真把脸挨过去，邵朝华便在他的脸上轻轻吻了一下。

郁芳廉道：“你这一吻，倒把我的皮肤吻痒痒起来，还不如用点儿劲呢。”

邵朝华又用手拧了他脸一下道：“我给你拧疼了。”

郁芳廉道：“我不把你……”

正这时，门外进来一个学生，凸着腮帮子，似乎要笑又不敢笑的样子，邵朝华也不大好意思起来。学生是来交练习簿的，把练习簿放下便走了，出门的时候，见他一缩脖子，大概是在吐舌头呢。

邵朝华道：“他们看见多不好意思。”

郁芳廉道：“没关系，本来儿女之私，有甚于画眉者。我们总算连眉还没画呢。人无论怎么的知识高，年纪大，自是男女到一块儿，便现出童心来。所以我们在社会上所看见的人，全是假面具，没有一个是真的。比方说我，我还是他们的老师，在老师地位想来，我们这样举动似乎轻薄。但是在我们的爱情上看来，还嫌不尽兴吗？世事，我们都只看一面就不能看两面。圣人是万世师表，但他和他的太太要是会写小说的话，他们的闺房之乐，也是很有意思的呀。”

邵朝华笑道：“你要是一说，老是一大套。”

郁芳廉道：“这是实情。话再说回来，我希望你的眉，永远叫我画。”

邵朝华道：“办得到吗？”

郁芳廉道：“只看你了。”

邵朝华道：“不要谈将来吧，我们只希望老是这样地过，过一天是一天。多咱不能这样过了，我便立刻死去。我不敢想将来，我一想就心乱。”说着，她有点凄然的样子。

郁芳廉道：“我们也只好如此吧，将来谁也说不定的。”

邵朝华怕谈到这个问题感到困难时，大家要扫兴的，所以不再说这件事。顺手拿起一张报来，看道："这个新闻你看见没有？"

郁芳廉一看，是贾天才自杀的新闻。他道："看见了，我觉得失恋实在是无聊得很。"

邵朝华道："这个人只有自杀的，决不会恋爱成功，无论对任何女性。"

郁芳廉道："你认识他吗？"

邵朝华道："他就是野冰的朋友，你大概也见过。"

郁芳廉道："我忘记了。"

邵朝华便把贾天才的神气说了一遍，说得两个人全笑了。

郁芳廉道："你要是写小说的话，一定写得好。"

他们谈了一天，邵朝华才回去。她坐在车上，快到家门口的时候，就见有个穿绿衣的邮差，骑着自行车，到自己门前下来。她想叫拉车的拉快些，看看是谁来的信。那邮差已经叫了门，等到邵朝华的车到了，那信已经由门儿叫老妈子接了进去。她连忙付了车钱，上前叫门，老妈子已经把信拿到里面去了。等到老妈子回来开门时，那信早已落在邵野冰手中。

邵朝华先问道："谁来的信？"

老妈子道："我也没瞧真，叫少爷接过去。"

邵朝华道："少爷在家吗？"

老妈子道："对啦，那位刘副官也在这里。"邵朝华一听，便潜回到自己屋子里去了。

邵野冰由老妈子手里接过那封信来，他料得就是邵朝华的信，他知是自己没人来信的。他接到手里一看，可不是邵朝华女士吗？

他把刘得贵叫到一边说道："你看看，贾天才这家伙还不死心，又给来信了。"

刘得贵接过一看，见字不像贾天才的，贾天才写的笔道儿细，这个笔道儿粗。

他拆开便念道："朝华二妹妆次：顷接天才我兄之信，谓将我妹介绍于我。已得我妹介绍于我，已得我妹同意，无任欣感。天才近来朋友甚多，应付不暇，恐我妹寂寞，故介绍小兄于妹，安慰万一，倘蒙不弃，蹈汤赴火，在所不辞。何日有暇，定一约会畅谈为好。小兄毛国璋鞠躬。"

刘得贵道："谁叫毛国璋？"

邵野冰道："噢，也是我的一个朋友，他和贾天才很好，这一定是贾天才闹的鬼。"

刘得贵道："贾天才死了心，又来这么一个，非得治他一下不可。"

邵野冰道："怎么治他呢？又把他调到饭店去吗？"

刘得贵道："不，老是这样不灵了，再者贾天才一定也跟毛国璋说的。这回我想一个办法，叫毛国璋和贾天才两个人闹别扭，叫他们起内讧。他们两个人一吃醋一干起来，咱们就省事多了。"

邵野冰笑道："对对，还是你成，可是用什么法子就让他们两个人干起来呢？"

刘得贵道："我想一想。"想了想道："噢，有了。"

邵野冰道："什么方法？"

刘得贵道："你不用管了，我亲自找他，准能把他的火儿挑起来。"说着，便找贾天才去了。

贾天才正给叶姬女士写信，见刘得贵来了，也不把信收起来，故意给他看，表示女朋友多。

刘得贵道："你这么多朋友，匀给我一个怎么样？"

贾天才道："得啦，邵朝华是你的你还跟我要。"

刘得贵道："邵朝华，好了，人家现在另有情人了。一个姓毛的，叫毛什么璋，不知道这小子是哪儿的。"

贾天才一听，忙道："是毛国璋不是？"

刘得贵道："对了，你这一说，我想起来了。毛国璋，不错，那小子，哟，你认识怎么着？"

贾天才道："知道有这么一个人，还是听邵朝华说的呢，我还见过，怎么样？"

刘得贵心说："你倒跟我装傻，我还跟你装傻呢。"他道："嗬，他们两个人现在闹得挺近乎，整天价在一块儿，比我们近得多。"

贾天才心里有点不平道："他们比我们近乎？我不信。"

刘得贵道："也难怪你不信，连我也不信，但是现在我就见了。"

贾天才道："他们的程度到开房间的程度吗？"

刘得贵道："岂止，告诉你说，我就是在饭店看见他们的。"

贾天才道："哪天？"

刘得贵道："就是上礼拜六那天。"

贾天才一听，就是她和自己定约会那天。他不禁心里想道："想不到毛国璋这家伙背着我干这个，怨不得我接到邵朝华信的那天，他上我这里来。我真傻瓜，我还把信给他看，结果叫他知道邵朝华和我开房间，他一定从中破坏，当中就把邵朝华劫了去了，一定是的。"

想罢，便问道："你怎么知道他叫毛国璋？"

刘得贵道："我还看见他的信了，是邵野冰偷出给我看的。"

贾天才道："信上写着什么？"

刘得贵道："信上写得好肉麻了。"

贾天才道："这么一说，邵朝华也不见得是好货呀。"

刘得贵道："那咱们不敢说，总是赖男人引诱太厉害。"

贾天才非常生气，他道："毛国璋哪一点能叫邵朝华看上呢？"

刘得贵道："潘驴邓小闲，反正占一样就得。"

说得贾天才醋气冲天，心说："回头非找他一回不可。妈的真正我还没和邵朝华谈过一次，别看闹得挺热乎的，我们连一块儿走过都没有，他倒开了房间了，妈的。"心里是这样想，表面却说："没关系，交朋友本是大家交朋友，不能算一个人的朋友，是不是？"

刘得贵又激将道："我要有这样朋友，早和他绝了交。他简直太看不起朋友了，把朋友看成什么了，割朋友的靴子，好。"

贾天才气得不可开交，可是仍旧容忍地说道："这不算什么，我本来还要给他介绍呢。"

刘得贵道："你说是你介绍的？哼，人家还说是自己进行的呢。人家早没有把你放在心上，要是放在心上的话，早就应当先告诉你一声，那才叫朋友。背着你，人家交上了，这不能忍受啊。"

贾天才越想越气，差点儿把病又气回来，要不是有叶姬这个希望，登时能发作起来。

刘得贵见他脸上一阵青一阵白的，知道差不远了，遂又道："我这样说你可别过意不去，还是朋友交情要紧。邵朝华按说对你很不错，平常看得出来。有一次做梦都把你的名字叫出来，邵老太太笑她好几天，她都不好意思的。其实你不应该撤步，又让毛国璋一进攻，他却得了机会，太便宜他了，你太不上算了，这么好的天仙，白白牺牲，真是可惜。我是没办法，我用尽方法都不能打动她的心，她对你可真是一百一。"

贾天才又得意起来道："不要紧，她对我这样，毛国璋进攻也没效力。”

刘得贵道：“嗬，你可不知道，架不住毛国璋给你说坏话，说别的还不要紧，他就说你还有好多女朋友呢，这句话，比什么不厉害呀，这话邵朝华听了是怎么伤心呢？”

贾天才道：“你不用管了，我自有办法，毛国璋我决定给他一个厉害瞧。”

刘得贵道：“我看还是慢慢劝一劝他，朋友到底是朋友，别伤了感情才好。”贾天才没有言语，刘得贵见激得差不多了，遂告辞走了出来。

贾天才越想越气，是可忍孰不可忍，走，找他去。贾天才找毛国璋去了。偏巧毛国璋没在家，问上哪里去了，家里人说：“听说有个约会。”

贾天才一听约会，心里就一跳，又问在哪里呢，家人说：“我也不知道。”

贾天才乘兴而来，扫兴而归。回到家里，想找碴儿生气，毛国璋这小子太不是东西啦，还没有我的介绍，他就先乘虚而入，我得想个法子治他。我现在还得给叶姬女士通信呢，没工夫干这勾当。我还是叫刘得贵跟他干，我在一边儿观虎斗。可是怎样给他们拴呢？想了想，觉得费劲，得啦，还是先给叶姬女士通信要紧。

于是拿起笔墨，给叶姬女士写信道：“女士大鉴：顷接华翰，备悉种切，极承拳德，无任感谢。贾某人殊豁达，自然之举，乃不得已。倘女士有暇，希约地面谈，以匡不逮。专此，即请冬安。鄙人贾天才谨上。”

信写完了，念了念，觉得自己古文又长进多了，颇有点桐城派的味道儿。这封信可以批上“典雅之至”。他很爱惜他这篇文章，他恐怕叶姬女士当着随便的信看了，不能反复朗诵，殊觉可惜，遂又在尾写上："此函词情并茂，希女士有以保存之。"写完这才放心发了。

第二日，信到了叶姬家里。叶姬女士是位小姐，也是位太太，可是说不清究竟是谁的太太，到公园转一周，就不知做了几回太太呢。一般要光棍的西服青年，天天跑在那里做临时丈夫。近来天气一冷，那些西服青年身上所穿的衣服实在又不抗什么寒，就不大爱出来了。赶上好天气，憋足了气，又凑在一块儿，到公园里来泡。别看他手里拿着照相匣子，可是里面并没有片子。

这一来，叶姬女士就苦了核儿了，转一天也打不着食吃。碰上这一群青年，光会泡，不出一点血，怎么办呢？不得不另找新大陆。

她看见报上登着贾天才在饭店自杀，以为贾天才一定是个多情阔少爷，没钱不能在饭店开房间。她想：乘着机会给他去一封信，准可以骗他点儿钱。

信去了之后，心里很嘀咕，怕没有效力，不想居然得到回信来了。回信来了，便算有了希望，于是又求人写信，约贾天才出来玩，以便谈谈，互倾衷肠。又写着奴亦天涯沦落人，想在旅居得一朋友，做终身伴侣。

这信又叫贾天才接到之后，贾天才非常快乐。他见信上写着叶姬女士是个名门之后，广有田产，只身来京，愿结一友。他想这运气哪儿来呢？又是人又是钱。但是女士是南方人，一定非常摩登，自己无论如何，得穿身西服才成。可是做一身西服，至少二三十元，如何拿得出来？左思右想，想出一条妙计，西服上身可以改作，家里有一件礼服呢的马褂，叫成衣铺比着西服一改，挺好。还是礼服呢的，材料很贵的哪。裤子也可以改，把裤腰拆开一条缝，钉上纽子，不就是西服裤吗？讲究一点，把裤腿儿改一点就成。衬衫没有，用汗衫凑个折领儿，穿在这里面，谁看得出来是中式汗衫呢。领带更好办，家里有几条破绸子，叫裁缝一做，就是一条。越想越对，皮鞋借王先生那双挺好，脚后跟还有铁掌，走起来挺响呢，配上自己的手杖，简直的地道绅士。毛国璋哪有这么漂亮的思想。想罢，便把那礼服呢马褂和那麻葛的夹裤拿出来，叫成衣铺给做。

成衣铺掌柜的还没做过西服，今天也要卖弄卖弄手艺，满口应承。不过他说："西服裤子没有麻葛的吧？"

贾天才道："什么事你不会起头不成，由咱们这儿一穿，准保就有跟着学的。"

掌柜的道："对，人家要问，您还得给我们扬扬名。"

贾天才道："那当然，明儿我还给你介绍几家。"又在王先生那里，借了一双皮鞋，穿着大一点儿，王先生的太太出主意，叫他在鞋里面垫上许多棉花就可以了。

王巡长的太太问贾天才穿皮鞋干什么，贾天才说行个人情，出个份子。他没敢说是和情人定约会，他怕王太太跟他太太说了，闹起家庭风波，就不好办了。

过了两天，西服做得了，上身是马褂改的，下身是麻葛裤子改的，衬衣是汗禢儿又缝上一个领子，领带是一块绸子做的。

先贾天才的太太贾大奶奶见马褂没有了，麻葛夹裤也没有了，还以为贾天才给当了呢，一问贾天才，贾天才说："你等着吧，叫你看咱们的这段，我做了一套西服。"

贾奶奶道："什么西服？"

贾天才道："洋服，懂不懂？外国人穿的那个。"

贾奶奶道："西洋人穿的，那多少钱呢？"

贾天才道：“没花钱，就是那马褂改的。”

贾奶奶道：“你要是穿洋服，就算随了西洋人了吗？”

贾天才道：“可不是。”

贾奶奶道：“那可不成，你要随了西洋人，那我呢？”

贾天才道：“你还是你呀。”

成衣铺掌柜的把衣送来之后，贾天才当时便穿着起来。

贾奶奶道：“这样咣里咣当的不冷吗？”

掌柜的道：“大奶奶，里面还可以套上小棉袄呀。”

贾天才道：“对呀，这冷天不套棉袄也不成。”说着，又把棉袄拿出来。

贾天才套在里面，棉袄套马褂，倒是合适得多了。

贾天才结领带，领带这个结法他不会。问掌柜的，掌柜的也不会，大概齐给结了一个大疙瘩，剩下的在胸前飘荡着，立刻增加了贾天才几分壮美。

麻葛裤子穿上，前面纽子，两边有兜儿。这还是掌柜的主意，贾天才连兜都没想出来。

皮鞋就手儿也穿上，垫了许多棉花，头上戴上呢帽，左手拿着文明杖，右手插在裤兜里，在屋里来回一走。

掌柜的道：“太好啦，他要不赛外国人，挖我们的两眼睛。”

贾天才也笑了，冲这身西服，跟情人在公园里一遛，妈的，他自己骂上了自己，还是快乐的。贾天才简直乐不可支。

贾奶奶道：“我怎么看不出来是外国人样儿？”

贾天才道：“怎不像，你看看？”说罢，便抡圆了手杖在屋里走起来，差一点杵上掌柜的腮帮子。

贾天才又说着外国味儿的本国话道：“你的，吃拉番拉麻，你上哪儿去？”

掌柜的大笑道：“对对，像极了。”

贾天才又道：“哦哈油糟糕一妈司。”

掌柜的道：“这更像了。”

贾奶奶见贾天才居然会说外国话，也自惊讶得了不得。

贾天才在镜子前面，来回照个不住。掌柜的道：“再换一个裤腰带就更好啦，贾爷说是不是？其实布的也成，全是皮的好一点。”

贾天才道：“对啦，还得找根皮带。一说穿西服，多麻烦，还得找王巡长借根皮带去。”

掌柜的道：“不用，拴狗牌的皮带就成，反正结在里头，看不见，怕什么？”

贾天才道：“狗带可不好，那我成了狗了。”

贾奶奶道：“我那里有根皮带。”

贾天才惊讶道：“你怎么会有皮带？”

贾奶奶道：“街坊张先生搬家的时候，有一根捆柳条包的，折了叫我抢了来，你看能用不能用？”

贾天才道：“快拿来我看，快一点的，快一点的。”是外国人的味儿。

贾奶奶拿了出来，贾天才一看，挺好，就是稍微短些，倒是够用，掌柜的帮着穿了一个窟窿，结起来就是有点勒肚子，不吃饭倒是凑合。

掌柜的道：“马褂，不，西服上身的扣子不扣，露出皮带来，就更好看了。”

贾天才解开马褂扣子，露出皮带，越发像西服了。掌柜的道：“冲这样，密司儿们要不多看两眼的才怪了呢。”

贾奶奶道：“什么叫密司儿啊？”

掌柜的道：“密司儿就是摩登姑娘嘛。”

贾奶奶一听是摩登姑娘，立刻说道：“你把那皮带给我吧，我不给你。”

贾天才道：“胡说，密司儿碍着我什么了？”

贾奶奶道：“她们要都看上了你怎么办呀？”

贾天才道：“我不理她们，看不起她们，以后我老跟外国人一块儿走了。”

贾奶奶道：“我可不许你理那些杂毛丫头们。”

贾天才道：“你懂得什么？”

掌柜的道：“现在都讲究交朋友。”

贾天才怕掌柜的说走了嘴，忙向他使了一个眼色，掌柜连忙借词走了出去。

贾天才见一切停当，便写信把约会地点定在北海公园，时间是星期日下午。星期日人多，可以显显自己的西服。

到了那天，起得很早，先练习练习走路及一切礼貌，都仿佛是外国人似的。吃了早饭，便赴约会去了。

出得门来，抡开手杖，大踏步走着，两边有许多人注视着他，他还以为人家羡慕他这身西服，得意得不得了。上了电车一看，穿西服的倒很多，自己的西服跟他们互相辉映，尤觉不可一世，对于穿便服的简直看不入眼了。

车走了几站，上来一位小姐，他为表示懂得礼貌起见，便站了起来，让那位小姐坐下。那位小姐一见他这样打扮，非常奇怪，看了他两眼。他以为女郎因为他懂得礼貌，又穿西服，爱上了他，他越发得意。持着手杖，高挺胸脯，仿佛还有点不在乎的神气。

电车到了公园，他便下车，售票生说："您前边下，诸位前边儿下咧。"

贾天才道："这又新改的章程，前边下了。"

下了车，进了公园，买了票，直奔后头河沿，定的约会是在那儿见面，在河沿上最东那个椅子上，谁先到等谁。贾天才以手杖麻葛西服为标识，叶姬女士以一个红绢手帕为标识。

叶姬女士去得很早，坐在椅子上等着，凡是有个拿手杖的走过，她便把红手绢掏出，来回晃摇。

叶姬女士有五十多岁了，完全是拿粉把脸上的皱纹给填平了，偶尔一看，仿佛有三十岁的样子。

这时，贾天才走到后边来，两只鞋不得劲，走时完全用脚后跟着地，由老远就听见铁掌儿响。他老远看见那最东边一张椅子上，果然坐着一个摩登女性，看后影儿真不错，蓬蓬的发，拿着红手绢儿。贾天才一看，知道不是别人，一定是叶姬女士无疑。他又放重了脚步，抡开了手杖走了过来。

叶姬女士听见后面有皮鞋声，越走越近，她忙回头一看，只见有个人抡着手杖向着她来了。她知道是贾天才无疑，不过，他那打扮太叫自己伤心了，也许他是乡间土财主，不会打扮，反正有钱就成，回头探听探听他的口气再说。

正想着，贾天才先招呼她道："来了会儿了吗？"

叶姬女士忙道："刚来不久，请坐。"

贾天才便绕到前面坐下，和叶姬女士并肩而坐，叶姬女士便问道："由家里来吗？"

贾天才道："由别处来，别处还有个约会。没办法，一天忙到晚，尽是约会。"

叶姬女士道："你每天尽忙约会吗？"

贾天才道："唉，乱七八糟的事，差不多关于财产的事最多。"

叶姬女士一听，他尽办财产的事，便知道他有钱，便又问道："你怎么不穿便服呢？"

贾天才道："穿腻了，所以改穿西服，并且现在又是尽跟外国人做事，不穿西服不成。"

叶姬女士道："跟哪个外国人？"

贾天才道："克罗德，嗬，克罗德好客气啦，对我老称为贾先生，说贾先生你吃拉番拉麻，我说，我的吃了，你的，他说我的也吃了。"

叶姬道："你一定会说外国话。"

贾天才道："大概知道一点儿，帽子叫盖发，鞋叫挨地，眼镜叫多拉一层。"

叶姬道："这不是说相声的这样说的吗？"

贾天才结结巴巴地道："真是这样，不过说相声的话不好就是了。"

叶姬道："你会哪国话？"

贾天才道："好儿国话。"

叶姬女士道："你会日本话吗？"

贾天才道："会呀，心焦，心焦。"

两个人谈了会儿，叶姬女士有点冷，贾天才也直打哆嗦，虽然里面套着小棉袄，但也是挡不住寒呀。他想：西服倒是不如便服穿着舒服，但为了摩登，为了爱情，牺牲一些，也无不可。

两个人一边走一边谈着，贾天才的皮鞋越走越不合适，里面的棉花来回乱滚，走起来一跛一拐的，鞋底上又仿佛有钉子透了出来，直扎脚后跟。

贾天才忍痛散步，后来实在受不了，便和叶姬女士坐在长廊下谈天。叶姬女士想探他究竟有没有钱，便问他道："你家里都有什么人？"

贾天才道："只有一个太太，我现在老想和她离婚。"

她道："为什么呢？"

贾天才道："她不会交际，外国人到我的家里，她就害怕，那还成吗？"

叶姬女士道："那可不成，不会交际还成吗？当太太的应当给丈夫招待朋友才对。"

贾天才探她是否有愿意嫁自己的意思，便道："哪有像你这样明达的，要是有你这么一个太太，简直是天生造化。"

叶姬女士一听，笑了，笑得脸上直掉粉片儿。贾天才见她不恼，也笑了起来，捧腹大笑。这一笑不要紧，只听嘣的一声，裤腰带折了。贾天才大吃一惊，这皮带要折了，那是多么糟糕，裤子要掉了下来，那才丢人"显眼"。

他坐着不动，心中暗自想法。

要知贾天才想出何妙法来，请看下章。

第六章　离婚与结婚

贾天才先生和叶姬女士在公园里谈天，忽然贾天才的裤腰带断了，他着慌起来，想不出什么好办法。他暂时可以在这里坐着，倒不要紧，要是一站起来，可就要现眼了。他想了半天，猛然想出一个计策来，便对叶姬女士说道："你在这里坐一坐，我到厕所去去就来，肚子不大合适，昨天吃梨吃多了。"

叶姬道："你去吧，我在这里等着。"

贾天才遂装着捧着肚子，其实是提着裤子，往厕所走来。进到厕所，幸而里面还没有人，他蹲在坑上，虽然闻着臭味，但是无法。他把皮裤带抽出，已经成了两截儿，看了看，没有办法，连接起来又不够长的。幸而天无绝人之路，在那墙角地方，有根麻绳子，上面沾了许多尿，他捡了起来，擦了擦，用两头儿把皮带连起来，这才把裤子结好。

心里不胜欢喜，他想：穿西服真不是玩意儿，这么麻烦。大奶奶也真可气，给我这么一个糟皮带，差一点儿丢了人，回去非得闹一顿不可。想罢堂堂出厕。

叶姬女士还在等着他呢，两个人又谈了很久，谈得很对劲，一个恨相见已晚，一个恨相逢已嫁。贾天才这回是头一遭和异性谈情，他想道："怨不得人人全爱讲恋爱，真是舒服愉快。妈的，自己老婆什么也不懂，就知道蒸窝头，哪里是这样谈情？"

最后，叶姬女士和他接了一个吻，吻得贾天才飘飘悠悠，如入云霄，他不知怎样好了。刚想着茬儿要乐，猛然肚子上觉得一松，他以为皮带又断了，吃了一惊，摸了一摸，并没有断，这才放心。他恐怕时候久了，又出毛病，遂和叶姬女士告别，同时还可以省下一顿晚饭。

叶姬女士见他连晚饭都没有请，知道他是个吝啬人。乡间土财主，差不多都是吝啬的。可是要花起来，也没个完。她又安慰了贾天才许多话，叮咛下一回多谈谈。贾天才再也没遇过这种温情假意，满意而别。

回到家里，冻得直打哆嗦。他道："今天穿西服，多少人看咱们，妈的，咱们总算露脸了。"说着，直打喷嚏。

贾奶奶道："这身多么冷呀。"

贾天才道："嗬，上身还出汗呢。因为出汗，所以才着了风，阿——嚏！"

贾奶奶道："你瞧，清鼻涕都流出来了，还不换下来，留着明儿出门的时候再换上。"贾天才真有点舍不得脱下来。

贾奶奶一揭窝头锅，热气一扑，贾天才越发打喷嚏没完了。他道："今天跟一个外国人聊了半天，阿——嚏，聊了半天。"

贾奶奶道："你也说英文呀？"

贾天才道："可不是，我也得说，阿——嚏，也得说英文，他不会我，阿——嚏，他不会我国话。"一边说着一边换了衣服。

他想：明天非得穿这身西服叫邵朝华看看不可，她一看见，她就得对我说：毛国璋不成。毛国璋有这西服？皮带还得换，还得买一根才好，妈的一买就好几毛钱，“阿、阿、阿……”这个喷嚏没打出来，又回去了。

第二天，身体又有点发冷，伤风又加重了。给叶姬女士写了一封信，说现在正和一个外国人办理煤矿的事。信发了，又穿上西服——那身中式的西服，堂堂上邵朝华那里去了。

到了那里，邵朝华和邵野冰都在家呢，刘得贵和毛国璋也在那里，大家见贾天才这身打扮，莫不大笑。贾天才还非常得意，在屋里来回走，不肯坐下，皮鞋底下那个钉子还有点扎脚，昨天忘记拔下去了。

邵朝华见了，笑得直不起腰来。她道：“贾大哥，您到院子里来，我给您照个相。”

贾天才一听，嗬，好像登了天堂，喜得心花怒放。今天邵朝华居然当着大家和自己这般亲近，亲自要给我照相，这是多么亲热。一说她对我有意，一点儿也不错。今天她见了我穿西服，更得喜欢我了，听说非得成了情人，才能够照相。现在她肯给我照相，一定洗得了拿给别人看说，这是我的情人贾天才，你瞧瞧，这是什么劲。毛国璋，姥姥。他一边想着一边走到院子里。

邵朝华从屋里拿出摄影机来，贾天才站在院子里，说道：“二妹，我是站着好……”一说时，脚后跟一翘一翘的，那得意简直不可形容。

邵朝华笑道：“您就站着吧，照整身的好，连皮鞋都照上才好。”

贾天才得意得很，一手扶着大鱼缸，一手揣在裤兜里，特意把裤腰带露出来，这根皮带，不是昨天在厕所里用麻绳连起来的那根皮带，这皮带是街坊买的，二十枚买的，街坊是上半年给军队遛马捡的勒马肚子的皮带。

刘得贵对于别的都外行，唯独对于皮带却认得很清楚，他知道那是勒马肚子的。他笑道：“贾爷这皮带真漂亮，这皮带至少营长以上的才用呢，买还没地方去买，不知贾爷怎么买的？”

贾天才道：“这是一个外办送给我的，从外国带来的哪。”

邵朝华笑得对不准光了。她道：“您别动，最好向太阳。”

贾天才真有意向着太阳站着，可是脸一向太阳光，眼睛一被日光所耀，立刻打起喷嚏来，偏偏正在打喷嚏时，邵朝华按了机关，把他照了下来。

他正在仰着头，耸着鼻子，张着嘴，眯缝着眼睛，那份难看，就别提了。

邵朝华道：“成啦，照完啦。”

贾天才说：“什么时候照的？我还不知道，照出来不知是什么样儿呢，二妹可先别给人家看去。”

邵朝华笑道：“不能。”说着，又全进了屋。

贾天才这得意就不用说了，毛国璋暗暗羡慕，到底是老贾，比我漂亮得多。刘得贵今天见邵朝华这么高兴给他照相，心里也是特别忌妒，她是轻易不大这么欢喜的啊。几个人心理不同，表面尚还一致，他们不知道邵朝华照了相是为给郁芳廉的。

他们谈到恋爱问题，贾天才又把和叶姬女士在公园游玩的话说了一遍，说得大家都很羡慕。

刘得贵道：“老贾，可不是我挑拨，你这位太太，可真不配你这西服，要是我，早就离婚了。”

贾天才对于刘得贵的话，向来看作放屁一个样，唯独对于这句话，深深引为知己。他挑大拇指向刘得贵说道：“刘大哥，你这话真高，深得孤怀。你瞧着的，我要不跟她离婚的呢！”

邵朝华笑道："为什么呢？"她是有心开玩笑。

贾天才以为是有意呢，不觉欣然说道："我老早就想和她离婚，太不相称了。老天爷配婚，简直一点道理没有。堂堂一个有学问的人，却配一个无知识的女人，多么不平等。"

邵野冰道："这话也对，我赞成老贾的话。"他也有心挑拨离婚看热闹。

刘得贵又加上一句道："贾太太我见过，你们不知道，那贾太太顽固得很，比起贾爷来差得天上地下。"

贾天才又用脚后跟着地走了两步，一转身说道："离婚，非离婚不可！"

毛国璋道："按说我不该扫你的兴，贾大嫂真不坏呢，你说洗的干的……"

贾天才不等他说完便道："你爱上她了，就给你吧，我绝不红脸。"

大家笑了道："毛爷尽惦记人家的太太，好。"

毛国璋急得脸红道："别说笑话，我说的是实话。"

邵野冰道："他说的是实话，你们听见没有？他承认是爱上贾太太了。"大家又笑。

贾天才道："毛爷永远拣我不要的。"说着向邵朝华看了一眼，胸脯又挺起来。

毛国璋听了，越发不好意思起来，也是怕邵朝华疑心他。其实他给邵朝华的信，邵朝华就没有看见。

毛国璋道："你们说笑话我走了。"说着匆匆而去。

刘得贵怕贾天才在这里和邵朝华接近。他也道："咱们都走吧，别在这里瞎吵了。"

贾天才说："走，一块儿走。"既然说出来，就谁也不好意思不走了。

邵野冰道："你瞧，说走就走，我也跟你们一路出去，我是不愿意一个人在家。"说着，大家全都走了出来。走到大街，各自分手。有的往南，有的往北，有的往西，分作几下里。

贾天才一个人心里早就打好了主意。他想：邵朝华今天对自己这样好，千万别失了机会，乘机进攻一下准成。他想把大家都带出来，然后再绕个弯儿转回去，借个因由和邵朝华近一近。

他走了岔路，知道人家走远了，便又转回来，心想着这回光是邵朝华一个人在家，和她谈谈情话，那是多么愉快的事。他一边低头想着，一边往回走着，走到邵朝华门口儿，正和一个人碰了头，抬头一看，却是毛国璋。

毛国璋一见贾天才也自慌了，原来他也是憋着这个主意的。他道："贾、贾爷怎么又、又回来啊？"

贾天才倒是比毛国璋来得快。他道："我算计你就要回来的。"

毛国璋道："不，我、我是落下一件东西。"

贾天才道："什么东西？"

毛国璋道："帽子。"他是临走的时候，故意把帽子留下不拿去，以备回身之路。别看他粗鲁，想得比贾天才还周到。

贾天才道："我忘记两句话跟朝华妹说了，那就叫门吧，我也进去坐一会儿。"

毛国璋一叫门，老妈子走了出来，一看是他们两个人，不由说道："哟，您二位怎么又回来了？"

贾天才道："他把帽子落在这儿了，小姐在家不是吗？"

老妈子道："我给您看看去，我还说不清在家没在家，半天也没有见我们小姐。”说着走了进去。

一会儿走出来，拿着一个帽子，说道：“小姐出去了，和您前后脚儿出去的。这个帽子是您的吧?”

毛国璋道：“不错，是我的。”

贾天才道：“小姐出去了，回头再说吧。”他心里想：“邵朝华一定在家，她说不在家，一定是因为毛国璋的缘故，毛国璋这家伙是小人，哪天非得叫他知道知道厉害不可，他居然绕回来独自找她，胆子不小。”

他一边想着，一边跟毛国璋走，他道：“老毛上哪儿去吗?”

毛国璋道：“我想回家。”

贾天才道：“走，咱们一块儿。”他是怕毛国璋又独自回来。

毛国璋道：“上我那儿去吗?”

贾天才道：“走吧，我还同你有两句话，可是我预先声明，不在你那里吃晚饭。”

毛国璋本没想到留吃晚饭一层，经他一说，倒是想起来了，说道：“那有什么，哥儿们还过不着的吗?”

贾天才道：“是不是? 我一猜就得这么着，这一来倒见外了，咱们不要这样。”

毛国璋道：“这也不预备什么，家常饭。”

贾天才道：“可不准买什么呀，你吃什么我吃什么，这样我就去，不这样我就不去了。”

毛国璋道：“好好，都依你，就是为哥儿俩多聊会儿。”贾天才遂同他去了，暂且不提。

且提邵朝华，她自他们走后，大笑了半天，就笑贾天才这身西服。她正自和老妈子说着，忽然又听外面叫门，老妈子出去回来说：

“那两个人又回来了，还问小姐在家没有。”

邵朝华道：“讨厌，就说我出去了。”她进到屋里又笑起来。

第二天，把相片送到照相馆洗了，过了两天，又去照相馆取，照相馆的伙计说：“您这张照的是什么人，怎么这样打扮？并且耸鼻张嘴的。”

邵朝华笑道：“是吗，还张着嘴？”

伙计道：“可不是，是什么人呀？”

邵朝华笑道：“是一个怪物。”

伙计道：“在哪儿整的呢？”

邵朝华道：“在万牲园，新运到的，你们也可以看去。”

说着拿过相片，她一看，笑得肚子都疼了。她道：“怎么会照成这个样子？”说着，把相片取了出来，一直就找郁芳廉去了。

她到了学校，郁芳廉正在屋子里改学生的卷子。邵朝华走在窗前，听见里面没有声音，开门一看，原来在改卷子。

郁芳廉这时候把精神都放在卷子上，所以邵朝华进来，他就没有注意，以为学工进来了呢。邵朝华见他毫不知觉，索性不言语，轻轻把大衣脱了，放在床上，蹲在他的椅子下，咬着嘴唇儿笑。

郁芳廉道：“高升，把洋火递给我。”一边说着，一边仍自看着卷子。

邵朝华站起来，笑着把洋火往桌上一掷。郁芳廉道：“怎么掷起来，不会好好递吗？”说完一听高升没有言语，心里很是纳闷，自己无暇和他捣乱，先点着了纸烟，又继续改着卷子。

邵朝华站在他的背后，把他的眼镜摘了，郁芳廉刚自回头，她把两只手便捂住了他的眼睛。

郁芳廉道：“谁呀，这么玩笑？”

邵朝华忍住笑不言语，郁芳廉一摸她的手，同时一闻见她的香味，便知道是邵朝华，便笑道："快放开吧，你什么时候进来的，我都不知道。"

邵朝华用粗声说道："你知道我是谁呀？"

郁芳廉道："没有别人，除了我爱的以外，没有别人。"

邵朝华道："你爱的是谁呀？"

郁芳廉道："我一闻见香味，我就知道了。你是有着一种令人沉醉的味儿，这种味儿，仿佛要做我的太太似的。"

邵朝华一听，打了他一下道："讨厌。"

郁芳廉笑了起来，戴了眼镜，抱着她用力地吻着。邵朝华便倚在他的怀里。

郁芳廉道："你说我讨厌，我怎么讨厌？你不愿意听太太两个字，我偏要叫你太太，并且非得给我答应不可，亲爱的太太。"

邵朝华在那羞赧愉快的心情中，轻轻地答应了一声："哎。"完了，又把眼睛闭起来，叫郁芳廉吻着。

郁芳廉道："你怎么这几天没有来，你不管别人是怎么想你吗？"

邵朝华道："前天是我的生日，我一个人玩了一天，还照了一个纪念的相。"

郁芳廉道："那我得给你做寿了，我是送礼好呢，是请客好呢？"

邵朝华笑道："你给我磕三个头吧。"

郁芳廉笑道："我给你磕，你坐在椅子上，我给你跪下。"说着，就要跪下的样子。

邵朝华笑道："你真磕头吗？"

郁芳廉跪下一只腿，伏在她的膝盖上说道："朝华，你允许我一个请求吧。"

邵朝华没有想到他竟会这样做，虽然心里早已有许嫁之意，但仓促叫郁芳廉一跪，倒把自己窘住了。她非常不好意思。她说："你起来吧，我什么都允许你的，我永远是你的了。"

郁芳廉站了起来，接了一个感激之吻。邵朝华道："我给你一张相片儿看看。"

郁芳廉道："你的吗？"

邵朝华道："不，是我照的，照的一个怪物。"

郁芳廉道："我看看。"

邵朝华便拿了出来，递给郁芳廉，郁芳廉一看，吓了一跳，便问道："这是谁？你怎么照的？"

邵朝华笑道："这个就是那姓贾的，叫贾天才。"

郁芳廉道："怎么打扮得这个怪样子？"

邵朝华道："他还以为很美呢，所以我给他照下来叫他看看。"

郁芳廉道："哼，这个样子还肯出来，真是自己都不晓得是难看是好看了。你见了他，可以叫他拿一个纸匣子当照相机，他一定干。"

邵朝华笑道："你的主意更坏。"

两个人说笑着，一直到晚间，那甜蜜就不用提了。他们简直一分一秒也不愿意离开。

郁芳廉道："记住今天，今天是我们的特别纪念日，是邵朝华小姐许嫁郁芳廉的日子。还要记在我的日记本中，我们永远不要忘了它，今天是十一月十一日，是双十一，我们就记住这个双十一好了。"

邵朝华道："双十一，永远忘不了的双十一。"

郁芳廉道："我们今天应当特别庆祝一下，走，我们吃小馆子去，喝一点儿酒。”

邵朝华道：“以后我可不准你多喝酒。”

郁芳廉笑道：“马上就要施行太太的权威了。”

邵朝华笑道：“讨厌。”

两个人说笑着走了出来，到东安市场吃了饭，又在市场里绕了绕，邵朝华这才回去。

临别，郁芳廉说：“请勿忘今日。”邵朝华笑了笑，低着头儿走了。

回到家里，邵朝华见了邵野冰，便道：“哥哥，你看这相片，真有意思。”说着，把贾天才的相片拿了出来。

邵野冰一看，真大笑起来说道：“你怎么照的，照得这个德行？”

邵老太太也过来看，一看便道：“哟，这是谁呀？”

邵野冰道：“这是贾天才。”

邵老太太道：“怎么龇牙咧嘴带耸鼻儿，谁给照的？”

邵朝华道：“我给照的。那天妈没在家，他们来了，我看贾天才那西服太好看了，给他留个相，不想连模样都照得这么难看。”

邵老太太道：“这要是叫贾天才看见，他要怎么骂你呢？”

邵朝华道：“我能叫他喜欢，你信不信？”

邵老太太道：“没有个喜欢，照得牛鬼蛇神似的。”母女们说话不提。

到了第二天，贾天才来了，进门便问相片，仿佛来是有目的的，不是专为邵朝华，其实他目的还是为了邵朝华。

邵朝华见他来了，便笑道：“贾大哥照的相真好，像个大人物儿似的。”

贾天才道：“洗得了吗？”

邵朝华道："洗得了。"说着便拿了出来亲手交给他。

贾天才真是受宠若惊似的，他一边看着相片一边笑，他说："怎么这个神气呀？"

邵朝华道："这个正是得意神气，您看这满脸笑容。"

贾天才越发乐了道："笑倒是笑了，可是有点仰着头。"

邵朝华道："要不我怎么说像大人物呢，大人物照相都是有点儿仰着，表示目空四海，谁也看不起。您看无论是哪个大人物，照的相都是眼光往上看，您看袁世凯的相片，都是如此，都不是故意的，自然而然的就是那样儿。"

贾天才越听越喜欢，他想："我贾天才当是应梦贤臣吗？倒是照得相是仰着的，那时候也没人教给我呀。这丫头也许看上我了也未可知，看她今天这么上劲，比上次还透着近乎。"

贾天才想着说道："谢谢，我应当怎么谢谢大妹妹呢？"

邵朝华道："不敢当，这是很容易的事。"

贾天才对着相片直发笑，怎么看怎么像大人物。

邵朝华笑道："可惜贾大哥已经结了婚，不然拿这身西服做结婚礼服，倒是很不错。"

贾天才一听，心里又疑惑起来："她这话是不是叫我和大奶奶离婚，一定是，她这些日子对我都透着特别。家里的非跟她离婚不可，有她是个障碍，障碍不除，我没法儿和别人结婚，妈的，回去非先和她吵闹一顿不可，把她娘家找来，提出离婚。"

想到这里，又探邵朝华的口气道："我正想离了婚，然后再结婚，大妹看怎么样？"

邵朝华道："大嫂不是很好，为什么要离婚呢？"

贾天才道："哪里跟得上大妹一零头儿。"

邵野冰道：“离婚，要是我早就离婚了。”

贾天才道：“这可是你叫我离的婚。”他是想拿邵野冰一手儿，你叫我离了婚，我若是真离了婚，将来和邵朝华结婚，你就不能说什么话了。

贾天才是真厉害，邵野冰哪里知道。邵野冰说：“不要紧，你自管离婚，将来没媳妇有我呢，我给你介绍一个。”他老是想看热闹，将来他哪儿给找媳妇去，他完全不去想。

贾天才得了他这话，更有恃无恐，向邵朝华笑了笑。邵朝华也笑了，笑得跑回自己屋里去，想着茬儿乐。

贾天才以为她默许了呢，十分高兴，提着手杖回家去实行离婚交涉去了。

且说刘得贵近来一心想和邵朝华结婚，用软的硬的各种手段，来逼近邵野冰，并且老拿着玉银香来做诱饵。邵野冰竟完全答应把妹妹给他了。刘得贵又叫他和邵老太太说，以愈速愈好，邵野冰便和邵老太太说了。

邵老太太近来因为各方和邵朝华提亲的太多了，求婚的也接踵而至，邵老太太都不大满意，只是女儿年岁也大了，时常自由浪漫，邵老太太又不放心，倒是不如早给了人家才好。可是提亲的竟没有一个合适的，不是门户不对，就是人口太多，要不然就是姑爷没事，始终也没有说停当。

这回邵野冰对老太太说：“把邵朝华给了刘得贵很不错，刘得贵人又老成，年纪又轻，又会做事，现在又有事，将来朝华绝不致受委屈，小公母俩没准儿多么甜蜜呢。再者说，亲事老提不成，朝华老是这么浪漫，将来恐怕叫人家说话。人家不责备朝华浪漫，人家责备老家儿耽误了女儿，那时闹出笑话，谁也不要了，多么难看。

现在给女儿说人家儿，哪里有那么合适的，像刘得贵这样，真叫不错，一身一口，一月挣一百多块，躺着花也花不了。”

邵老太太一听，果然有些动心。又加着平时人家提亲都不答应人家，人家都说：你的女儿这辈子聘不出去了。这回硬赌这一口气，看我的女儿究竟出得了门子不能，到底找着一个好姑爷不是？

邵老太太心里一活动，邵野冰又乘机说道：“妈，干脆，您就把朝华给刘得贵，她又受不了委屈，您又可以得一个好女婿，您道怎么样？”

邵老太太道：“你回头问问朝华，无论如何也得她同意。我就这么一个女儿，又是这一辈子的事，怎么也得问问她。”

邵野冰道：“那还用问，这不是她也知道的吗？她跟刘得贵一块儿看过电影儿，他们早就心心相印了。”

邵老太太道：“总是愿意的话由她嘴里说出来，我做妈妈的才放了心。”

邵野冰道：“好吧，您就问吧，她准不说，她哪能好意思说愿意不愿意。”

邵老太太道：“就是不说看也看得出来。”

邵野冰见老太太非要问她不可，心里生了一计，便先跑到邵朝华那里，他知道邵朝华爱郁芳廉的。他于是对邵朝华道：“妹妹大喜了。”

邵朝华一听，不觉脸一红道：“什么喜？”她以为答应郁芳廉的求婚叫他知道了。

邵野冰道：“妈要给你说人家儿。”

邵朝华忙道：“我不听，别跟我说。”

邵野冰笑道：“你知道妈要把你给谁？妈要把你给郁芳廉，说郁芳廉一个人，又老实又有事情，绝委屈不了你。”

邵朝华一听，真是喜之不胜。她笑道：“你去吧，你净跟我瞎说八道。”

邵野冰笑道：“真的，这还是我跟她提的呢，你应当感谢我才对。”

邵朝华一听，心里当真感激他，可是表面上不能形容出来。她道：“别跟我说这个，我不爱听。”

邵野冰道：“别假装假惺了，准不爱听？你要真不爱听我就跟妈说去，说你不愿意，同时我去找郁芳廉说你骂他，永不叫他登门。”

邵朝华一听怕他当真这样做，想了想道：“哥哥净捉弄人。”

邵野冰哈哈笑道：“你也有服我的一天，叫我一声哥哥，给我鞠一个躬，我不破坏。”

邵朝华便含羞地鞠了一躬道：“哥哥，我给你鞠躬是不叫你跟妈说这个，我不爱听。”

邵野冰心说：“这丫头，到底是喜欢郁芳廉，还强辩，我还得冤冤老太太去。”

想罢便又找到老太太说道：“妈，我都跟我妹妹说好了，我一提到刘得贵她就愿意，回头您再对她说时，不必再十分提了，她已经知道，您只问一问愿意不愿意就成了。要不然她不好意思的，倒许闹僵了。”老太太信以为然，便叫老妈子请小姐。

邵朝华自听了邵野冰说“妈要把你给郁芳廉”这句话之后，真是欢喜得了不得，但是真是假，她又怕邵野冰故意和她闹玩笑。

她正在欢喜犹疑之间，忽然老妈子笑着说道：“小姐，老太太请您去呢。”

邵朝华一听，心里直跳，羞赧着上邵老太太屋里去了。邵野冰见她来了，向她一挤鼻眼，邵朝华装着没有看见，邵野冰跑出去了，可是站在窗外听着。

邵老太太道："你干吗呢？"

邵朝华道："看书。"

邵老太太道："老看书，明儿把眼睛全看伤了，瞎看那书有什么用？"

邵朝华因为期待着老太太提郁芳廉的亲事，所以自己这时候不愿和老太太顶嘴，不然这时候早就辩说了。

她道："我知道，我看一会儿就歇一会儿。"

邵老太太道："这才是好孩子，听我的话，我给你说一个好女婿。"

邵朝华一听脸红了，可是心里是快活的，她以为这个好女婿就是郁芳廉了，其实她不知道老太太说的是刘得贵。

邵老太太道："刚才你哥哥大概也跟你提了，我叫你来是问一问你的意思怎么样？"

邵朝华是认为是郁芳廉，遂道："这事是妈拿主意，我没意见。"

邵老太太道："好孩子，真是我的女儿，我想你也很喜欢他的。一月挣百十多块，人又老实，绝受不了什么委屈。打头跟你哥哥是好朋友，有照应的多，你说是不是？"

邵朝华一听，更是郁芳廉了，心里不胜喜欢，羞赧地道："妈您做主吧，我是听从您的。"

邵老太太笑道："丫头这是你愿意了，又听从我的了，这要是不愿意，早就一噘嘴走了。"

邵朝华道："妈老是这样说人，我还看书去呢。"说罢，便起身走回自己的屋里。

邵野冰在外面听得清楚，等邵朝华走出来，他又进到老太太屋里，他道：“您说怎么样？她完全愿意了吧，她早就爱上刘得贵了。以后妈也不必跟她提了，他们两个人都见过，这就等轿子来一搭人，这说办还是办得快，两方同意，马上就挑好日子。这年头儿，说停当了就催娶，早点娶过去，也可以拴住刘得贵的心，您说是不是？”

邵老太太道：“可不是，刘得贵又是挺活动的孩子，可是咱们丫头要是娶过去，准能拴得住他。”

邵野冰道：“平常总是劝着她点，不要任性，听着丈夫的话最好。”他说完，又跑到邵朝华屋里说道：“我说得是不是，不冤你吧？你得请请我。”

邵朝华并不理他。邵野冰道：“我可先告诉你，这不是婚事说成了吗？我可不准你再私自找郁芳廉去。这没过门的姑爷，若是叫人知道，太不合适。叫人家说，拉着手儿来的，多么不好看。再者说，亲事已经成功，别那么急着忍不住还要找人去，在家里多忍些日子。”

邵朝华道：“我不用你来教训我，我比你明白得多，躲开我这里。”

邵野冰笑着出去了，他又找到郁芳廉。郁芳廉见他突然来找，不胜惊讶，请到屋里坐下。

邵野冰见桌上摆着邵朝华的相片，不由一笑。郁芳廉当时来不及收起，也忘了收起，不觉脸红了。他道：“朝华妹这张相片，照得很艺术。”

邵野冰道：“对啦，她倒是上相，什么姿势照出来都是好看的。”

郁芳廉道：“今天为什么这么闲在？”

邵野冰道：“我特意来看望看望，并且给你道道喜。”

郁芳廉道："喜从何来?"

邵野冰道："小妹和你订婚了。"

郁芳廉惊讶道："你怎么知道?"

邵野冰道："已经征得老太太同意。"

郁芳廉一听已征得老太太同意，不胜欢喜。他道："你的意思怎么样呢?"

邵野冰道："你应当感谢我，这事还是我给办的哪。"

郁芳廉笑道："谢谢你的美意，将来一定请客。"

邵野冰道："不过我今天来，是有一点请求。"

郁芳廉道："什么请求?"

邵野冰道："舍妹提亲的人家太多了，家母全都推得一干二净，谁也不给。后来我对家母说，郁芳廉很不错，和朝华的感情也不错，不如给了他。假如再不给的话，那别人就要说闲话了，说朝华那样浪漫，再不出聘，一定要闹出笑话来。我这样对家母一说，家母这才答应，不过家母说：'答应是答应了，不过在未过门以前，我不准朝华跟他见面和通信。不然叫旁人知道，名誉不好听。再者万一做出什么事来，虽然是未过门的姑爷，但于名誉上有损失，所以你告诉郁芳廉一声儿去，结婚要早一点儿，在未结婚以前，不要给朝华写信见面了。'今天我来，便是传达家母这点意思。"

郁芳廉道："这好办得很，请你回禀老太太，我一定遵办，至于结婚时期，我以为在新年放年假的时候最好，你看怎么样?"

邵野冰道："对啦对啦，我也是这个意思，好极啦。"

两个人仿佛越说越近，邵野冰坐了一会儿，告辞出去。郁芳廉坚留吃饭，邵野冰非走不可，郁芳廉也自无法，叫他走去。

邵野冰走出来，心里很爽快，仿佛办了一件什么大事，他想了想："上哪儿去呢？找贾天才去吧，他们这时候恐怕正闹着离婚呢。"想罢便到贾天才家里去了。

到了门前，可不是在吵吗？贾天才的喉咙洪亮，声达户外。贾奶奶的哭声，也一阵一阵在往外传。邵野冰叫了半天门，才有街坊给出来开门。邵野冰走进来便问道："怎么一回事？这时候还吵架？"吵架似乎都得时候的许可才成。

贾天才见邵野冰来了，连忙让到屋里，他仍旧穿着他那身改造的西服，向他的太太示威。

邵野冰问道："怎么一回事？"说着直眨眨眼，仿佛装作莫名其妙的神气。

贾天才穿着巡长的皮靴来回地走，就是这么吵架，他也没忘了姿势。他说："真是岂有此理，她还要管着我。"

邵野冰道："大奶奶虽然不能管着你，但也得男女平权，不能你一个人合适呀。得啦，别生气啦。"

贾天才道："不说她气人，要讲男女平权，就得有知识。她有什么知识？跟牛马一样。"

贾奶奶跑出来道："大兄弟，我是不怕您笑话，他近来所不是那么一回事了，到家就找我的碴儿，我真不能受他这个了。大兄弟，我跟您说说，是他的不是，是我的不是？"

贾天才道："你说什么？"

贾奶奶道："我说什么，我说得多着哪，大兄弟您听听，他那双袜子新买不多日子，也就是半年，这半年我给他洗了三四次，补了三四次。近来他借这么一双皮靴，穿下去你倒是看看里面有钉子没有？他不管，出去一趟回来，袜子就破了好些窟窿，并且脚后跟都扎得流血，那袜子简直没法再洗了，没法儿再补了。我劝他别穿那双皮靴了，他不听，说我吃醋了。大兄弟，我是吃哪门子醋呢？想一定是有那浪骚娘儿们看上他这皮靴了，上回也不知是哪个下处给他照的相片，照得那德行，还拿家来显摆。”

这话骂得邵野冰脸直发烧，心想：“这回来糟了，跑到这里挨骂来了。”他道：“得啦，大嫂子，您也就别生这闲气了，我贾大哥也不至于这么荒唐。”

贾天才见贾奶奶把他的破绽都说了出来，正生气。又见她骂到邵朝华，生怕得罪了邵野冰，于自己不利，想罢怒从心上起，咬着牙便奔贾奶奶而来，抓住头发便打。贾奶奶连哭带号地喊起来，和杀猪一般，闹得邵野冰不知所措。街坊这时进来，好容易把贾奶奶拉到街坊家去。

贾奶奶一边哭着一边喊：“我不活着了，叫他打死我吧。”

贾天才道：“打死你又怎么样？四块木头埋了你。”

邵野冰道：“得啦，你也少说几句，走，咱们喝两盅去。”

邵野冰劝架这本事止于此，而且还真是灵得很。贾天才道：“走，我还真不愿意在家里。哪儿要有我两顿饭吃，早离开这家啦。”好像他这家专为吃饭的。

两个人走出来，贾天才仍是气昂昂的。他道：“妈的我还没拿皮鞋踢她，要不然非一次给她跌倒那里不可。”

邵野冰道：“也别那么着，总是好离好散，不必讲武力。”

两个人来到饭馆，要了酒菜，吃得很亲热。贾天才在吃的时候，最容易发泄感情的。邵野冰对于贾天才一一表示容纳。

吃完了，邵野冰便回家去了，见了邵朝华道：“今天我找郁芳廉去了。”

邵朝华道：“你别冤我了，你绝不找他去。”

邵野冰道："真的，我真找他去了，他桌上还摆着你的相片。"

邵朝华一听，脸一红道："你又想起什么找他？"

邵野冰道："随便拜访，我就手儿告诉他时事成功，叫他放心。在这个期内，最好先别见面，免得给亲友一种话头儿。他说，准备在阳历年办事，你的意见怎么样？等得急吗？按说没有多久了，只有一个多月的样子。"

邵朝华道："你再跟我说这个，我就告诉妈去了。"

邵野冰笑着走了出去道："阳历年，记着点儿，还有一个多月。"

邵朝华并不理他，可是心里越觉欢喜。

邵野冰第二天又到刘得贵那里把这个婚事告诉了他，并且说邵朝华如何愿意，可是把双方瞒哄的情形没有说，并且嘱咐他暂不要见邵朝华，免得给亲友留话头。

刘得贵欢喜不尽。邵野冰又说最好是在阳历年结婚，但刘得贵他却说："阳历年不早一点吗？我现在一点儿准备没有，这仅仅还有一个月的工夫，哪里来得及呢？我手下又没有存蓄，这……"他的意思是叫邵野冰想主意。

果然邵野冰说了："不要紧，你都用什么，说吧，我可以给你预备一下。"

刘得贵道："那怎么合适呢？"

邵野冰道："没有关系，这咱们就是亲戚了，还过不着这一点儿吗？将来你有钱再还我。"

刘得贵道："这要是叫老太太知道，太瞧不起姑爷了。"他又怕邵野冰各处去说。

邵野冰道："你放心，我绝不跟老太太说。"

刘得贵道："那么你就先借我几个钱，将来再还，我们先商量商量要准备什么。”

邵野冰道：“你说吧，我马马虎虎的也不知道都用什么。”

刘得贵道：“第一，先得租所房子，我现在住在大人公馆里，办事不合适。无论如何，得租一所漂亮房子，那么将来再换小一点儿的，头一个月先得过去要紧。”

邵野冰道：“这不成问题，老太太有好几所房呢，咱们随便挑一个要过来住。一来省得房钱，二来诸事有照应，三来老太太自己的房子，她没有挑的。”

刘得贵道：“那好极了，但不知太太干不干？”

邵野冰道：“没有不干的，老太太也怕朝华受委屈，愿意她住好房子，说不定就许把那所房子给了她也说不定。”

刘得贵喜道：“那简直是好极了，你还得卖卖力气给说一说，并且叫邵朝华也去说。一定有效力。”

邵野冰道：“你交给我啦，没有错儿，还有什么？”

刘得贵道：“衣服床被你不用管了，我自己办吧。就是这回事的东儿得求求你，我想这回席面儿不能错了，漂漂亮亮。办事办的就是席，席要办得好，人家吃着舒服，就全都说好，要是席不成，虽然门前摆上一百辆汽车，也没人说好，你说是不是？”

邵野冰道：“这话对，这有我呢，打算用多少钱？”

刘得贵且先不提钱，先铺张其势道：“这回是穆大人的证婚人，把玉银香也请上。我说，玉银香有点儿门了，到年底，准给你说上，说不上掰我的脑袋。”

邵野冰笑道：“不忙，先办完你的。究竟用多少钱？”

刘得贵道：“这一时统计不出来，我想这回请一连人排队跟着，你看威武不威武？可是这一连人就得不少钱。”

邵野冰道："一千够不够？"

刘得贵道："先来一千也好，有余下再给你，不够我自想主意，可是别告诉老太太。"

邵野冰道："当然，我有我的折子，偷偷去银行取一千，明天交给你。"

刘得贵道："多谢你啦，我的舅爷。"

邵野冰道："这舅爷不好听，我们还是论我们的吧。"说着两个人全笑了。

邵野冰当天回到家里，第二天便上银行取款。

且说邵朝华这几天度着快乐的日子，她想着婚后的快乐，时常自己脸上发烧起来，她计划着嫁妆都是什么好些。她想买一个好的无线电收音机和留音机，唱片买些西乐的，因为郁芳廉爱听西乐。

她开了一个单子给邵老太太。邵老太太看了说道："还要书架子做什么呀，他又没有那么些书，你过了门也不能尽看书呀，买书架子有什么用？"

邵朝华道："他有不少书呢。"

邵老太太道："是吗？我倒还不知道，想不到他还爱看书，真是不错呀。"老太太笑了。

邵朝华又商量跟老太太一块儿去买结婚应当预备的东西，当时便叫了辆汽车，到各处去买办东西。又量做了几套新嫁娘的衣服。这时逛市场都与往日不同，仿佛都呈着新婚气象似的。这母女来市场，就如同往家里搬运东西一样，满载了一汽车回到家去。

快到结婚那几天，邵朝华真有点睡不着觉，她又到王府井电烫了一回发，花了几块钱，保八个月的。她屡次想把自己的快乐写给郁芳廉，却被邵野冰的话给吓回去，说："已经快结婚了，还写什么信？"

郁芳廉呢，这时候也正自预备结婚的一切礼物，他很纳闷朝华为什么老不来信，他又不好写信，人家既然说暂时不叫通信，而自己偏要写，岂不叫人太看不起？为了一封信再把婚事吹了，太不值得。邵朝华也纳闷为什么郁芳廉老不来，难道真就等结婚了吗？两个人对猜着，邵野冰这时却两头儿瞒着。

到底郁芳廉脑筋活动些，他遇到邵野冰时，他就直言问道："我现在准备得已经差不多了，究竟在哪一天办，我们得互相商量怎么样？"

邵野冰道："我看，暂时先等一等，我认为春假最好，天不冷不热，结完婚一度蜜月，多么好啊。"

郁芳廉一听，便知大有蹊跷。他道："究竟有什么问题请你说出来，我是没关系的，就是不结婚也没有关系，我愿意知道一切确实的消息，为什么朝华老不给我来信呢？"

邵野冰摇了摇头道："唉，先不用说哪，我回去多劝一劝她。"

郁芳廉道："怎么？劝她？难道她有什么变故？"

邵野冰道："她不对了，我同她说了很多次，可是她总不理。没办法，我都觉得过意不去，我也实在无法对你说。"

郁芳廉道："你同我说明白了没有关系。"他说话声有些颤了。

邵野冰道："我怕你难过。"

郁芳廉道："我有什么难过的，我不还是我吗？"说着，装作苦笑的样子，那真是勉强极了。

邵野冰道："她，唉，实在又爱上了一个人，其实那个人比你差得远咧，她，简直没办法。"

郁芳廉苦笑道："这样也好，我是一个穷小子，自然不配和令妹结婚，我老早就想到这里，这样，总算她有了归宿，将来我还许贺一贺她，但不知她的对象究竟是谁？”

邵野冰道：“唉，连我都说不清，听说是姓刘，他们时常看电影去。”

郁芳廉想起来道：“噢，有一次我还遇见他们，那个刘先生大概对于电影还很外行，说出话来都非常可笑，但不知朝华怎么会爱上了他？”

邵野冰道：“说的是哪，我跟她说了多少回，那个姓刘的不如郁芳廉，她总不听我的。老郁，你不要失恋，等我将来给你介绍一个，准保叫你满意的。”

郁芳廉道：“谢谢。”这时他脑筋里光是想前想后，邵野冰说了多少话，他也没有听见。邵野冰看看情形不对，不再多说，别了郁芳廉而去。

郁芳廉真是如失了灵魂似的，他自言自语道：“终究你不能嫁我，但你为什么要接受我的爱呢？女人是这样的不可靠，现在我总算明白了，明白了一切，唉。”

不提郁芳廉的一切，且提贾天才吧。

贾天才和贾奶奶分居了，他主张离婚，也不知是谁给贾奶奶出了主意，说离婚得赔偿损失，不能白伺候他几年，不能白叫他睡了觉，在下处每天还得三块钱，一天三块，十天三十块，一月九十块，十月九百块，一年按一千块说，三年就三千块钱，非得跟他打官司。

贾天才听到这个消息，不由恐慌，怕当真法院判决给她三千块钱，他又不能离婚了。可是天天总是吵架，他想吵得离婚由贾奶奶嘴里说出来，大概就不用拿钱了。

贾奶奶更机灵，她想出一个方法来。

若知贾奶奶想的是什么好方法，且看下章。

第七章　得过且过

话说贾天才夫妇每天吵架。贾天才想借吵架而叫贾奶奶实在忍不了而自行提出离婚。贾奶奶也明白，她想："我绝不说离婚，谁说离婚，准得往出拿钱。"所以她只有忍着。

贾天才见她忍了，越发压迫得紧，天天不是打就是骂。贾奶奶觉得是可忍孰不可忍，不能再跟他一块儿过了，走，女人只有一条妙策。

在一天早晨，贾天才闭目睡觉的时候，贾奶奶收拾收拾衣服，能够拿的便拿着，给贾天才来个不辞而别，等到贾天才醒来，人早已不见踪迹。

贾天才这一慌，比什么都厉害，挺冷的屋子，也没有火。爬起来一看，屋里乱七八糟，冷静非常，好像遭了一回劫。他先找自己的西服，还算万幸，除了领带叫贾奶奶捆了东西拿走以外，倒还没有什么损失。贾奶奶自己的东西是完全没有了，其实也没有什么东西。

贾天才无精打采的，问了问街坊。街坊都说不知道，今天早晨起来就见门儿开着，大概贾奶奶一清早就走了。贾天才没有办法，先笼火要紧，找了点儿劈柴，撕了些碎报纸，用洋火点起来，一边笼火一边哈手："妈的，敢则有媳妇挡好大枪（去声），离婚吧，这也不用离了。"

把火点着，倒了些煤球儿，把上火罐，自己漱口，一边漱口一边想：妈的贾奶奶上哪儿去了呢？怎么会跑了呢？这个味儿可真有点儿不舒服。把东西拿走了还不提，给我留一样儿，留下这一样叫人难受，留下的不是别的东西，却是一顶绿帽子。

贾天才想到这里非常生气，这简直是"贾天才的耻辱"，可是又一想："贾奶奶素日并没有什么情人恋友的，只有一次和倒水的张三递过那么一次水钱，他们的手都挨到一块儿了，我亲眼看见的，但也不能说有那么一次就发生恋爱呀。街坊都有太太，不至于跟我太太讲爱情。可是却也难说，自己现在不是有太太吗？为什么也恋叶姬女士呢？那么一说，街坊又实在有点儿可疑了。本来我不在家，他们什么事不能做呢？就是瞒得我一个人就是了，这几天贾奶奶不是天天和街坊那小子一块儿上粥场吗？一定有两下子，妈的我得好好调查调查，非跟他们打官司不可。罚了他多少钱，拿这个钱和叶姬女士或是邵朝华结婚。哎呀，现在还有一个重要问题，究竟是叶姬女士好呢，还是邵朝华好呢？邵朝华和叶姬两个人对我都不错呀，都有嫁我的意思。按说娶邵朝华好些，不过邵朝华不能当太太，娶过来未必能给我笼火。"

他想了许久，就听街坊在院子里喊："大爷，您的火灭了。"

这一嗓子，把贾天才美丽的幻想全都打得无影无踪的了。他仍旧恢复他那绿帽子的神气，沮丧地走出来，又重新收拾火，这时他感到幻想不如实际了。现在贾奶奶一走，马上就束手无措嘛。

一面好容易把火笼好，洗了脸，换了衣服，西服不能穿了，领带叫贾奶奶拿走了。他出了门各处去打听贾奶奶究竟上哪儿去了。

打听的结果，有的说跟一个卖白薯的跑了，有的说曾经有人看见杂货铺老西给贾奶奶多盛两下煤油，议论纷纷，传说不一。

贾天才在暗中打听不提，且提邵朝华。

眼见婚期已到，心绪反倒不宁起来，饭也吃不下去，她不知道是兴奋过火呢，还是心绪不宁呢？遂对邵老太太道："妈，我怎么心绪不安宁似的。"

邵老太太笑道："孩子，那是一定的，一个女孩子出嫁，在临嫁那几天，都是有心火的。吃也吃不下去，喝也喝不下去，甚至睡也睡不着。我当年跟你爸爸的时候，也是这个样子。孩子，你别害怕，这不要紧。"

邵朝华道："妈，我希望跟你一块儿住。"

邵老太太笑道："孩子真是傻话，你既是出嫁了，就不能再跟我一块儿住了。但是你闷得慌了，可以回家来，我现在给你找一个老妈子，天天陪着你，这个事儿我倒忘了，应当有个陪嫁才对。"

邵朝华道："对啦，您给我找一个吧，最好要一个年轻的，咱们家里的老妈子全都不行。"

邵老太太道："我给找一个，你看着合适就得。"说着便叫老妈子来。

老妈子来了之后，邵老太太道："你去给找一个老妈子来，伺候小姐的，最好要干净年轻的，不要那浊滑的。"老妈子答应去了。

到了晚上，老妈子便同一个小老妈儿走来，据说是董大妈佣工介绍所登记的，以前没有当过老妈子，不晓得偷懒，不懂得赚钱，又老实又肯卖力气。

邵老太太说："给叫进来。"

老妈子同进来之后，邵老太太和邵朝华一见，是个年轻的，面色焦黄，像有力气的。

邵老太太问道：“你姓什么?”

那小老妈道：“我姓贾。”

邵老太太道：“那么你就叫贾妈了。”

邵朝华笑道：“有个真妈，又来个假妈。”说得全笑了起来。

邵老太太道：“你先跟她们上下房去，叫她们告诉告诉你。”贾妈答应着。

先来的都有点欺生，对于贾妈有点瞧不起。好在贾妈倒是真能干事，什么事都抢先，不怕辛苦，所以王妈和李妈还对她好一些。她们谈到小姐，贾妈问小姐究竟给什么人家儿。王妈说：“还说不清，少爷叫我们跟小姐说姑爷姓郁，可是对老太太说是姓刘，我们也不好问，少爷叫我们这样说，若不这样说就散我们，你回头也得留点神，别说走了嘴。”

贾妈道：“噢，我知道了，对老太太说姑爷姓郁……”

王妈忙拦住她道：“不不，对小姐说是姓郁，对老太太说是姓李，不，姓刘，我也闹糊涂了。”

贾妈道：“那是怎么一回事?”

王妈道：“谁知道，反正将来得有个笑话，你看着吧。你就把小姐伺候好了就得啦，小姐若是有个什么差错，你得小心了。”

贾妈道：“我都知道。”

不提她们在下房谈天，且提邵朝华在屋里和邵老太太说话。她问道：“我哥哥上哪儿去了?”

邵老太太道：“他跟姑爷天天筹备事情，姑爷一个人忙不过来，倒全亏你哥哥给料理。”

邵朝华一听，心里非常感激哥哥。他竟这样热心，成全自己的婚事。

她们母女正在说话，忽然贾天才走了来。贾天才想报告邵朝华他的离婚消息，以打动邵朝华的心。

邵老太太道："贾先生怎么几天没有来?"

贾天才道："嗬，您不知道，我为了点儿家务事老没闹清，现在才完。"

邵朝华一看他的神气就要笑。贾天才一看她笑，以为她猜到是和太太离婚而欢喜，他不胜得意。

邵朝华道："您闹什么家务事?"

贾天才道："大妹妹简直有点明知故问。"

邵朝华道："我真不知道，怎么会明知故问?"

贾天才道："家务还有什么事，干脆和您说，两口子离婚了。"说时，很得意的样子，看了邵朝华一眼。

邵朝华道："因为什么离婚了呢?"

贾天才道："知识太不平等，我在法院提起诉讼，判决我给了她赡养费三千块钱，我马上给了她，叫她滚蛋了。"

正说在这里，猛然听见外面一声骂道："你才滚蛋了呢。"声如霹雷，直闯入室。

邵朝华吓得躲在邵老太太身旁，邵老太太也自一惊，抬头看时，却是贾妈。邵老太太刚要发作，贾妈却先指着贾天才骂起来，贾天才的脸红一阵白一阵，张口结舌说不出话来。

您道是怎么一回事呢？原来贾天才看贾妈不是别人，就是自己骂滚蛋的贾奶奶。

贾奶奶自贾天才家跑了出来，自己心里早就打了主意，愣给人使唤着也不侍候贾天才了。她跑到佣工介绍所，可巧邵朝华又找个陪嫁的老妈，贾奶奶立刻打铺盖上任。她正在下屋跟王妈说话，李妈进来说："有客人来了，你去给沏个茶去。"贾奶奶便走进上房来。

她刚进门，便听里屋说话的是贾天才的声音，她便止住了脚步，细细听着，越听越有气，听到贾天才说给她三千块钱叫她滚蛋，她简直憋不住了，闯了进来，指住贾天才大骂。她道："你别不要脸了，你拿出三千块钱？连三块钱都没见你拿出来过，跑到这来吹牛鼻子来了。"

贾天才又羞又气，恼羞成怒，大骂道："你浑蛋，你是谁？谁认得你呀，你是哪儿来的？"

贾奶奶道："我是姓贾的人，我叫贾门贾氏。当着老太太和小姐在这儿，我也不怕笑话了，你不认得我，你别装不认得我，我是你家里的，你养活不了我，我跑了出去，我自己找饭吃，我没有跟谁跑了，我对得起姓贾的人。你呀，简直不要脸透了，还跑到这儿来吹牛鼻子。"

贾天才道："谁他妈的认得你呀。"

邵老太太见他们吵起来，也嚷起来道："你们可不准在我家里吵，你们吓着我孩子可不成，不准你们骂人，我这儿还有姑娘呢。"

他们俩人哪里听，只是对骂不休。这时王妈和李妈就听上房大乱起来，不知怎么一回事，全跑上屋来看。

贾奶奶不依不饶，大骂不休，想把积下来的宿怨，一齐发泄出来。贾天才气极了，抓过来就打，骂道："你这骚娘儿们背着我跑出来，还他妈的骂人，揍不死你。"

贾奶奶道："我不活着了，给你揍，给你揍。"说着，便把头一直撞过去，把贾天才撞了一个仰巴脚儿。贾天才大怒，爬起来便打，两个人揪成一团。邵老太太直嚷，王妈和李妈也忙过来劝，嚷道：

“你们可别吓着小姐呀，小姐快到好日子了，你们要是吓着小姐可不是玩了呀。”

但他们如何听得见，屋里像翻了天一般地乱起来。李妈过去便揪，贾天才的皮鞋，正踩在李妈的小脚儿上，踩得李妈直喊痛，抱着小脚儿在外屋哭起来。

邵老太太道：“你们要怎么着呀，要造反是怎么着呀？”

大家正乱得一团糟，这时邵野冰回来了，由外边就听里面连喊带哭的，不知怎么一回事，以为邵朝华的事泄露了。

他在门口徘徊不敢进去，后来细听里面声音很复杂，仿佛还有贾天才的声音，他很奇怪，不免走进里面。这时邵朝华已经跑了出来，见邵野冰回来了，忙揪他道：“你快去看看吧，姓贾的跑到这儿打架来了。”

邵野冰一听，知道不碍邵朝华的事，便走了进来。他们还在不休不止，邵野冰把他们揪开，个个把衣服撕得挺烂，脸上还有血。

邵野冰忙问道：“怎么一回事，打得这个样子？”

贾奶奶一看邵野冰，便喘着嘶着道：“大兄弟您怎么会跑这儿来？你看看我。”

邵野冰道：“这是我的家。”

贾奶奶便哭着道：“那更好了，您给评评理吧，他把我打得这个样子。”

邵老太太站了起来，上邵朝华屋里去了，一边走着一边说：“交这么一个朋友，跑到这儿现眼来了。”

贾天才真有点挂不住。

邵野冰道：“到底是怎么一回事？”

贾天才道：“没有什么事，我回去啦，明儿见。”说着，转身就走。贾天才回到家里，越想这茬儿越熬心。

且提邵野冰把贾奶奶领到外屋，一问怎么回事。贾奶奶哭得也说不上话了。邵老太太这才过来，把邵朝华怎么想找个陪嫁，怎么贾天才来了，怎么说他家务事，说跟他太太离婚了，怎么贾妈又是他太太，怎么就打了起来，说了一遍。

邵野冰又问贾奶奶怎么回事，贾奶奶遂又把贾天才在家如何虐待，如何受不了，如何跑了出来自己给人使唤着找饭吃，如何跑到了这里，如何听见贾天才，如何打了起来，说了一遍，说完又大哭不止。随后又说："我无论如何不回去了，我愿意侍候大妹妹。"

邵野冰道："那使不得，还是回去吧，夫妻没有多大冤仇，一说就好的。"

贾奶奶摇头道："说不好了，不是那么一回事了。"

邵野冰道："要不然我送您回去，要不然在这儿先住两天再回去。"

贾奶奶道："我不想回去了，大妹妹不要我，我就到别处去。"

邵野冰道："那不成，您要是到别处去，那不能由我们这儿走，我不能担这个责任，明儿如果贾天才跟我们要人，我们哪儿给找去？"

贾奶奶道："您不知道，我实在不能回去的，我受不了他那个虐待。"

邵野冰道："夫妇打架只是一时的，等他气好了，仍旧如初。不要紧，明儿我送您回去。"

贾奶奶道："回去没得吃怎么办？他又没钱，叫我饿着，我给他打粥，他喝饱了我喝不着，我实在不能回去，这么我给人洗洗做做，我总算是有饭吃呀。"说着又哭了起来。

哭得邵朝华也直落泪，暗想：嫁这么一个丈夫，真算是一点幸福没有了，自己是多么万幸，能够嫁给郁芳廉。她一边庆幸自己而安慰，一边又替贾奶奶可怜。

邵老太太道："哟，这个丫头可真是善心人，人家哭，她掉眼泪。"

邵朝华道："妈，我出个主意，妈拿出十块二十块钱来，交给贾大哥做个买卖，养活贾奶奶，您看好不好？"

贾奶奶一听，立刻给那邵朝华跪下了，说道："姑娘多慈悲吧，望您得个好女婿，别像我这样就好了。"

邵老太太道："快起来吧，野冰，你干脆把她送回，带二十块钱去，做个小买卖，赚了钱有富余再还，没富余就先搁着。"

贾奶奶站了起来，又给邵老太太请安不迭。

邵野冰道："走吧，我送您回去。"说着便带了她出来，雇了两辆洋车，回到贾天才家来。

贾天才正在家里独自闷闷不乐，也没个主意，忽然贾奶奶和邵野冰走了进来。

邵野冰道："我给大嫂送回来，可不准你再胡来了。老太太冲着大嫂子借给你们二十块钱做小买卖，多咱有富余多咱还，可是一听见你们吵架，立刻就跟你们要。"

贾天才一听，人财俱有，哪有不喜欢的，可是表面仍装着生气的样子。

邵野冰掏出二十元钞票来，放在桌上道："这全凭大嫂借的，你再跟大嫂过不来，我当时就拿走。"

贾天才欢喜不尽，外表还装生气的样子道："你倒是给大兄弟沏茶去呀。"

贾奶奶见贾天才并没有生分拒收的意思，心里也自欢喜，连忙说道：“大兄弟您坐一坐，我给您沏茶去。”

邵野冰道：“您不要沏茶，我这就走，我家还有事呢，这两天尽为朝华的事跑了，明天见，我赶紧就回去。”说着匆匆便走。随走随说：“可别再闹了，挺好的夫妇，干吗这样闹呢?”说着，匆匆出去。

贾门贾氏夫妇送出大门，贾奶奶回来，先坐了水洗了脸。街坊也走了过来，听说有人送二十块钱来，立刻贾爷长贾奶奶短地表示亲近，说：“我说贾大哥，您说是不是?大奶奶远不了，不是那人儿，您瞧怎么样?切，我一说就是亲戚家里，要不然就是朋友家里，远不了，现在回来了吧，大嫂子真是一百一，没有地方找去，一天到晚，洗洗做做，真不容易，以后就别吵啦。这个年月，我说贾爷，您要是做买卖的话，我有个亲戚，孩子的二舅，人很老实，可以帮个忙，给两顿饭吃就得，靠得住，打头由我这儿起，差一点儿的不能给您荐，您说是不是?”

贾天才一听，又来回地在屋里走起来，皮鞋踢起多高，劲儿跟着就长，慢慢地道：“好吧，容我考虑一下，多半没有问题。”

街坊说道：“我给您请安啦，人老实，靠得住。大嫂子您买什么东西不买，我给您买去，我这就上街。”

贾奶奶道：“累您了，您给带两大枚白线来吧，别的不用啦。”

街坊道：“大嫂子您多给美言一两句，我上街了，回见。”

贾天才劲儿真足，居然有人托自己太太人情向自己求事。贾天才究竟是贾天才，不可与别人同日而语。

到了晚上，两口子吃完了晚饭，累了一天，全疲乏起来，立刻铺炕睡觉。两口子躺在炕上，感情就来了，谈得比以前还热乎。

贾天才说：“邵野冰说这两天尽为朝华跑了，朝华的事是什么事？”

贾奶奶道：“咳，说姑娘有人家儿了，不几天就要娶了。”

贾天才惊讶道：“有人家儿了？给的是谁呢？”

贾奶奶道：“说有一个什么姓郁的呀。”

贾天才道：“姓郁的，谁给说的？”

贾奶奶道：“我还不知道，说还有一个姓刘的，也不知道是怎么回事。”

贾天才道：“噢，那个刘得贵，许是他做媒的，明天我一问刘得贵就知道了。”

贾奶奶道：“按说咱们应当送姑娘一点儿东西，姑娘对咱们不错，这二十块钱还是姑娘给求的情儿。”

贾天才道：“是吗？那总算对咱们不错，最好把小人儿的名字打听出来，明天我问问刘得贵去。”一夜无话。

第二天，他便找刘得贵，刘得贵这两天越发忙了，预计着后天就举行结婚礼了，他把请帖均已撒出，请了好多人，并请穆大人给证婚。他这几天到各处去请人，好容易清闲一点儿了，贾天才又找来。

刘得贵见他来了，还真有点不好意思，他因为贾天才穷，没有请他，怕他挑眼，谁料贾天才见面并没有说什么，劈头便问道：“我跟你打听一件事。”

刘得贵道：“什么事？”

贾天才道：“邵朝华的新姑爷姓郁，叫郁什么？”

刘得贵道：“什么？姓郁，谁说的？”

贾天才道：“得啦，别装着啦，当是我不知道哪，告诉你说，什么消息也瞒不过我。究竟叫什么？”

刘得贵道："你听谁说的？"

贾天才道："昨天见到邵朝华，她亲自对我说的。你不信就问她去，她还直安慰我，叫我不要苦恼，并且送了我二十块钱。"

刘得贵道："真的吗？"

贾天才道："我还冤你？"

刘得贵一听拔脚便走，说道："我找邵野冰去，妈的这是什么朋友。"

贾天才反倒怔了，不知怎么一回事。就见刘得贵出了门，坐一辆洋车，一会儿就没影儿了。贾天才闹个无趣，只好独自回来，心想："找谁打听一下子好呢？找老毛去，老毛许知道。"

不提贾天才找毛国璋，且提刘得贵一直奔邵野冰家里来。叫开门，进门便往里走，走到屋，却不见一个人。一问老妈子，老妈子说："老太太和少爷全出去了，只有小姐在家呢。"

他一听，没了办法，急得在屋里转磨。朝华究竟是未婚妻，差两天就结婚了，到这时候还忍不住，叫人家多笑话呀。可是心里这疑团又始终不能释。他想：朝华到底是嫁给姓郁的呢，还是嫁给我呢？问老妈子也不合适，叫老妈子说：自己是姑爷都不知道，多泄气呀。直接问邵朝华又不好问。

转了半天，他想道："邵朝华要是嫁姓郁的，她还可以出来见我，她若是不出来见我，那一定是嫁我无疑了，她是害羞啊。"

半天没有见朝华出来，心里稍微安定一些，可是他又见屋子里摆着许多的嫁妆，如书格子、文房四宝等，又不像给自己的，样样的东西都像给姓郁的，他心里这干着急没办法。邵野冰妈的上哪儿去了，问老妈子，老妈子说："也不知道，临走没留下话儿，大概是请人去啦。"

刘得贵眉头皱着，忽喜、忽怒、忽忧、忽恼，他不知道怎样做好了，他恨不能这时就后天。他想去找邵朝华谈话去，又怕邵朝华误会了自己。左思右想，没有主意。

他又想到贾天才刚才说的话，千真万确，无风草不动，大概许不至于是假。他想到这里，又生起气来："妈的邵野冰究竟弄的什么把戏，我他妈的把人都请了，穆大人又做了证婚人，到时候搭不来人，多么丢人？邵野冰这家伙不叫到他家里，一定有特别原因，我愣问问朝华，看她对我怎样，我想她一定正想念着我，心里发跳着。"

他想到这里，心里发生一种极可怕的意念，他想马上闯进朝华的屋里，和她谈话："她若是喜欢我自无问题，嫁给我不过早两天办喜事，反正一样是我的人。如果不嫁我的话，我先把她给抢走了，先出自己一口气。"

他怒从心头起，恶向胆边生，他这个冲动已达到沸点，不可抑制了。他把老妈子叫来，叫她出去买点儿点心去，老妈说："家里有点心，您何必又买？"

刘得贵道："你买去吧。"老妈子只得出去了。

刘得贵想邵朝华，真是馋涎欲滴，他想走过去用软的，假如不成，再用强迫。他想罢，便走进邵朝华的屋里。

邵朝华竟吓了一跳，见刘得贵笑着脸皮走进来，使得她心里非常不宁。她起来让座，刘得贵见她这般漂亮，真是新娘子一样，能够在这一下，真是幸福得很。

他道："没有出门吗？"

邵朝华低着头道："没有。"她有点害怕，他的目光太厉害了。

刘得贵道："还有两天了，等得不耐烦了吧？"

邵朝华道："请您不要随便笑话了，我的嘴是很笨的。"

刘得贵又往前走了两步，已经挨到了她，一阵一阵的发香钻进鼻孔，十分麻醉。

邵朝华见他离得自己很近，心里有点害怕，便道："请您到上屋里坐吧，我出去找一找我妈去。"说着便要走出来。

刘得贵哪里肯放，把去路拦住，邵朝华这时又急又怕，浑身乱哆嗦。

刘得贵笑脸垂涎着刚要抱她，就听院子里有人说道："怎么家里一个人没有，街门也没有关着？"

邵朝华一听，往外一看，却是毛国璋，心里当时平稳一些，立刻叫道："毛大哥这屋里坐。"

本来在平时的时候，她绝不叫他到她屋里坐着，这次是因为叫毛国璋解自己的围，所以不顾一切地叫他进自己的闺房。

毛国璋呢，是因为贾天才托他打听邵朝华到底给一个什么人，毛国璋便借着这个题目到邵家来。他来到门口儿，老妈子刚出去，门开着呢，他便一直走进来。到了那院里，非常清静，他遂说了一句话，跟着听见邵朝华叫他，不胜欢喜，心想："邵朝华对我还有真情。"想罢，很快乐地走进邵朝华的屋里。

刘得贵一见毛国璋走了进来，当时把紧张的情绪压制下去，同时对于毛国璋非常憎恨。

毛国璋走进来一看，见还有一个刘得贵，又见邵朝华那种神情，便明白了八九，他觉得必定是刘得贵乘她一人在家，要对她无礼："她是想叫我解围的。我今天来得正好，无论如何，不能辜负她的美意。"想罢便对邵朝华道："大妹妹没有出门吗？"

邵朝华借这个机会便道："我正想出门呢。"

毛国璋道："上哪儿去，我陪着您去一趟。"

刘得贵一听大怒道："人家的太太用得你陪着吗？你是什么东西？"

毛国璋道："人家的太太，你管得着吗？"

刘得贵道："妈的我不管谁管？"

毛国璋道："你别以为是有钱，可以唬人，可是唬不了我。"

刘得贵道："唬你干吗？马上就可以揍你。"

毛国璋道："你……"说时，把嘴撇得和鼻子成了平行线，"就凭你这个脑袋瓜子？"

邵朝华忙道："你们要打架可别在我屋里打。"

毛国璋道："走，咱们外头打去。"

刘得贵道："哪儿也不二乎。"说着，两个人便走到院子里。

邵朝华先把房门关了，那两个人便在院子里比起武来。两个人一边打一边骂，棋逢对手，将遇良才，两个人打了个稀烂粥。一个衣服破碎，一个是头破血出。

这时外面的老妈子回来，见两个人打得不可开交，吓得又跑了出去，把警官请了来。她愣说有了土匪，警官一听，立刻调动大队，直奔邵宅而来。

到了这里，取围形势，就听里面嘁咚咕咚的，警官也不敢进去。从四面上了房，荷枪实弹。有的奋不顾身，闯进里面去，一看，却是两个人打架。警官连忙劝开，问是怎么一回事。两个人这才歇了手，半天喘不过来气。

这时邵野冰回来了，一见有警官包围，吓得也不敢进去。倒是老妈子看见，把他叫了过去。邵野冰过去便问怎么一回事，老妈子说："有两个人在咱们家里打起来。"

邵野冰道：“谁呀？”

老妈子道：“我也看不清，满地乱滚。”

邵野冰连忙去一看，一个是刘得贵，一个是毛国璋。他道：“你们怎么会打起来？都是自己人。”

警官说：“怎么着，抱屈啦？不成，凭两句话就白跑了，你知道你们宅里的什么案不知道？你们报的是匪警，我们就拿匪办，不管是自己人不是，您得跟着我们走。”

邵野冰道：“其实走也没关系，到区里也不过是那么一回事。这你们几位要是回去呢，咱们两省事。”

警官道：“那不成，您有罪名您知道不知道？”

邵野冰道：“什么罪名？”

警官道：“罪名还不小，您这叫捏报匪警，侮辱官厅，这罪名，至少打个游行示众。”

邵野冰一听，立刻慌了，忙说着好的，他总是那样说着，好说歹说地给警察送出了门去，然后回来进到屋子里，对刘得贵道：“怎么会打得这个样子呢？都是自己的朋友。”

两个人谁也不好说。毛国璋道：“野冰，咱们是朋友，我总算对得起你，姓刘的你得防备点儿他。我回去啦，日后你自己明白。今天的事，你问问大妹妹好啦，我等着，总等得着你一天。”说着，拂袖而去。

邵野冰也没有拦，由他走了，然后问刘得贵道：“到底怎么一回事？”

刘得贵道：“这小子没安着好心，他想调戏朝华，我跟他打了起来。”

邵野冰道：“怎么？你为什么早不说？我得找他。”

刘得贵道："算啦，幸而我来得巧，不然朝华一定受了侮。他妈的，你就不必再问朝华了，免得叫她又不好意思。我说，我问你一件事，朝华到底是给的我还是给的姓郁的？"

邵野冰道："这是哪儿的事，你听谁说的？你怎么也信起谣言来？我跟你起誓，我要屈心，叫我死在冰窟窿里，你看还不成吗？再者说，你可以向本段儿打听去，朝华给的是谁，我们也报上去。"

刘得贵道："那就算了，回头你对朝华什么也不用提好啦。我也回去啦，也别跟老太太说我来了，要不然也不合适。"说着，自己又觉后悔似的走了。邵野冰也没有留，因为怕见着老太太真不合适。

刘得贵走了之后，邵野冰到邵朝华屋里来，门关着推了半天推不开，原来里面锁上了。他用钥匙开了门，走了进去，只见邵朝华躺在被窝里，他笑道："大白天的睡起觉来。"

邵朝华听是邵野冰来了，立刻把被了掀开叫道："哥哥，他们退了没有？"

邵野冰道："全走了，不要紧，我给他们打走的。"

邵朝华坐起来，还怔了半天才哭了出来道："你们都走了，把我一个人放在家里，那个姓刘的，我、我怕极了。"

邵野冰道："不要紧，他是朋友不能怎么样，你怕什么？"

邵朝华道："要不是那姓毛的来，我就见不着你了。"说着又哭了起来。

邵野冰又极力安慰了她一番。他也不好说别的，只说："妈要回来，别对妈说了，要不然妈也生气的。"说着走了出去。一切不必提。

且说到了结婚吉期，用轿子把邵朝华抬了过去。本打算用汽车去，老太太不干，说非用轿子不可，用轿子显得出来是明媒正娶。

邵朝华上轿的时候，委屈得很，和邵老太太哭了半天。邵老太太再三说：“孩子，你要想我，你就上家来，听见没有？不要紧。”

邵朝华想到郁芳廉，心里很安慰，可是一想和母亲别了，便又不禁悲从中来。轿子搭过去，乐队齐鸣，这时的心里真是说不出来的酸辣苦甜咸。

刘得贵呢，真是喜气洋洋满面春风，穿着华丝葛的马褂，马褂儿上挂着一朵颤巍巍的大红花。棚里的来宾很多，都想看看这个新娘子是什么样儿。穆大人也来了，因为他是证婚人。穆大人在此，诸神退位，大家都很安静，不好十分喧闹。

礼堂布置得很华丽，这是邵野冰给计划的。邵朝华一下轿，即把头低下去，始终不敢抬头。她看见的是许多双皮鞋，男的女的都有，她所听见的都是说新娘子如何美丽，大家起着哄。

邵朝华心里很纳闷，为什么郁芳廉尽交这样的朋友，都不像有很深的知识？也只是低着头不敢看。她看见郁芳廉的马褂儿了，马褂儿上还戴着一朵大红花。她想到他的脸是多么满面春风，一团和气呀。这些人物里面，只有他是自己唯一一个认识的。在这个环境里，她对于郁芳廉是热烈地燃烧着爱苗。她恨不能投到他的怀里呀。她安慰自己的人地生疏的寂寞心情。

当行典礼的时候，乐队奏着乐，震得邵朝华一阵一阵心跳。证婚人站在中间，两边是主婚人和介绍人，四围是男女来宾，把邵朝华和刘得贵围在当中。先证婚人用印，跟着主婚人介绍人用印、新郎和新娘用印。

证婚人穆大人，年纪不大，小胡子非常精神，人物很漂亮很活动。他目不转睛地看着邵朝华，等到新郎新妇互相鞠躬的时候，邵朝华猛然看了郁芳廉一眼。但一看，却不是郁芳廉而是刘得贵，她这一惊，当时便晕倒过去。

喜堂一阵大乱，有人说："不要紧，大概新娘子身体弱，站得太久了，快到洞房休息休息去。"有人说："也许是受了煤气。"大家纷说不一，把邵朝华扶到新房去了。

穆大人坐了一会儿，问怎么样了，大家说："好啦，她直哭，一死儿地要见娘。"

穆大人点了点头坐汽车走了。刘得贵也慌了，给邵野冰打电话。邵野冰推辞不敢来，本来也没脸见妹妹的。

这时，忽然穆大人的马弁来了，说找刘副官有事，刘得贵一听，只得随他去了。他想："我今天办事穆大人也知道呀，我也请了一个礼拜的假，为什么还叫我去呢？一定有事。"

他问马弁道："大人找我什么事？"

马弁道："我也不知道，大人永远心里办事儿，你也知道呀。"刘得贵无言。

到了大人家，穆大人又有事出去了，他无奈，只得候着吧。谁知道他什么时候回来呢？他无聊地等着，平常爱找个同事的说个话儿，这时候满是心事，也懒得招呼人，怔怔地想着今天晚上入洞房的滋味。等到入夜，穆大人也没有来，他非常着急，春宵一刻值千金，这光阴这样耗了过去，岂不大冤吗？

耗到深夜，忽然穆大人马弁来了，说穆大人回公馆去了，叫刘副官到公馆去。

刘得贵一听有了消息，心里较为安慰，可仍是有点不宁。到了公馆，等了一会儿，穆大人叫他进去了。他心里跳着，不知要有什么大祸临身的样子。及至见了穆大人，心里放下去了，因为穆大人并没有怒容。

穆大人单把他叫到一间屋里去，劈头便道："你娶这么一个好媳妇做什么？"

这一句话问得刘得贵没脑没头，不知怎么答了。他说："娶媳妇为是恩爱。"

穆大人笑道："妈的你还想恩爱，上哪儿爱去不可呀？娶个媳妇养得起吗？这么好的媳妇，你也看得住？妈的明儿你一走就是人家的。"

刘得贵莫名其妙，大人到底是什么意思，可是又不好问。他半晌无语，见大人拿出很多钞票来，又拿出一个科员证明的符号来，放在桌上，说着："我问你，你是愿意回家，还是愿意要这些东西？"

刘得贵听了，心里明白，知道说回家一定要吃亏的，同时见到科员符号，委实又心痒得很。钱还在其次，由马弁一升科员，妈的卖死命也弄不来呀，哪有这么容易的？妈的科员符号一戴，谁不得给我敬礼？再者说，得了科员，再娶什么漂亮媳妇不成呢？想到这里很是欢喜，可是洞房的滋味，又实在想尝一尝。

他正犹豫，穆大人道："怎么着？快说，妈的我可不能耗着。"说罢，把手枪掏了出来。

刘得贵说："报告大人，明天我再接科员成不？"

穆大人笑道："妈巴子，你倒挺聪明，今天入了洞房，明天又升官，哪有这么便宜事？两样只能占一样。"

刘得贵笑道："那么还是多求大人提拔吧，我愿意跟着大人。"

穆大人笑道："这不结啦，把这个拿去。"

刘得贵啪给敬个礼，把符号和钱都接了过来，非常欢喜。穆大人又下了条子，命令刘得贵为第三科的科员。刘得贵心满意足，心里想："我的太太变作大人的太太，也是一种光荣呀。将来邵朝华对于我一定还不错，也许借着她的门路，再给我升科长，妈的，那时我刘得贵就算抖起来了。”心里非常喜欢。穆大人又传令，叫马弁告诉司机的，开向新公馆去。

这时且提邵朝华，她在房里一边想着母亲，一边想着郁芳廉，她想到这是受哥哥的骗，但是郁芳廉现在是怎样却是不能想象的。她一声不语，只是挨一刻是一刻，她晓得这时反抗奋斗，也是没有用。她只有想到当刘得贵若是摧残自己时，自己要拼死命地保持着贞操。她想：刘得贵是不至于把自己性命要去了的。

时已到了深夜，忽然有皮鞋的声音进来，不是刘得贵，而是方才证婚的穆大人。她不由惊愕，呆呆地坐着。

穆大人笑容满面，对她说道：“你不要怕，我是来安慰你的。”说时，向老妈子们一挥手，老妈子便全走了出去。

邵朝华却揪着一个老妈子不放，叫她陪伴着自己。穆大人把枪解在桌上，咕咚一声，邵朝华吓得撒了手，老妈子也吓得跑了出去。

穆大人笑嘻嘻地说道：“你不希望做大人的太太吗？”

邵朝华摇了摇头，哭道：“你们是怎么一回事？把我骗到这儿来？”

穆大人道：“不要哭，我是来救你的，你不是嫁给刘得贵的吗？刘得贵才是个马弁，我是个大人，你看谁好？刘得贵那小子又是浑人，不懂得爱你。我呢，你要什么我给什么，总比他强得多。”

邵朝华笑道：“您是大人，您要救我，您把我送回家去，叫我妈给您许多钱，把财产都送给您，您给我送回去吧。”

穆大人道：“送回去是不可能的，你要是愿意做大人的太太，将来有你的好处，你愿意怎么样就怎么样，要不然我就把刘得贵叫来，你看怎么样呢？”

邵朝华放声大哭，她想自己为什么会遭遇这么一个劫难呢？穆大人见她哭，便过去把她抱住，在她要挣脱的时候，她看见他的手去摸那支手枪，她被那恐惧、悲哀、愤怒各种情绪混合所扰而晕过去了，她的贞操便这样地失去了。

刘得贵这时候正是第三科的科员，拿着穆大人给的钱，到一个野妓家里。

贾天才和贾奶奶也正做着甜蜜的梦。

邵野冰却一夜没睡，他不知邵朝华要怎么地骂自己。

第二天早晨回门，邵朝华没有回来，只是新姑爷一个人来了，还带来许多礼物。

邵老太太一看新姑爷不是别人，却是穆大人，不由得愕然了，但木已成舟，生米已煮成稀饭，没有办法。同时又觉得穆大人到底比刘得贵强多了，也只好认可。

穆大人问邵老太太为什么把姑娘给刘得贵，邵老太太把邵野冰如何想要玉银香，刘得贵如何答应承办，说了一遍。穆大人一听，不由把玉银香的事自己担承起来。这一来，母子两人更欢喜得不得了，对于刘得贵这一层，完全忘之九霄云外。

穆大人坐了一会儿走了，邵老太太很欢喜，欢喜的是居然有了一个大人姑爷，这一说邵朝华是大人太太，准保受不着委屈的，得吃得花，干什么不成呢？邵野冰也很欢喜，就等着玉银香的事了。和刘得贵十天半月地不见面，也不想他了。

后来玉银香走了，回到上海去了，邵野冰始终也未弄成功，他也说不知哪儿去了，只好得过且过吧。

刘得贵也是得过且过。贾天才和毛国璋见邵朝华已经出了阁，并且嫁给一个大人，自己当然不能再有希望，遂也得过且过起来。

邵朝华的心里怎么样，当然外人不得而知。不过她的外表，却是得过且过的神气，她也说不出快乐，也说不出不快乐。

只有郁芳廉一个人，据报载说是失了踪，不知哪儿去了。也有的说是自杀了的，但据接近他的一般人说，他不会自杀的，因为他也是得过且过的人。

且提邵朝华，她看报见郁芳廉失踪的消息，知道他一定是自杀了。不胜悲哀，哭了三天，三天也没有吃下饭去。

穆大人一看，非常着急，问她因为什么她也不说，一问老妈子，老妈子说："大概冲了神，求求神就好了。"

穆大人信以为真，叫老妈子请了一个顶香的巫婆，烧了些纸，巫婆叫许下许多愿，并且好了后，请太太自己到庙里去烧香。穆大人完全允诺。

邵朝华知道郁芳廉自杀，完全因为自己的缘故，牺牲了他一条很有作为的生命，十分替他悲哀。自己怎样才能赎了这罪呢？自己的出嫁，并不是自己的意思，完全受邵野冰的欺骗，但是这话怎么能够找到郁芳廉向他剖白呢？

她听到巫婆的话，猛然想起不如到庙里求和尚给他念念经，安慰安慰他的孤魂，并且自己有什么事也能够在神灵冥冥中和他见一面。想到这里，心里略微宽松些，她要到一个深山大庙里去住禅，想在庙里求神把他的灵魂拘来，和他见面。

先穆大人还恐怕邵朝华不愿意去，后来倒是邵朝华自己提议要去，不胜欢喜。立刻派了两个马弁跟着，坐了汽车，一直开到西山一个大庙里。

老和尚见有贵夫人来临，殷勤欢迎。迎接到里面，由小和尚们献茶侍候。马弁说明来意，告诉僧人，今天太太要在这里住禅一夜，多给你们香资。僧人们一听，不胜欢喜，立刻叫小和尚给西厢房收拾干净，点了些檀香，喝了些茶，由老和尚引到大殿先烧香。

邵朝华心里祝告了半天，请神佛把郁芳廉的灵魂偕来，会一会面。

祷告已毕，由老和尚领着参观庙里各处。庙是很大，绕了半天，到后面花园里来，一看非常幽雅，登上假山，可以望到墙外。那层层山巅，像晚霞一般，抹着几道深紫。山腰的树叶，好像胖人的肚脐，茸茸的黑成一片。茫茫天地，她想到郁芳廉，不知他的灵魂在什么地方，不由落了几点泪。

她很有些出家之意了，她想到世界上再没有一个和自己亲近的人，生在这世界里，真是没有意思的。

她呆了半晌，老和尚道："施主若是累了，到这花厅里休息休息。"邵朝华答应了，便到茶厅来坐，马弁便仍在假山上玩耍。

邵朝华进到茶厅，见摆饰得古色古香，非常幽静，倒实在是个修行的好处所。她方要落座，见木床上盘坐着一个年轻僧人，闭目合睛，连睬也不睬。她想：僧人原是修行为主，不能怪他失礼的。

但是那僧人似乎一动，他闻到一种香味，这种香味是曾经使自己迷恋过的一个人的身上的香味，这种味使他嗅觉感到一种很熟的刺激，他略微睁开了他的眼，他知道睁眼是他静坐失败的地方，但他这回不能不睁眼了。

他睁开眼看时，邵朝华却惊呼起来，原来这和尚不是别人，却是郁芳廉。

邵朝华惊喜之下，立刻跑了过去，但是到了那里，立刻又愕然呆住了，因为郁芳廉又把眼睛闭上，仍旧稳稳坐在那里，连动也不动。

邵朝华道："芳廉芳廉，我是朝华，你没看清我吗？"

和尚只是不理，邵朝华哭道："芳廉，你原谅我吧，你知道我是怎样地伤心吗？我的心永远是你的呀，芳廉，我是受了骗了，你要安慰我呀。"

和尚连眼都不睁，邵朝华更哭道："廉哥，你不爱我了吗？你忘记了在学校的那一天了吗？你还记得十一月十一日那一天吗？廉哥，你不是说要永远记住它吗？廉哥，我始终没有忘了你，你知道我看了报说你失踪，我是怎样地伤心吗？我今天来到这里，完全是为了你，我方才在神殿祷告和你相见，神意是很灵，叫我见了你，廉，你怎么不言语呀？你……"

郁芳廉闭着眼睛道："施主，请您到前面坐去吧。"

邵朝华大哭道："廉，你怎么说出家话来了呢？"

老和尚在旁边看得呆了，不知道是怎么一回事，不过他猜到郁芳廉出家必定有一番隐情，他又不好说什么，看着邵朝华哭得这样可怜，又实想替她说一句话。

郁芳廉却道："施主，僧人出了家，万事俱空，不能再有一点尘想。施主，你是很有福的人，请回去吧。"

邵朝华只是哭个不住。她道："我知道你是伤心到了极点才出的家，可是，芳廉，难道一点谅解的地方没有吗？当和尚以慈悲为怀，难道你一点不可怜我吗？芳廉，你看，这不是你的戒指？我是始终戴着，我没有一会儿忘了你呀。"

郁芳廉仍是不理，老和尚却走了过来道："施主，您先要止一止悲哀，到前面坐一坐，慢慢由老僧说一说。他这时候不能说话的，因为既然出了家，就不能再恋人间，他如果再有尘想，他就有罪的。"

邵朝华道："不，他有罪我去抵，我爱他，我愿意嫁他。"

老和尚笑道："施主这是笑话，哪有出家还结婚的？"

邵朝华问郁芳廉道："我现在只要你答复我几句话，我问你，你还爱我不爱了？"

郁芳廉摇了摇头。邵朝华伤心到极点。她仍忍痛问道："你不爱我，是不是因为我已失去了贞操？"

郁芳廉又摇了摇头。邵朝华把戒指摘了下来道："把这个戒指仍旧还你吧。"

郁芳廉仍是摇头。邵朝华道："你是预备永远叫我戴着做纪念吗？"

郁芳廉仍是摇头。邵朝华道："芳廉，你太狠心了，为什么不答复我一句话呢？就是我们不认识，你也应当跟我说句话。我问你，这个戒指怎么办？"

郁芳廉道："回去的时候，把它随便丢在山涧里好了。"

邵朝华一听，好像一把利刃扎透了心一般。她道："我叫它同我一齐葬埋了吧。"说着，把那戒指吞了下去，同时倒在地上晕厥过去。

寺里的钟声响了，僧人们诵起经来，似乎超度她的灵魂，走入天堂。

磊　落

第一章　父与子

登在门头沟的馒头山，远望永定河，好像一条蜿蜒不绝的带子，铺在地上。模型似的火车，突着浓烟，蛇一般地蠕动。看不出永定河的波涛汹涌，看不出火车的风驰电掣。在高处望，一切都是渺小的啊！

那众山环绕着的门头沟，有挤在一堆儿的房屋，有崎岖不平的道路，有疏疏落落的树林，因着山的形势而起着的旋风，到处卷起白色的尘埃，黑色的煤屑。

山坳更燃烧着已经枯黄了的秋草，起着烟和火苗儿，往四下里滚。燃烧过了的山坡，一块一块的黑痕，组织成天然的图案。

宽的大道上，庞然雅步地走着骆驼，五七个一队，十几个一排，响着单调的铃声，显得大地越发岑寂。而煤夫的晚歌，村中的鸡唤，都成了一种天籁。

暮色扑了上来，晚鸦噪着枝梢。掘煤的工人，在黑暗的煤窑里，不知时暮，还在掘着煤炭。

一个直径不到五尺的洞，下去到不知多深的地底，有个像豆一样大的光亮，从极深处摇摇而上，渐渐听到一种喘息的声音，好像临死的人的挣扎呼吸，那喘息有时停在中途，跟着又渐渐距离洞口近了，一个黑的东西在往上拽，往上爬。一会儿一个鬼脸呈现出来，他正在仰望着洞口，看看还距离着多远。

人形渐渐露得清楚了，头上捆着一个灯，照得脸上的汗流得满脸成了河流。身上背着一个筐，筐里满满的是些磊落如盘的煤块。在他那进行倾斜的角度，煤块是整个儿压在他的头上的。

爬出了洞口，喘了喘气，两腿颤着站在磅秤上，由另外一个人给称，把分量记了下来，然后再把本人的重量扣除，剩下便是煤的分量了。

过了秤，走到栏柜前面，那个计分量的人便站在柜里，身旁有一个大笸箩，里面盛些馒头。他要了一个馒头，对面有一个水缸，他拿起瓢来喝了几大口，然后，背着煤炭走出窑门。

“嗬，天都这么时候了!”他一边卸下自己的煤筐，一边擦着汗说。

“怎么样老何?”一个人在堆旁衔着烟袋这样问他。

“今天多几趟，妈的。”老何说话永远底下加上“妈的”两个字，往往叫人听了不知他的话是怎么一种情绪，所以也就无从加以附和评判。

老何是不是姓何，连他自己也不知道。他是哪儿的人？父母是谁？人家都说不清，他也说不清。他是从小时就流落在这儿的，据推测他好像是从黄河附近来的，因为他说他的家住在一个大河的旁边，那条河宽得多，宽得他都比不上来，颜色是黄色的，这大概是黄河了。可是在黄河里哪一段他也说不清，因为他说从河堤走了好几天也没有看见头儿。于是大家便叫他老何，他也就随着姓了何。好在他说有姓没姓没关系，怎么样反正都得吃饭才能活着，有姓又算得了老几?

老何有二十多岁，年轻力壮，可是不知怎么生性就那么懒，今天够吃的，今天便歇了，给多少钱也请不动。可是把钱赌输了之后，他一个人能干人家两个人的活儿，门头沟这些煤窑，差不多他全走遍了。

老何愿意干新窑，不愿意干老窑。因为新窑浅，背煤省劲，老窑年久日深，差不多有挖到十数里地的。一样的挣钱，而老窑多跑那么些路，所以他是不干的。

老何似乎有些傻气，可是又并不傻，说他不傻，但又往往干些傻事。他没有什么不平的心，于己有利的事干得很勇，对己没利的事，有时也干得很带劲儿。

他知道怎么叫享福，但享不着福也能够受罪。他每天总是快乐的。

他打了一盆水，脱了衣服。把盆放在一块石头上，站在院里洗着，那盆里的清水，马上被洗得变成黑水，可是他脸上也并没有洗白，仍是那般黑，而且还透着亮儿。

“喂，老何，今天吃狗肉吗?”那个吸烟的对他说。

“天儿凉了，我还没棉袄。敢则你得烟儿抽了。昨天你又到门头去了，是不是老刘？那个小娘儿们不坏，妈的。”

老刘是个赌徒，每天非耍不可。这些窑工们每天挣了钱，没有地方花去，窑里又不必穿什么好衣服，所以歇了工便凑在一起耍。耍赢了的，歇一天工，仍旧是耍；耍输了的，多干一些活儿，也仍旧是耍。有的白白干了一天，把所挣的钱完全耍输出去，躺在炕上照样睡觉。

“我说，你这么大个子，也不着个急。想想法儿说个媳妇。”老刘这话不止说了一次了。他把媳妇看得很重，所以也认为别人没媳妇实在是一个极严重的问题。

“我老何还要媳妇？拿什么养活呀？有媳妇有拖累，我这样倒爽快，妈的。”老何这话，回答也不止一次了，媳妇对于他似乎没有馒头重要，可是偶尔在月明星稀之长夜，鸟语花香之清晨，他仿佛也有那么一种说不出来的劲头儿，那劲头儿使他对于女人有好感，怎么有好感，说不出来。

他以为媳妇和馒头一个样，都得拿钱买，可是馒头比媳妇便宜多了。并且不吃馒头就要饿，没有媳妇，也不感觉那一部分难过得像不吃馒头就肚子叫唤似的。所以媳妇问题，一向便不大理会，不过他知道媳妇比馒头神秘。吃了馒头不饿他晓得，娶了媳妇有什么乐，他不大清楚的。

他一天累到晚，到了晚上，又赌了半夜的钱，第二天一早还要上工，所以他也没有工夫来理会这个问题。

老刘就不然了，他似乎把媳妇看得比馒头重要，馒头在饱了以后，就不再想它了，媳妇不成，自己有了，还要想别人的，他没个足。所以他时常劝人家娶媳妇，自己也时常给别人说个媒拉个纤什么的。

“喂，告诉你们一个消息。”他们看时，一个身量很矮的人走了进来。那个人叫小崔——本来他叫老崔，可是因为身量矮小，所以人家全叫他小崔。中国人的称谓，总是跟生理有关系的。长天花的必要叫他麻子，眼睛有毛病的必要叫他一只虎……

“什么消息呀？妈的。”老何一边擦着脊梁一边问。

“老何听了一定喜欢，因为他正没有准姓呢。”小崔走进来，坐在一大堆大煤块上，看着老刘的烟袋锅儿。老刘把烟袋在鞋底上磕了一磕，然后又用嘴吹了一吹：“来一口？”

“对，来一口。”小崔有了精神，一边装上烟点着吸着一边说，“郭半瘫子想收个儿子，我说这真是新鲜事。我看老何认他做爹倒不错。”

“你认他做爷爷，妈的！”老何虽然对于伦理上的长幼尊卑不大在乎，可是他认为假如不还言，便是输了一口气，为怕输一口气，不能承认当人家儿子。

“郭半瘫子是谁？”老刘要刨根问底儿。

“郭半瘫子你都不知道？”小崔说，“吝啬出名儿的老郭嘛。一辈子不要钱，也不吃好喝好，辛辛苦苦半辈子，有钱就存起来，存到一块儿买地，这二十多年的工夫，他竟置了十几亩地，可是老天爷不给劲，上个月他到窑里挖煤，不留神山上掉下几块大煤块来，把他砸在底下。幸而没要命，只把两条腿砸断了，到现在不能行动，所以都叫他半瘫子嘛。人哪，简直不能跟命争。我说，你的烟哪儿买的？不坏，挺香的，再来一口。”

“真是命！”老刘一边给小崔烟荷包一边说，“那么他想收个儿子做什么呀？”

“老郭活了这半辈子，挣下这十几亩地，真不容易，本来他也想娶个老婆，生儿养女，自己再做着活儿，下半辈子儿子也可以接继上了，自己一享福。不想老天爷成心和他过不去，把他的两条腿砸坏了，成了瘫子。我说，现在想娶老婆，谁也不跟他了，那时候老怕费钱，现在倒想费钱呢，可是谁把姑娘给他呀？他一时没有办法，自己是不能动弹，养活一个长工还得给钱，并且我说，他死了以后，连埋都没人给埋，所以异想天开，收一个儿子，要二十多岁的年轻力壮的小伙，一边做活儿，一边还能伺候着他。一个钱也不花，死后还有人给摔盆打幡、念经烧纸，这是多么合算呢？我说，是不是?”——“我说”两个字是小崔的口头语，在说完“我说”之后，却并不说，努力吸完了烟才往下说呢。

“可是谁给他当儿子呢?”谁都想这样问，可是这话是由老刘嘴里先说出来的。

“那可别说，十几亩地也值不少钱，郭瘫子一死，我说，不是马上就算自己的吗?”小崔说完，便看了老何一眼。老何似乎有一点兴奋。

“老何可以干一下，反正自己也没有准爸爸，重新认一个也可，十几亩地，也不少啊，坐在家里吃，也吃他十几年呢。”老刘又想到给老何说媳妇，他拿十几亩地来诱惑他，他只要肯当儿子，媳妇便不成问题。

老何没有言语，看着那堆得如山的煤块发怔。

“我说，再也没有这样便宜的事，十几亩地，白弄到手，真是造化，十几亩地一到手，媳妇孩子，要什么有什么，可恨我的爸爸还没死，不然我非干不可。这又有什么?谁没当过儿子呀?我爸爸要叫我过继，我都干。”

“就是一样，老郭那人的脾气别扭。”老何有点活动。

“老郭的人性，其实说起来，也不算多乖僻，他就是一个吝啬就是了。可是他现在已经这样了，吝啬又给谁留着呢，是不是?况且，我说，况且十几亩地，也不少啊!你花你的，他也没辙，碰巧他一疼儿子，我说，还真许由着你的性儿呢。哈哈!”小崔引得别人也全笑了。

“还有一层呢”，老刘帮着小崔说，“光当儿子不成，到时候跟他要媳妇，说是给他传留后代，他更得欢喜了，有了媳妇，一切茶饭等等，通通由你媳妇伺候着，你撒开了玩儿，郭瘫子跟你不发生直接关系，他人性再坏于你也无干哪。”他始终没忘了媳妇问题。

老何没有言语，可是心里已经愿意了。老何是宁肯输在心里，也不能输在嘴上，可是十几亩地，究竟不少，其实输在嘴上也是值得的呀！小崔不是说了吗？他爸爸若是死了的话，他也干。现在人家笑话我，完全是因为没有钱，假如有了十几亩地，谁还敢笑话自己？

老何正在思索，一个窑工上来了，背着煤，腿都走不动的样子，嘴里喘息着，胸前的肋骨，一根一根地露着，满头的汗流到脖子里。

“干！”老何下了决心，“可是老郭呢？”

小崔和老刘都欢喜了，好像老何一当了老郭的儿子，对于自己都有利益似的。他们笑了说：“老何，你等着，我们找老郭去说，老郭一定喜欢你！我说，你听喜讯吧！”小崔走了。

“喂，你倒是把烟袋给我留下呀！”老刘着急了。

“你瞧，我忘了给你烟袋。”小崔把烟袋给了老刘，“老何，你听喜讯，我说，明儿得好好请请我！”

小崔给老何留下一个笑容，匆匆走了。老何坐在一个石磨上，看着天空，天空叫眼前面的山巅占了一半去。阳光从山后仰射过来，显得山麓黑了，远处村庄的妇女，喊着牛和猪回圈。

“还是先说个媳妇。”老刘不忘本地说，“说个媳妇方便得多。有十几亩地，说个很好的姑娘，你可以整夜赌钱去。准放心，这是你的运气来了，将来十几个骆驼，你的娘儿们再养活几只鸡呀羊呀的，这就是财主！”

老何笑了。

第二章　精神出殡

在老郭家里。

老郭坐在土炕上，炕上铺着凌乱的被褥，后腰支着几个大枕头。手里拿着一根长杆烟袋，越是手脚不利落，越是用那点着费事的烟袋，老郭的脾气，是永不示弱于人，这个长烟袋，是老郭的唯一安慰。他不赌钱，不嫖女人，要没这根烟袋，他是挣不下十几亩地的。

老何——这时已经是小郭了。虽然他比老郭小不到十岁，可是名分上与老郭是父子，他不能不叫小郭了——在柴炉上烧水，因为老郭家里来了两位客人。

“我说，你这儿子还不坏，倒听话吧？”小崔说。

“马马虎虎，就是有一点懒，过些日子打算还叫他窑里去。”老郭并不想给儿子什么利益，而倒想享受一些儿子的利益，认儿子还要叫他挣钱，真是再上算没有了。

“可是他一上窑，家里没人也不大好，我看还是给他说个媳妇，那么里里外外都有人管理，他也可以安心做活儿挣钱，你说是不是？还是给他说个媳妇好。”这是老刘的话。老刘到处游说，叫人家娶媳妇。

“刘老弟有机会给说着。”老郭有些同意。

“娶了媳妇，也可以接续郭氏的香火哪！哈哈！”小崔自以为这句话是可乐的。

老郭一琢磨儿子在外一挣钱，儿媳妇在家一孝顺公公，也倒不错。他对于老何，本没有什么坏的印象，看他那点傻气，做自己的儿子，倒是合适的。所以小崔那时一跟他说，他就完全应允。在家里摆的香堂，磕头认子，对天焚香，很郑重其事的，临时还写了一个祖宗牌位。老郭的祖宗跟老何的祖宗是一样的渺茫不可追考。活的都可以马虎，死的当然更什么都将就了。

不过有一样困难，就是客人的称谓问题。平常跟老何是朋友，跟老郭也是朋友，现在老郭同老何成了父子，那么只有跟老郭论朋友合算得多了。可是老何不干。叫爹是为了十几亩地。叫叔叔伯伯为什么呢?

老何善于装马虎，对于客人，只是一笑视之，概不上口，在客人前，对于老郭，也是含糊其词的，可是老郭却偏认真得很，非要把爹叫得清楚不可。他说：“我活着他还不叫，死了不是更不哭了吗?养活儿子就是为上坟烧纸，看他这样，我死了以后，他要把我装在棺材里埋了才怪呢。”

“这也不能，我说，有我们来人儿呢，他得敢?他不那样办，十几亩地充公，是不是?我说。”

“小崔这话倒是有理，有我们公证人，他绝不敢，他要是那样还有王法吗?不过我看先给他说了媳妇，媳妇孝顺，你也可以放心啦。”老刘有机会就是这档子事。

老何双手端了四碗茶，一碗是老郭的，一碗是老刘的，一碗是小崔的，剩下那碗，自己端着喝起来。

“什么茶叶?妈的。”他这话不知是有心还是没心。

“我说小郭，刚才你爹说啦，说他死后，你未必上坟烧纸。我们可都替你担保下了，到时候你要是不做脸，我们将来到阴间可没法儿见你爹去呀。刚才我们说好了，你爹的主意，你要是不办，我说，地可是完全充公。你听明白了！”小崔是说给老郭听的。

“那是什么话？我老何，不，小郭，我小郭若不上坟烧纸，我不是我爸爸养的。我敢起誓，妈的。”

“傻小子起誓都不会起。”老郭说，“我现在倒有一个主意，这个主意是全都省事，我也放心，死也瞑目。”

“什么主意？”老刘一边掏出烟荷包一边问，“是不是先给他说媳妇？”

“不，我这个主意好极了，是我发明的。——傻小子，你先给你刘伯点烟——这个主意呢，你们一听，也不一定愿意。”

“敢问有何妙计？我说。”小崔换一句文。

“我想是这样！”老郭努力吸了几口烟，然后又说：“人死了什么也看不见了。要是活着来这么一回，自己亲眼看着怎么念经，怎么烧纸，怎么开吊，怎么出殡，你说这多么有意思。”

“有意思固然有意思，可是活着出殡，多么丧气呀！”小崔看老刘一眼。

“什么叫丧气？反正人总有一死，先死后出殡，先出殡后死不是一样吗？比方到时候接三也接三，找和尚也念经，一切都跟死了是一样的。出殡的时候，也抬着棺材到坟地里，然后再抬回来，就等我一死啦。我死之后，就不必再接三开吊了，装到棺材里，抬到坟地一埋完事大吉。这孩子也省心，我也醒目啦，你们说好不好？”

“那么烧纸也是白烧吗？”老刘问。

“不啊！在包裹上面写明白了，寄到阴间银行收，老郭存储。将来我死了，到阴间银行一提，他还得给我出利息呢。哈哈！”老郭算得真到家，小崔不觉佩服之至。

“好极啦！”小崔笑着说，“这个办法太好了。就这么办。”

老刘也赞成这样办，因为是想看热闹，老何也觉得这么办干净利落，这时虽然有点麻烦，可是老郭一死，把他一埋便没有什么事了。产业完全是自己的，没人再来干涉，他欢喜了，笑着说：“办，妈的，明儿就接三。”

“浑小子，”老郭说，“接三也得挑好日子，不能马马虎虎，人死了没办法，人活着为什么不讲究一下呢？”

“对，挑个黄道吉日，我说，先叫小郭预备孝袍子等等，预备齐了一接三，挺好。我们一定来吊祭一番，我老刘挂块幛子，哈哈。”

“幛子这个词儿怎么写呀？”老刘问。

“就照平常写法，平时怎么写，现在也怎么写就成了。”老刘是主张一切均按照死人办理。

“写个驾返淫池吧。”老刘自以为是多学。

“不，我说，瑶池。”小崔比老刘高得多了，“驾返瑶池，不是淫池。”

“窑池更好”，老刘又自作聪明，“这是本行，到阴间开窑池，还是扛煤去呀！哈哈。”

大家笑着，小崔和老刘辞了出来，老何送到门口，小崔向老何挤了一下鼻子，他说：“趁这时候撒个网，多收点份子，我说，也倒不错。”

“死不死呀，妈的。”简直一点找不着老何说这句话的意思在哪儿。他说话永远叫人摸不着什么情绪。

小崔和老刘走了后，老郭便翻了翻黄历，找到初四是吉日，于是便定在这天接三，叫老何到镇里去印讣闻。老何便到门头找了一家刻字铺。

“老郭死了吗？”掌柜惊讶地问。

“没死，假装死，妈的，这叫活人出殡。”老何回答。

“真新鲜，可是讣闻的词儿怎么写呢？”

“照死套子就成啦。”

“我，我写出来念给你听听吧，要是出什么错儿我可不担什么沉重。”掌柜拿了一支秃笔，蘸了墨，找了一张纸一边写一边念：

“不孝男罪孽深重，不自殒灭，祸延先考——老郭的名字叫什么？”

“我也不知道，就写老郭吧，妈的。”

“祸延先考老郭痛于中华民国某某年某某月——哪一天呢？”

“初四接三。”

“初四，初三，初二，初二子时吧。”

“瞧着办。”

“寿终正寝，距生于前清光绪某某月某某日某时，享年——岁数怎么算呢？”

“怎么写全成。”老何真能将就，“人家死人还马马虎虎，这一个活人，怎么说都成。他今年三十七。妈的。”

“今年三十七，那么享年三十有七，可是，他还没死呢。”

“准知他几日死呀。就这么写吧。”

“好。不孝侍奉在侧，亲视含殓，按说可还没殓呢。遵礼成服，哎呀，底下可难办了。”掌柜的拿着笔写不出词儿来。

“怎么难办呢！”老何问。

“这个安葬怎么说呢？”掌柜的搔了搔头，忽然他看见对门的铺子贴的“先行交易，择吉开市”的纸条，他想起来：“这样吧，现行开吊，择吉安葬，你看怎么样?”

“好极啦，妈的。”

“底下写孤子，不对，你没有妈呀，写孤哀子吧，反正老郭这辈子算是娶不上媳妇了。”

讣闻拟好，老何便穿了孝袍子，到老郭至近的几个朋友处去报丧，进门便向人跪下，磕上一个头。人家见了他这个样子，都不禁惊讶起来。有个跟老郭顶好的朋友，竟至惊讶得怔了。

“我爹死了。”老何有点故意惊人。

“哎呀，郭老弟呀，咱们这辈子可见不着了。你怎么先走了哇，哇哇……”朋友还真哭起来。

“别哭，我爹还没死呢。”老何又笑了。

“?”

老何把老郭要活着出殡的话说了一遍。看他那身白孝袍子，衬着他那张黑的鼻眼，真有点滑稽。于是朋友又破涕为笑了。

“郭老弟这家伙真有点怪相儿。”

开吊那天，也搭上灵棚，灵棚当中也搁着棺材，棺材前面烧着蜡烛，摆着供桌，棺材后面是一张床，老郭坐在床上。老何穿着孝袍子跪在棺材旁边。

老刘和小崔一齐来了，哭是不哭呢?他们商量了半天，结果是磕头不用哭了。进到灵棚，老刘先跪在灵前把烟袋荷包放在旁边，便磕起头来。

“来了就算了，还磕什么头。”老郭在棺材后面嚷。

“哪有不行礼的?”老刘一边磕头一边说，“就盼着你说个好儿媳妇就得啦，那也可以接续香火哪。”

“我说，我也得磕三个头”，小崔等老刘磕完，他也跪下了，“就求你死了别拉我的替身就得了。”

“小崔这三个头我得受。得啦，那边入席啦。”老郭在后边嚷。老何还了三个头。老刘和小崔便走到那边入席去了。

一会儿暮色苍然，茶房嚷送库，几个吹喇叭笙的一齐吹起来。来宾在前，丧主在后。两个人抬着一个椅子，上面坐着老郭，一直送到野地，老郭看着纸的楼库、车马、钱包全都有了，心里想到在阴间也会有楼房住，有马车坐，真是活着不如死了呢。

村子里的人全都来了，一来看热闹，二来出份子，所以竟非常热闹喧哗。一路上放着鞭炮，在那旷野山围里，清脆可闻，喇叭吹得和鸡鸣调和在一起，显得那么天籁。

到了广场，孝子老何跪在当地，吹鼓手紧敲了一阵，遂焚起烧活儿来。一会儿火焰两丈，顷刻便烧得灰烬，一阵旋风起来，把纸灰卷到半天空，飘飘摇摇地到老远，大家望着起了一种空虚的感觉。

老郭安慰了！

大事已完，老郭不死而瞑目。这一回事，用了老郭一亩多地。老郭虽然有点心疼，可是为了自己后事，也自安慰，以后，就慢慢享受那十余亩地。

他对于自己知足，而对于老何便不大满意了，他觉得老何应当仍就去做活儿，到窑里背煤。亲生儿子都不应当闲着，哪有认了父亲反倒闲起来了呢？十几亩地，一个人坐着花，还能过一辈子，两个人坐着花，不是几年就得花光吗？花光了之后，那还认什么父子？谁都没有产业，自然就没有了关系，有这十几亩，还能维持父子关系的。假如十几亩地花没了，自己又受上罪，那岂不是和收儿子的初旨不合吗？认儿子就是为享福，不能认了儿子反倒受起罪来，说到哪儿也说不通啊！这是老郭的人生哲学。

老何呢，他却这样想：当儿子不过就是送终完事，现在后事已了，自己便应当享受这十几亩地，倘若这十几亩地仍旧由老郭享受了，那么自己认爹是图什么呢？

两个人的理由仿佛都很对，而全找不着其所以如此冲突之点。他们纳闷，两个人的目的都很对，但为什么却这样相反呢？老郭不愿意跟老何抬杠，他叫老何把老刘和小崔找来。

老刘和小崔也找不出他们两个人的纷争之点，并且认为解决这个纷争是非常困难的。经过一会儿讨论，老刘仍旧归结到媳妇问题，他以为媳妇可以解决这个问题的，他说："还是先给他说个媳妇吧，有了媳妇，他自然得好好干了。媳妇不能叫爹养活着是不是？媳妇是他的，他就得养活，他要养活媳妇非下窑做活儿不可。这不是很明显的道理吗？有了媳妇，一方面可叫儿子挣钱，一方面还叫儿媳妇伺候自己，这是多么光明正大的事？认儿子不给他说媳妇，也实在不像个做爹的样儿啊！那叫什么爹呢？切！"

这不仅是老刘的哲学，这是一般人的哲学啊！

"这事儿完全托刘大哥办理啦，用什么就言语一声儿。"老郭完全同意老刘的意见。

"我倒不是图什么，我完全是为了郭氏香火。"老刘的宗旨是非常正大光明的。

"我说，喝喜酒那得有我，谢媒的时候，也得有我作陪。"小崔表示热心赞助。老郭又把老何叫来，叫他先谢谢刘伯和崔叔。老何各作了一个揖。等到出来的时候，他送出村外，和他们一边沿着小路走一边说："我得说在头里，娶媳妇倒没有什么，我可不能再下窑。拿媳妇哄我下窑做活儿，我可不干。老郭的十几亩地，就得由我支配了。不然他多合适，又有人伺候，又有人挣钱，妈的，他坐在家里享福。与其那样儿，我自己说个媳妇自己养活着好不好，何必认他做爹呢?”

“我说，你别急，老郭死了，这十几亩地也就是你的了吗。”

“他死了！姥姥也死不了，他才比我大不到十岁，他死了我也差不多了，合着十几亩地完全给别人预备着了。况且他整天坐在家中吃好喝好，越是这样且死不了呢，我天天再爬在煤堆里，还许死在他的头里，我不干!”

“可是这么说，”老刘拿着烟袋在半空中摇了摇，“你死后你还有儿子，给你儿子留着也是好的呀。”

“儿子?妈的，自己辛苦了一辈子给儿子干了，我老何不干这傻事。”

“我说，”小崔帮助老刘说，“你还没有儿子，一有了儿子便知道爱你的儿子了，媳妇也是如此。你说你自己也能娶媳妇，可是谁给呀？人家给你，都是冲着十几亩地呀。你没有这十几亩地，谁给你做媳妇，我说，谁给你做媳妇?”

“那不成。”老何仍是有点固执，可是又说不出什么不成来。远望那大道上，一队一队的骆驼慢慢走着，不管是多远的路，总是一步一步不慌不忙地走。他忽然想起了一个感触：“这样干，为什么呢?”

老何总想什么都要唾手而得，就是费很大的力量，甚至牺牲性命都可以干，只要一下就能得到最高代价。他不愿意日积月累地这么干，可是他又没有什么好主意能够一下就得到最高代价。他给人当儿子，就是这种思想，他不管老郭这十几亩地是怎么来，他想一当了儿子，就应当把十几亩地一齐都拿过来。儿子当了，头磕了，老郭的后事完了，而十几地亩仍在老郭手里把持着，他不甘心。

老刘觉得这个问题太小，最当先的急务还是媳妇问题，媳妇一到手，万事都好办。人活着就是为家，家就是人的归宿，人一有了家，就等于有了寄托，就再也不过那流浪生活，所以家实在是人生的目的。父子还不如夫妇，家里非得有娘儿们才有意味。老何之所以不愿意正经干，便是没有家的缘故。

这不仅是老刘的人生哲学，而且是一般人道的哲学。老何哪里懂得这事？他料不到媳妇有这么深的神秘。不过经过老刘的屡次游说，心里也有点怦然动了。

“娶个娘儿们试试看！”他是出于好奇。

“告诉你，娶媳妇的乐子，不仅是缝衣做饭，到时候你就知道啦。比方你白天累了一天，回到家里，媳妇一温存，马上能够舒筋活血，开胸顺气，灵极啦。”老刘宣传媳妇的好处。

“怪不好意思的。”老何究竟没有接近过女人。

“这有什么不好意思？我说，你平常看了女人，要是好看，你不想多看她两眼吗？”

“看是想看，可是看完了，也没什么舒筋活血呀。”

“那你是没有得到好处，要不然你是越看越爱看。假如她要再看你一眼，准保叫你不但舒筋活血，而且骨软筋酥。”老刘竟讲到“三昧”了。

“媳妇是媳妇，地是地，我还是把地弄过来。”老何始终不忘那些地产。

“我说，地要不要不是终究是你的吗？你着什么急？你就是要了过来，不是也得这么过日子吗？”小崔说。

“不一样，这地，按好年头儿说，一亩地打上两个粮食卖上二十儿块，刨去人工纳税，妈的，剩了多少钱？十几亩地一年才收上一二百块钱，够谁过的？一个人凑合了，养家带老的，就不成了。并且年头儿又不保准儿，赶上个坏年头儿，就得饿着，卖地都不值钱。”敢则老何也有个算计。

“你打算怎么办呢？”小崔问了他一句。

“我呀，我把这地都卖了，弄上一两千块钱，我也干一个窑，妈的。弄个新的，倒个旧的，要不然加入股份，都干。这个比天天背煤不强？你们看门头沟这些窑，如果不赚钱，一二百个这么开着？哼，老郭背煤背了快三十年了，他还是这么抠门儿才落上十几亩地。人家开窑的不用说三十年，三年工夫短不短，哪个不趁个洋楼汽车呀，所以说，有钱的越有钱，没钱的越没钱。”老何不知从哪儿来的这一套。

“可是一样，那究竟是冒险。”老刘摇了摇头。

“冒什么险？地里头有煤，这是实在的，这又不是买彩票，讲究碰运气。”

“但是，我说，也得看财命。你要是没那个财命，你不用想干，也没准儿，也许你干好了，那就是你的财命了。”小崔是相信命运说的。

“没跑儿！地底下有煤，有钱就挖，挖出来就是煤，煤就是钱。要是我自己挣的钱，也许不这么干。这放着白来的钱，为什么不干？老郭反正也知道不是他的了，假如干得真发了财，年年给他烧纸，他也乐意呀，妈的。”

“对，”老刘先赞成他的主张，“可是先把媳妇娶了，有人持内你就可以安心于外了！对！”

第三章　媳妇的用处

终究是依了老刘的主意，老何娶媳妇了。

女人是靠近永定河一个村落的农人女儿，长得也还中正。额前留着老玉米穗儿似的一排短发，脑后梳着一个贴饼子大小的头。穿的也很维新，长的红色裤子，绿色麻葛短夹袄，袄的底摆是个弧形，当中长而左右吊起来似的。

她也见过都市的摩登女人的装束，可是她不敢仿效那样的，她以为女人在都市和在乡村不一样，乡村女子，就得这样才算美。固然她有时看见都市女人的装束，也觉得惊奇而羡慕，可是她以为自己要是穿上那个衣服，一定要被人家指笑的。不过她偶尔也做那样旖旎的梦。

出嫁，她以为是女人生命中所应当有的过程，并且这个过程是一般人认为大喜庆的事。虽然自己将要离开父母而被抬到一个生人的家里去，和一个不相识的男人在一起，不时地感到一种生疏的恐惧和羞赧，但是为了父母的欢欣，只得怀着好奇而出嫁吧。

出嫁的那天，也是用轿子娶，爬山过岭，差不多由黑间就发轿了。老郭家里，自然又热闹一番。老何穿上新做的长袍马褂，脸上的黑，越发显得油亮，戴着一个新呢帽，扣在后脑勺子上，见人就嘻嘻地作揖。

老刘这个媒人，笑容似乎比老何还多些，烟袋老含在嘴里。小崔老是和媒人在一块儿，因为媒人享受到什么利益，他也可以沾润一下的。

轿子落在门前，老郭家像乌鸦乱巢似的喧哗起来，老郭坐在床上笑着，喊着，看着，他也是没有这个经验的，一切的礼节规矩，都照了老刘的吩咐，老刘当媒人就当了多少回了。老郭因礼节的繁重，而感到人生似乎应当有这么一回，自己太忽略了这一件事，而不如老刘得多。

老刘太高兴了，似乎人生趣味全在这个上头，他支配着娶亲人、新郎官、厨师傅、茶房、吹鼓手，甚至桌子底下的狗他都要踹两脚。

老何有点晕了，他不知怎样做好。老刘叫他拿了箭向着轿子射，并且告诉他这是射“煞气”，怕是新娘子带来什么煞气于婆家——似乎称公家为合适——不吉利。射完箭，又点什么香。新妇人下轿，老刘告诉都忌什么属相，比方要是忌属牛的，那么属牛的便不准进屋里去，可是抬轿的不算。

新娘子头上蒙着一个红花的“盖头”，老何看不见脸，可是他知道是女人，“女人!”他几乎叫了起来。老刘叫他们都坐在炕上，盘腿儿坐着，叫老何把盖头揭了去。老何像变魔术般地把盖头一揭，新娘子的脸露了出来，两个红脸蛋儿，一个红嘴唇儿，老何吸了一口气，心里笑道：“老刘真有一家伙，妈的!”

老刘的老婆也来了，把新娘子由头上到脚下都品评了，而且连连夸赞。老刘又叫人给新夫妇端上饺子来，谓之团圆饭，只准做个样子，不准吃。外边还有人扒着窗问：“生不生?”回答要说：“生。”如此将来才可以生儿子。

老何真没想到娶媳妇还这么麻烦，他觉得一套一套的像儿戏，而大家都那么郑重其事地做，把他也弄得严肃起来。

老郭没有什么亲戚，新夫妇行礼的时候，先给老郭磕头。老郭坐在床上，看着儿媳妇，心里说不上什么滋味。他感到自己这一辈子真冤枉，反而不如老何呢。

媒人也得受双礼，老刘叼着烟袋，笑着说："过年这时候，老郭抱个孙子了，哈哈。"大家全都跟着笑，在这个场合，一句不可笑的话，往往也能引起大众的笑声来。

女人在做新娘子的时候，尤觉得比平日更艳丽动人，这大概是一般人的心理作用。因为有这个心理作用，所以都觉得老何太幸运了，凭他哪一点儿能娶这么好看的媳妇？

夜里，人人都怀着一个寂寞的心各自回家了。老何同新妇在一个屋里坐着，煤油灯照得四壁都是红的。被子、窗帘、门帘、摆饰、墙上挂着的对联——小崔和老刘送的——都是耀眼的颜色。映着新妇的脸和衣服，让老何眼花缭乱起来。一对红的蜡烛，和一盏长寿灯，组织成一团乱的光线，各处都映着影儿，老何竟至意马心猿了。

在乡间是晚得快的，许多人家是不常见灯光的，差不多一黑天就睡，所以新娘子嫁妆里的钟虽然还不到十点钟，可是大地早就寂静得很了。外屋老郭的睡语和留宿的客人的鼾声，阵阵传进屋来。老何不知道自己怎么会不困，而新娘子也仿佛坐一夜都可以的样子。不困也得睡，不困也得睡，老何抓了抓脖子。

"该，什么了吧，时候都十点啦，妈的！"

新娘子没有言语，也没有动弹，好像自己也不知道怎么做才合适。

"我问你，你爹怎么就把你给了我了？"老何有点无聊，想找话儿说，反正谁都不困，等到困的时候，两个人也就熟识了。

“我不知道呀。”新娘子第一声，声音又尖又细，听着那么悦耳——悦老何的耳。

“本来这句话问得就不合适，难怪她不知道。”这是老何心里的话，没有说出来，第一句砸了，再问第二句：“你愿意跟我不愿意?”

这句话更难答，新娘子不言语了。本来这件事自己完全处于被动，自己哪里有什么愿意不愿意呢？老何又没得着答复，抓了一下脖子。他想人类的话总有几百万几千万句以至数不过来，可是现在为什么竟会找不出一句应当说的呢？妈的。

“困觉!”想来想去只有这句话最合适，新妇当然服从，于是两个人的关系便实际地成立了。

第二天起来，老何比昨天还高兴，丈人家里接回门，雇了一辆棚车去了。见了丈人，也不知道说什么好。丈人看见女婿这般高兴，知道女儿大概不受什么委屈，心里也自安慰。当天便留下女婿吃饭，爷儿两个喝着酒。

“你这么个年轻小伙子，老在家里可不成啊。有工夫还是窑里做点活去，年头儿多可怕呀!”老丈人也是这一套。

“过些天我就可以发一笔大财了，丈人的。”老何觉得“妈的”两个字不如“丈人”两个字文明，所以特意改了一下。老丈人看了他一眼，他端起酒杯，一口就干了，老丈人摇了摇头，没说什么。

新妇——小郭太太，怕老何喝多了，有失检点的地方，招上父亲不愿意，自己跟着也不好看。她把老何的酒杯放在一边，而给他放了一个馍去。老何拿起就吃，他也不理会媳妇给他放馒头是一种什么用意。

“十几亩地好好地过，自不是坏年头，对付过得很舒服了。”老丈人感叹地说，“创业容易守业难，别看你爹辛苦了一辈子，并且还弄下残疾，置了这些地，可是你稍微一不谨慎，三年就可以花光了。”

“用不了三年，三个月我就能花出去。”老何仿佛向丈人夸耀，“这地，看一辈子，不还是这地吗？咱们得想法子发笔大财。把这个地一卖，卖了钱咱们也开煤矿。”

“哎呀可使不得，那太靠不住。地虽然不多，可是究竟算产业，一卖出去，可就两手空空了。那可使不得，使不得！”

“发了财再买地不是一样吗？”

“啊使不得，使不得！”老丈人连摇摇头。

“这笔财是谁……”

“啊使不得使不得！”

“吃吧，菜都凉了！”小郭太太解这个僵局。老何吃得还是很香，绝不因为老丈人不赞成自己的意见而生气，并且他也知道绝不因为老丈人反对而牺牲自己的意见。

“啊使不得使不得。”老丈人犹做尾声。

中国人之富于保守性，是几千年遗传下来的，老丈人只是说使不得，但又说不出怎么使不得来，所以，不会得到老何的采纳。老何对于他自己的意见，怎么就使得，他也说不出，结果是不再言语，可是心里并没有忘了这回事。

老何从老丈人那回到家里，躺在炕上唱小调儿。媳妇给烧了茶，老郭有媳妇伺候，老何连看也不看他，媳妇还伺候着自己，真是舒服极了。他感到娶媳妇倒是好受。

“八月里，秋风儿，人人说凉啊，一场白露来呀，一场啊霜，小严霜儿单打呀，独根的草呀……”

“我说，”老郭听了老何的歌声，有点不耐烦，叫小郭媳妇说，“你去把他叫来，我跟他说话。”小郭媳妇答应着，走到老何屋里，叫了他两声，他并没有听见，因为正唱得高兴。她遂走了过来，推了他的腿一下。

“呱嗒扁儿甩子呀，什么?”

“爹叫你，有话说。”

“呱嗒扁儿甩子呀，就在那荞麦茎儿上啊，哎哎，哎哎哎哎，哎哎……”老何一边哎哎着一边走了出去。

“我说，都娶了媳妇，别这么没心了，叫媳妇看着也看不起。”老郭责备他说。

“没有的话，”老何说，“她敢瞧不起我？问问她去，连她爹都服我一头。丈人的。”

“这都不提，现在媳妇也给你娶了，自己也得长点心胸，别老这么在家里待着，叫外人也笑话你呀。”

“怎么办呢?”

“照旧到窑里做做活儿，挣下点钱，留着你们两口子将来过日子，不至于受罪。我这是一篇好话，以前我不大好意思说你，怕叫人家说，你瞧，老郭容不得儿子。现在你已经有了媳妇，自己也该明白一点儿，不用我来说了。”

“做活儿？多没劲！我现在想发笔大财。”老何得意地说着。

“发大财?”老郭眼睛翻着，不明白老何的意思，他活了半辈子，也没想到过怎样发笔大财。

“发笔大财，一下就阔气来，叫你住洋楼，安两只假腿也能走路。”老何听说过外国人能安假腿，并且跟活腿一个样，许是里边有机器。

“真的?”老郭就愿意听这句话，他就感到他的腿不自由，有了腿，也可以娶媳妇啊。

“没问题，妈的。”老何走过来，把老郭手里的烟袋接过来，“抽一口。”

“你打算怎么发财呢?”老郭的烟袋被他拿了去，并不以为忤，因打算听他的回答。

“咱们也开煤矿。”老何吸着烟说。

“开煤矿？钱呢?”

“卖地。”老何没敢抬头，他知道要遭反对的。

“卖地？好哇，你这个败家子儿，我早就料到你不是个好儿子，果然你是想卖我的地呀！我不要你，给我滚蛋，连你那口子一块儿。”老郭真是气急了，半辈子挣下的，叫他卖了，怎不急呢?

“你急什么？妈的。”老何也把眼睛瞪起来，“你撵我走？休想！你当是我儿子白当了？头白磕了？这十几亩地不交出来你瞧瞧!”

“好哇，你，你，你要反，你，你把刘大叔找来!”老郭气得说不上话来了。

“刘大叔，妈的。你想找他，我还想找他呢。”

小郭媳妇一听他们在吵，骇得连忙跑了过来，拉着老何往门外推。

“你瞧你，还要干什么呀？把爹气坏了……”

“活该，我找老刘去，妈的。”老何往外便走。

小郭媳妇回来劝老郭：“爹别生气！他就是那么粗鲁。”老郭气得什么似的，不过经小郭媳妇的安慰，心里还平下一些去。他又想到假如老刘他们来了，应当怎样和他说。把小郭逐出去，留下小郭媳妇，不像话。他们两口子一齐撵出去，自己又觉得寂寞，媳妇是挺孝顺的，怎好撵出去不要呢？他把这个问题想了十几遍，也是不能解决。

“我说，怎么又吵起来？”院子里有人说话，是小崔的声音。跟着老刘和老何都走了进来，也不等让，全都找个地方坐下了。“老刘刚才找我去，一死儿地叫我同他来看你，我说，刚走到一半儿，碰上他了，他说你们爷儿俩又吵架了，为什么呢？”

“他们小两口儿倒挺和气的。”老刘是媒人，所以就管两口子，两口子不吵架，媒人就算做得很好。

“你们来得好极了，这小子，我不能再要他了，气我，非叫他给我走不可。”老郭仍气着说。

“走？”老何把眼睛一睖，“走倒好走，咱们得说说，我还得叫你走呢。磕了头，把你也发送完了，你就得交地，把地交出来，没你的事，你要是在家里住着，还得看我们的好心眼儿。像你这样，活着真没大劲儿，不如活埋了倒舒服。阴间里有你的钱花……”

“你就别说啦！”小郭媳妇直劝他不要再说了。

“我说，别着急，有什么话慢慢着说，什么事没有一句话两句话说完了的。”小崔把老郭的烟袋拿了过来。

“本来，爷儿俩有什么不可说的，必得脸红脖子粗？”老刘也这样劝着说。

“问他要打算怎么办吧？你们哥儿两个听听，他那是人话不是？”老郭想用老刘和小崔的意见把老何压下去。

“不用问他，我说，我就知道他想什么主意，那个主意，不成，不用说你这样一个人，比你再精明十倍，他也干不了。这事不是咱们干的，咱们就是背煤的命，你硬要当经理，我说，不是那么容易。”

“怎么不容易?”老何把手一拍胸脯子，“有钱就容易。”

“呵呵呵呵……”小崔一阵笑，笑得像母鸡要下蛋似的，“胡说，你可太不明白了。你想想，现在这年头儿，你以为有钱就能办事?哼，告诉你说，你有多少钱都叫人算了去完事。像你这样头脑，也比我强不了多少，连我现在都认命，争不得，你呀，还是老实点儿好。我说，我崔大叔这全是一番好话呀。”

“别玩笑啦，”老何认为这是玩笑，“说出大天，也得把地给我，不用管我干什么，地是我的就算完啦。”

“不能那么说，是不是?”老刘说，“大家都是为了你好，你多咱听过谁卖过地?要是卖地，谁不要笑话他呀。”

“那不成，卖地为是发大财，发了大财还可以置，妈的。”老何是倔强到底。

“我说，”小崔说，“什么话都得好好商量，憋那么大气也没用。咱们合起来商量一个妥当办法，是不是?谁也别亏了谁，大家都得着利益，这才成呢。也别说地是你的，也别说地是他的，也别说地是本人的，反正这地是大家沾光。其实你要卖地，也是为好，谁不愿意发财?不过得想个稳当的办法。我说，我现在有个主意。”他说到这里，又装了一袋烟。

“吃吧老郭?”

“不，老弟你先抽吧!”老郭是想小崔出什么主意。

“你要不抽，我再来口。我说，我有个主意。你卖地，不也是为的钱吗?这样，郭大哥是不愿意卖地，可以给你一点钱。比方地一共多少亩，分成两份，一份算他的，一份算你的。算你的这地，也不能卖，有你爹给你按价变成现钱给你。现钱也不管他怎么弄，他愿意卖地就卖地，不愿意卖地，由他去想法儿筹划。我说，想法儿筹划，或是典，或是借，后来再说。把钱给了你，你爱干嘛就干嘛。要是发了财，那是更好啦，要是花得精光，可也不能再向你爹要钱了，他的地，叫他养老，你还得想法挣钱。你们说怎么样？”

“这个主意不错，我赞成！”老刘觉得这个主意不错。

“也好。”老郭也表示允诺之意。

“干，妈的。”老何也以为别无良策。

第四章　老何的经济

秋雨淅沥，寒意侵人，老郭都穿上棉袄了。坐在炕上，静静地想着。他活了一辈子没有离开过门头沟，至多到镇里玩一玩，他没有进过城，没有看过街市的热闹。出个份子行个人情，已经是高兴得了不得，难得之盛会了。

他看见过火车奔牛似的跑；他看见过洋窑里的机器轧轧地乱动；他看见过运煤的汽车，飞一般地钻入尘土飞扬中而不见；他看见过洋窑的外国人吃着那粽色的吕宋烟，于是他想象城里的情形，除了以上这些外，还想到街市上也走着由门头沟进城的这些人。

他想不到城里的唱戏的身份和要人一样；他想不到剃头匠也穿上洋服而调戏妇女；他想不到都市的女人也有性欲；他想不到都市里每天要死人，而且死在脱阳，死在自杀，死在汽车底下；他想不到都市里的人每天喊着“救济农村”……他想不到的事太多了。

因为他想不到，所以他才能一个人坐在炕上，听着雨声，静静地待着，从今天到明天，从明天到后天至于到将来永远。他没有悲哀，因为他没有快乐。过去的事，都是机械的生活，引不起他的诗意的憧憬。

他以前也会想着娶妻生子，立个门户，代代相传下去，谁料他竟先成了残废，成了残废，也还没有苦恼，自从认了老何做儿子，娶了媳妇，自己的后事也办了，他更满足了。这次老何要卖地，他先很生气，后来想到老何也不是自己亲儿子，何必那样给他留着呢？

所以他把地卖了一半，把钱给了老何，自己也留了一些，当着中人，立了字，一切都办了。

老何拿了钱，自然非常喜欢，可是他又不知道应当怎样去用。他想自己开窑，又不知怎么开法。冒着雨，找到各煤窑去打听。

老郭也不管他，反正这几个钱他花完了，也不能再和自己要，第一他要真干起来，发了财，也倒不错。本来听见许多人发财的，其出身也不见得多高。

“那谁呀，烧水了吗？”老郭叫他的儿媳妇。

“您要喝，我就给您烧吧！”小郭媳妇走进来对他说。

“烧一点儿吧，天儿真凉了！要不然这样吧，有剩茶给我倒一碗也可以。”

“不大热了。”

“温乎就成。”

小郭媳妇给他倒了一碗，他喝了两口，又把烟袋装了烟，叼在嘴里，媳妇给他点烟，可是洋火越划越不着。

“一下雨洋火就返潮。”老郭说，“哈一哈就成了，现在洋火真贵，一分多一盒儿了。保险的更贵，听说五分钱一盒，真是要命。一根洋火棍儿都是钱哪！”小郭媳妇没有言语，把烟给他点着，老郭抽了两口。

“他上哪儿去了？”老郭又问。

“谁知道？他也没告诉我，他就说到窑里问问，也不知问什么。”

“他跟你说什么来着？他打算怎么发财？你看靠得住靠不住？”

"我哪儿知道呀，他倒是时常说，一下子就能发笔大财，上次跟我爹还说来着，可是我爹直摇头，不乐意的样儿。"

老郭没得着要领，他也不知道老何葫芦里卖的什么药，他简直猜不透老何是怎么一回事，也许老何有魄力，要不然不会当我的儿子。

"他的钱呢？"老郭问。

"他自己拿着。"小郭媳妇又回答。

"这孩子，"老郭叹了一口气，"简直是胡来。开煤窑容易吗？他什么也不懂。我活了这辈子，都耗在窑里，咱们虽不机灵，可是日久天长，咱们也懂得不少，门头沟一带，大大小小，多少煤窑，也有开到现在的，也有随开随关的，也有挖了没见煤就关了的。谁也不见得比他这孩子傻，可是人家都有的没干好，他就成了？问问他有几个脑袋，这是闹着玩的哪？你也应当劝一劝他，他要是讨了饭，你也得跟他一辈子，他拿着那么些钱，你也不问一问。现在这年头，坏人太多，你们哪儿懂得？"

他吸了一口烟，又吐出余缕，轻轻地由窗隙飘出屋外，杂在雨丝里不见了。他望了望窗外的天空，小郭媳妇也望了望天空，什么也没有看见。回头又看老郭，一个粘蝇仿佛飞不动的样子，落在老郭的鼻子上，挥之不去。老郭用力一击，蝇子飞到顶棚上去了，老郭的眼泪流了出来，拿手巾擦了擦，又接着说道："坏人太多，咱们又没有知识，看不出哪儿有煤没煤。人家一测量，就知道那儿多深，挖下去就有煤，人家全有谱儿，咱们找人家得听人家的，他说这儿有煤，你拿钱吧，就往下挖。陆续着把你的钱花完没啦，煤还是没见着。他问你还挖不挖了，挖就拿钱，没钱就算啦。你没有钱，只好就算了吧。结果他又拿出钱来挖，挖不到两丈，见了煤啦。合着他拿你的钱开了头儿，你给他白垫了许多钱。咱们不懂，吃亏看不出来，没办法，人家有洋知识，你就得受人家的支使。

“人总还是命，没那个命别强求，有那个财运，不求就来。可是像咱们这样头脑，真要是发了财，也真辜负那个财命。咱们这一辈子，没托生在有钱的人家儿里，就是造定的穷命。你想，人家托生那么好的人家，有那么些钱供给他念书，又有那么些富余钱行好事，念佛烧香，再不发财，那就不是老天爷的意思了。咱们生在这个地方，就是罚咱们受苦累来了。咱们要发财，人家活着多么冤呢？再者说，人活着有穷就有富，自古以来，也没听说过是个人都阔，办不到，命不一样。我现在就想开了，像我这样一辈子，不饿死我就念佛，老老实实地过活挺好，别……”

说到这里，一口痰上来，咕噜一下，涌到舌头上，然后用力一啐，啐到墙角，由墙角儿往下滴答。

“别强求！你爷儿们是昏着脑子，一死儿见要跟人家一样干，那哪儿成？人家看过多少市面儿，跟人家比？这要是钱都叫人家骗了去，也是应该的。穷人的钱，就是给人家预备的。你就说洋窑的机器，哗啦哗啦，一天多少吨弄上来，像咱们一筐一筐地背，累得晕头转向，一个月也没有人家一天的多。你说不服人家，成吗？”

老郭的牢骚，越说越没完，他还以为他这些话是最公正无比的了，即或是比他精明、比他命好，及看过外国市面儿的，都要承认他的话为对，他竟以为自己看透了人生，简直是泄露天机。可惜小郭媳妇参不透这种道理，她的智慧还在老郭以下。她就不知道世界上还有什么有知识和没知识的区别，她以为人类都差不多，张三和李四不都是一个样吗？她对于老郭的话，知道是对，可是不知怎么就对啦。她始终没有言语，她也不问一问自己的脑筋，对于这事应不应有个考虑，她完全把自己的命运付给男人的了。

雨下得紧了，在诗人们多少感觉着凄凉，可是老郭却说："倒点儿酒喝！小雨儿淋淋，烧酒半斤。"

老郭自办了两回事，酒存得还不少，门头沟的二锅头，还是非常地有力量。他不大能喝。可是有着富余酒，为何不喝呢？下雨的天儿，正好喝酒。

"热一热菜吧？"小郭的媳妇问。

"不用热菜了，把那个鱼头拿来吧！酒热一热也好。"

小郭媳妇走了，老郭坐在床上，拿起一本《三国演义》来看。老郭稍微认识些字，《三国演义》里杂着许多文言句，他也是看不懂，不过他有时候听别人说过，拿听的记忆里，找书上的回目，这样看下去，也还马马虎虎地冲下来。

"孔明要是生在现在，洋窑也不是他的个儿。"老郭崇拜古人比崇拜洋人强得多，"飞机？算老几？孔明登坛一念咒，飞机就得落下来，孔明多大能耐。可惜，现在也不知怎么回事，就没个孔明出世。"

小郭媳妇把酒烫了出来，除了一个鱼头，还拨了一碟儿辣丁酱。用一个盘子，放在他的面前，筷子、酒杯，都放好了。老郭端起酒杯来，喝了一口，香甜有味，夹了一个毛豆放在嘴里，一边嚼着向着顶棚望，那劲儿透着足。

小郭媳妇出去烧柴锅贴饼子，因为估摸老何快回来了，老何回来就得饭堵嘴。

黄的树叶子，落了满院，被雨点砸着黏在地上，房檐端半天才垂下水珠儿，那珠儿渐渐地由圆变成长圆，终而像一条线似的落下。柴锅附近藏着的苍蝇，因为热气，又飞翔着，黏着各处。

老何回来了，醉醺醺的，后面还跟了不少人，都是刚下了窑，老刘小崔都在里面。

“我说，这个雨下得真透着凉！”小崔看见热锅这样说。

“别做饭了”，老何对他的媳妇说，“我吃啦，你做你的吧。给烧点水来。”

他们一群都进到屋里，老郭正喝得高兴，见他们进来，便让喝酒，大家客气一阵子，便一拥到屋里，哗啦一声，老何把牛牌往炕上一撒，他先脱鞋上了炕，其余的人便围了一个圈子。有的盘腿坐着，有的搬个凳子坐在地上，有的趴在炕上，小崔见老郭正在喝酒，先过去把他的烟袋抄起来道：“我说，喝点儿酒倒是不错，暖一暖身体，天儿透着凉。这是什么？鱼头，不错，我说，不错！”

“喝点儿！”老郭让他。

“不，我抽口烟儿吧。你的烟我老觉得比别人的好。”

“这孩子拿了钱，整天不知干什么。他说他能发财，倒是怎么发财，我想听一听。他都怎么跟你说的？”

“别听他的。”小崔抽着烟，“他简直马马虎虎，一点儿准谱儿没有，他跟我说的也不过是开窑，可是怎么开法，他也没个主意。况且这两个钱儿，别说开窑，连个手续都办不完。他哪儿成？”

“这孩子简直是荒唐，拿着钱一赌，两天不就赌光了吗？”

“谁说不是，现在就睁一只眼闭一只眼，拿着两个糟钱由他去吧。赢了就多耍几天，输光了，他还有什么说的？反正还得回窑里干活儿去。这也是命。就不用管他了，早晚也得给他，早给晚不给，花没了，他也就老实了。”

“这也是我的命该如此，收这么一个败家子儿。”

“可不是。”小崔点着头，“可别说，你的后事等等全已经办了，也没有什么可挂虑的。由他去吧！反正他把那两个钱花没了，也就没有主意了。”

小郭媳妇把饭做得，端了上来，贴饼子挺热乎的，老郭说：“来一个怎样？”

“吃过啦，刚在镇里吃的。”小崔略欠了欠身。屋里一阵喧哗，震得屋瓦都直落土。老何的声音最大：“庄家吃通。妈的！”小崔一听，便跑进里屋来。

老何是庄家，一边摆着牌一边嘴里念着：“四到底，二牌自己。看着吧，这回庄家又赢通儿。”

老刘是天门，输了好几回了，可是也没有输多少，因为人家都两块三块地下注子，老刘只是两毛两毛的，还是分四道搁着。他看着人家好几块的输赢，心里也未尝不羡慕，可是自己总是舍不得这样拿。小崔进来说：“我下两毛钱的软通。”他是和老刘一个样的吝啬。

牌分到老刘手里，老刘拿着有点发颤。小崔说：“我给你看一张。”老刘便递给他一张。他自己的那张牌，在手里来回摸着，摸得出了汗，把那张牌洗了似的。

“怎么样？我说。”小崔等着他叫牌。老刘把大拇指按在牌上，举得挺高，另外一只手还遮搁着，仿佛怕透光。那大拇指慢慢往下抽，牌上的点儿，一个一个地露出来，一看是个虎头。

“七八不要九。”他喊了一句。

小崔使劲往炕沿上一拍，两个一看，却是个“三儿六”。

两个人看凉了，谁也不再说话，把牌往炕上一扔。这回庄家，又是吃通。

“我说，庄家两回吃通，这回一定是闭十。天门可以多下。”小崔鼓着老刘的勇气，“来就来大的。”

“对，头道一块钱，要不然五毛钱一道的两道。”老刘这回下了狠心，以为这回决有赢的把握。押牌九需要有眼光，准知道这回庄家一定不成了。

庄家把骰子一掷，是个五，于是：“五，庄家输得苦。”

“五自手，闭十拿到手。”大家纷纷说着。

老刘拿到了牌，他说：“这回我自己看吧，你的手气不好。”他把两张牌叠起来，一看上面那张是个二四皇上，不禁大喜。

“叫三丁儿。”小崔在后边喊着。

老刘把上面那张牌，慢慢往下抽移，底下那张牌露出一半来，一看是个二，老刘的笑容简直憋不住了，他回头说：“怎么样？”

“再看那头儿。”小崔着急地说。

老刘又把牌倒了一个个儿，又从那头儿抽起，小崔在后面用力：“幺！幺！幺！”露出来一看，却是个二。老刘气了，把牌一摔：“真他妈！”

老何又吃通儿，前面堆了好多的钞票。他想来钱居然这样容易，坐在这里没有几分钟，十几块进来了。比背煤强，强得多，敢则！

钱来得虽然容易，可是去得也颇不难，老何的钱，由整化零，由零渐渐化为少了。

夜深了，屋里冷起来，老郭早由小郭媳妇扶他躺下，蒙被睡去。小郭媳妇没有地方睡，便冷清清地坐在一条凳上打盹，屋里一阵喧哗，便把她惊醒，看看没有事。又听老郭的鼾声大震，想到喝酒倒是有点好处，不管多吵，总能睡着，她打了一个哈欠，又昏迷思睡了。

老何输得有点上火，老刘转过运气来，烟袋含得始终不撒嘴。

小崔跑到外面，又把老郭的烟袋抄起来用。看小郭媳妇一个人坐在凳上打盹，便道：“外屋挺冷的，我说，您还是到里屋睡去吧，靠着炕边儿，盖上被窝就睡了，这样睡再冻着。”

小郭媳妇在梦里好像听见有人说话，醒来一看，却是小崔在跟她说到屋里睡。她打了一个寒噤，站起来说：“我不困，觅个盹儿就成啦。”觉着空气倒是冷多了，她走到院子，看看各处有什么收起来的没有。雨是住了，而一块一块儿冷云，有时还把月亮遮着。地上很湿，显得冷气四围袭来，她冷得发颤，遂又走进屋来，仍旧坐在凳子上打盹。

生在中国做女人，那真是可怜极了，可是每个做丈夫的都不觉得她的妻子可怜，而做妻子的也不以为自己可怜。有不愿意受罪的，便去当妾，做妓女。其实她不知妾和妓女一样是可怜的啊！

“那谁呀！”老何叫他的媳妇，“你倒是给烧一点水儿呀。老是困！”他输上火儿来。

“我说，天可不早啦，明天还有做活儿的呢。我说，咱们不如散了，明天再接续来。小郭的运气不大强，背上来啦，歇一歇好，明天转过来再耍。输干了就没意思了。”小崔看老何的钱没有多少了，唯恐怕他输光了急，或是跟自己借，所以他支着明天再来，自己赢了不少，也该保守保守，别再贪多了。

大家也因为赢了钱，所以走了。适可而止，古有明训，遂全告辞走了出来，一边点着钱一边揣在怀里。老何眼看着自己的钱都叫别人揣走，心里十分不舒服，然而也没有办法。

“嗬，外边儿挺凉呢！”老刘把钱放在里边的衣服里，“雨倒是不下了。”

“我说，明天见，明天还来。小郭得捞一捞。”小崔给老何一个安慰。

老何把大家送出，回到屋里，看老郭睡得正香，媳妇在铺被窝。他有点惭愧，也有点气。

“你是输了还是赢了？”小郭媳妇关心他的钱。

“输啦，妈的！”老何有点懊丧。

“输多少啊！”

“输了就输了，你管这些事干吗？真他妈！”老何把没有输完的钱揣在怀里，躺在炕上，想着明天怎么往回捞。

“爹刚才说了半天。问我，你这些钱都干什么用。我也说不出来，爹看你要钱，他不高兴，知道你赢了，他还睡得着，要是知道你输了，没准儿怎么心疼呢。”老何越听心里越懊丧，可是他想着明天一下就捞回来，捞回来就不干了。

“那钱都是爹不容易挣来的，一天……”

“别废话了！妈的！”老何是自己有错不喜欢别人说，反正自己知道是错儿就得啦，何必你来说？一般男人都是这样，而做妻子的总是絮絮叨叨，深怕丈夫不明白自己的意思，而不知越说越勾引男子的火儿，结果脾气爆发起来，双方冲突了。

小郭媳妇听了他的话，自然不大喜欢，她以为对丈夫这样的好心，竟挨丈夫的骂，真是委屈极了。于是脸上便显出不快活的样子。

“我告诉你，你还是别不高兴，他妈的！”老何本来憋着火儿。

“少这么妈，妈的，谁全有妈。”媳妇的意思是你要骂，就是骂你呢。媳妇虽然老实，但是口头上不愿意吃亏。她受苦受累全都认了，可是名誉上不能受侮辱。

“我偏没有妈。”老何会找出一句俏皮话儿来。

“没妈你由哪儿来的？”媳妇简直是堵火儿。

老何不能忍耐了，过去就是一拳，打得媳妇哭喊起来。老郭被吵醒了，问怎么一回事，媳妇说："他输了钱还打人。"老郭一听他输了钱，立刻轰的一下子，气得要炸了肺，他要爬起来骂老何一顿。老何输钱还怕人家说，媳妇偏给说出来，他有不急的吗？

"输钱没有输你们家的，你说不着。"

"我跟了你，我就要说。"

"你跟了我？我不要，咱们自由离婚，妈的！"老何不知在哪儿学了这么一句新名词儿。老郭一听，更气得哆嗦了。

"离婚？哼，轿子抬来的，就得棺材抬出去。既姓了郭就不能再姓别的。"媳妇是宁肯被打死，受一辈子折磨，她也不愿意离婚，离婚是名誉的侮辱，再给她多大幸福她也不去享，要出郭家门儿，非仰巴脚儿出去不可。

"你姓郭呀，我不姓郭，我姓何。"老何故意逗气儿。可是老郭却气得说不上话来。

"你，你，要干吗？造反是怎么着？你，你还要说什么？你趁早儿给我滚！"老郭说完直哼哼哎哟的。媳妇连忙过去给他捶背。

"滚？好，请我来的，凭这么一说，就撵我出去？"

"我姓郭，你姓何，这是姓郭的家，哎呀！媳妇给我倒碗水，我胸口堵得慌！哎呀！"

"没有热水，爹。"

"哎呀！"

"这是姓郭的家？别他妈往脸上贴金了。"老何嚷起来，"姓郭的家早搬到阴间去啦。想家呀，趁早儿走！"

"你别说了，"小郭媳妇在外屋嚷，"爹都变了颜色啦，气得尽剩了哆嗦了。"

“你，你，败家子儿！我……咱们阴间说去。”老郭以为只有阴间还可以管这闲事，心里略能平些，说出这句话来。

“死不死呀你？”老何并不放松口气，觉得阴间不足以为惧，反正没亲眼看见，什么叫阎王呀？

“你还说，爹闭过气去了。”小郭媳妇仿佛要哭。

“死了倒好，死狗一条，埋在地里完事，死了也是臭一块地。”

老郭虽然闭过气去，可是耳朵还听见，只是口不能言语，全身动弹不得，老何一通骂，一下就气回去了，“哎呀，可不好了，凉啦！哎呀我的爹呀！”小郭媳妇哭了起来。老何本没想到他死，可是心里却是希望他死，现在真个死了，又不免略有所动，而他并没有走出来。一声不语，一边听着媳妇哭，一边想着财产怎么处置。小郭媳妇哭了一会儿，也没有人劝，看着老郭躺在那里又害怕起来，连忙走进屋里。

“你连管也不管，倒是怎么办呢？”

“不要紧，明天我找老刘去，任事儿全都办啦，反正装在棺材里一埋，先赌好的，谁也说不出什么。叫人看看不是咱们害的就完啦。”

“我害怕！”媳妇不敢向外屋里看，闭着眼就仿佛老郭的脸在眼前动呢。

“人死了，就完啦。阴间未必有没有呢。”老何解她的宽心。

第二天一清早，老何叫媳妇看着尸身，他去找老刘。媳妇不敢在屋里待着，在近大门的院子里，搬个小板凳儿一坐。

老何找到老刘。

老刘正在家喂骡子。——老刘真是个宝贝，他有钱全拴了骆驼骡马之类，每天运煤到城里。他是一个接近都市的人，所以他脑筋比别人多转了一个弯儿，然而还转不到家，不过在乡村里总算是多知多得的人了。

他时常给城里的大宅门儿送煤，所以和大宅门的门房、厨子、老妈子、爱说话的北京老太太非常说得来，因而都市人的生活也就明白了许多，不过所谓都市人，仅仅是他所见到的这一极小部落。那些奇奇怪怪的社会，他还不大清楚，不过他总以为也不过如此吧。

别人都以为有几个人好吃大烟，吃大烟多半倾家败产。他却知道比这更进一层，他知道有钱的还故意教他的子孙抽烟，抽上了瘾离不开，省得往外跑胡乱花费，如此反而能把产业守住了。他佩服都市人的聪明，想得这样远，这样绕弯子，不怨人家有钱！

他羡慕都市的人，瞧不上乡村的人，可是却愿意在乡村里住着，不敢在都市里住。因为乡村里能够弄钱，在都市里他不知道怎么弄钱，他以为都市人的钱都是自己造出来的。并且在乡村住自己可以算是圣人，在城市里住算得了老儿？

老刘的门户，在乡间总算可以的，两面墙抹得很新，是别人给刷的，而且一边四个大字“点美孚油”，一边是两个大字“仁丹”。由老远就可以看见。村里的妇女，先还不知道是做什么的，以为画这个是可以避狼呢。

“嗬，真早班儿呀！”老刘见了老何说。

“早，妈的又出了事。”老何说。

“什么？”老刘惊讶地问，“媳妇的事？”他总是关心媳妇。

“老郭死啦！”老何真干脆。

“怎么？昨天还好好的，”

“昨夜里喝酒喝多了，睡着了觉又着了凉，大概是，妈的一声儿没言语就了条货啦。”

“怎么办呢？”

“还不是装在棺材里，一埋完事？”

“不成吧？”

“先说好了的，不是经也念了，纸也烧了……”

“那倒没有关系，那爱怎么办就得怎么办。这真死了，就得报官，官批准了才能埋。”

“那就报他一下就成了。”

“可是官家不能一报就准。”

“那怎么回事呢？难道硬说没死？没死说死，死了又说没死，这倒不错，哈哈。”老何以为这挺可笑。

“不是那么说法，官家是拿阴阳的殃榜作凭，有阴阳的殃榜，他才认可。”

“对啦，妈的我倒忘了，就叫阴阳开个殃榜就成啦。”

“请阴阳开殃榜也不是一说就成。”老刘有点故意恐吓他。

“怎么？”老何真不明白了。

“阴阳也得看这个人怎么死的。如果要是横死的他也不管开，死得不明，他要是开了，他担罪过的。”

“气死的他也看得出来吗？”

“怎么看不出来？这一说老郭又是你给气死的了？”

“没有，喝酒喝多了，喝多了闹气，谁理他啦？”

“不管怎么着，得请阴阳去。”老刘似有要钱之意。

“好吧，那里有十几块钱，请阴阳连报官，带找四个抬棺材的，抬到地里一埋，完事。”老何掏出十几张票子来递给老刘。

“别，我给你垫上吧，你要用钱。”老刘一边接钱一边表示客气，

“我倒不用钱，我那儿还有几亩地呢。这几亩地我也不想种地，

种地没劲，你说怎么好一点?”

“进屋里说来吧，别站在院子里，屋里喝碗茶！来!”老刘是没有利益不会往屋里让人。

老何走进去了，看见他屋里的摆饰，自己觉得有点拘束，老刘叫他坐下，给他倒了一碗温茶，说：“你打算怎么样?”

“我没主意呀!”老何说：“卖地拿着钱什么也不能干。开窑是不够，干别的又想不出干什么来。”

“我倒有个主意。”老刘把烟点着了说，“你跟我学，拴上十几个骆驼，每天运煤到城里，你也费不了什么力气，就是地下溜达，并且累了，啪，骑上骆驼，又自由又没人管，比在窑里做活儿不强吗？并且地是死的，牲口是活的，你爱带它上哪儿就上哪儿。并且你就此也可以到城里头看看，高兴就在城里住一天。并且城里的窑姐儿真漂亮。并且……”老刘一时再想不起来并且什么。可是老何听得已经眉开眼笑了。

“得，听你的!”老何下了决心。

“再坐一坐，忙什么?”老刘说。其实老何并没有走的意思，不过经他一说，又不好意思不走了，并且看看也就快到了吃早饭的时候，也该走了，老刘是不会留人吃饭的。

“回见!”老何起来就走。

“媳妇在家等着你呢。哈哈。”老刘还开了个玩笑。

第五章 爱与欲

老郭埋了之后，老何果然依了老刘的主意。拴上几个牲口骆驼，白天运煤到城里，晚上便赌钱。

运煤的时候，有时老刘同他一块儿去，道路上谈谈唱唱，也颇不寂寞，老刘并且又带他进城到天桥儿去了一趟，从此老何便真爱进城了。不过老刘有时就不同他一块儿去，趁着他进城，他却到老何家里照料照料。小郭媳妇一个人在家，老怕有人欺侮，有老刘天天来照料，真是喜欢不尽。

晚上赌钱，或者是老何把角儿约到自己家里，或者是负囊远征。不过他晚上出去，剩下媳妇一个人，她有点害怕，一到晚上，她老觉得那个床上还躺着老郭似的。老郭临死的一刹那，她完全看得清楚，所以这个印象磨灭不掉的。幸而老刘每天晚上来，一来是帮着照料，二来是陪着媳妇怕她害怕。

媳妇真是感到老刘是个大好人了，从老何做儿子，一直到娶妻、葬父，都是人家老刘给帮忙，到现在人家老是给照料着，一说天下怎么没有好人呢？像老刘这样就是实在难得。

这天老何又出去了，老刘又走来，媳妇忙着应酬烧茶。

“我自己带着茶叶呢，你沏这个吧，这是由城里带来的。还有两包，送给你的，可以尝尝城里茶叶什么味儿。别叫老何知道，他不配喝这个茶叶，哈哈！明儿想什么吃的我可以由城里给你带，有钱不能叫他一个人享乐，是不是？”

“谢谢刘伯伯，还惦记我们，这样受累已经过意不去的了。”

“以后可别叫我伯伯，老刘挺好，老何不是叫老刘吗？你也这样叫我吧！”

“哟，那怎么好意思呢？”媳妇乐了。

“没有什么，老郭在着，那是没有办法。现在咱们平称倒有意思。以后我就不拘束了，是不是？你看咱们年岁都差不多，没有那么论的。老何这两天输赢？”

“他倒是有输有赢，输的时候多吧，他要是赢了，必要跟我说什么手气好，怎么赢钱，非常高兴。他要是回家不言语，垂头丧气的，问他也不理，那他一定是输了。不高兴的时候多吧。您有工夫劝一劝他，别叫他这么胡赌钱了。”

“谁说不是？我时常劝他，他总是不改，你说有什么办法？慢慢来着，俗说劝赌不劝嫖，劝劝也就成了。”老刘抽上了烟，媳妇给烧了茶。

“您猜怎么着，”媳妇说，“我这几天老害怕，到了晚上，我爹仿佛老有个影子在眼里头，我简直不敢出去，上趟茅房都悚悚惮惮的。”

“不要紧，你要是不敢去，我跟你去。”老刘这话，表面儿上冠冕堂皇，不管里面是什么意思，可是表面上不能不感谢他的好意。

夜深了，老何还不回来，老刘把街门关好了，进屋里又跟媳妇说话儿。媳妇有点困，坐在床头上打盹。老刘说：“干脆你就睡吧，我一个人等老何，你不上茅房吗？”

“不去啦。”媳妇说完，便倒在炕上，顺手把被子一拉，她感到老刘真是个好人，她害怕，她寂寞，却有老刘前来帮忙看着家，他又对自己这样好。她不懂什么叫安慰，她觉得老刘是好人而已。

媳妇刚要睡着，老刘咳嗽了一声，又把她惊醒了。

“您要困您也歇着去吧！”媳妇说。

“不，”老刘说，“我越到夜里越有精神。城里头的人，差不多都拿夜里当白大，拿白大当黑夜。比方我一早儿起来，从这儿运煤到城里，差不离就快晌午啦，可是住家里的人还没起呢。有的起早一点儿的，才刚刚漱口。”

“哟，那夜里做什么呀？”

“嗬，在城里头那玩意儿可多啦，老太太约手儿打牌，无线电整夜地开着，你没见过无线电吧？那是外国人兴的，真鬼。一个小方木匣子，里面来回来去地缠了许多的铁丝子，再安上电灯泡子，一按，它就响了。你想听什么，各式各样的，什么唱大鼓的、唱戏的、唱歌儿的、说外国话，叽里呱啦，什么都有，也不知道是由哪儿来的。听说是有什么电台往外放，你说放，能把人都制到空中去吗？邪行！”

“那得念咒吧？”媳妇听着有意思，也不困了。

“谁知道？大概也得念咒，有时候还念经呢。人家是会享福的，少爷不爱听，那要到园子听戏去，小姐也出去看电影跳舞。这都是宅门儿的号房告诉我，有时候我进去，小姐刚回来，在饭店待了一夜。跟你说，这时代简直没法儿说，小姐少奶奶，看着那么大方，哼，谁都有男朋友。张三跟我说的，姘头不叫姘头，叫男朋友。什么叫交朋友？简直胡来，一夜一夜地，在外边一块儿睡，其实干脆就弄到家里来，怕什么？何必把钱花在外边儿，听说一夜旅馆好几十块钱呢，够咱们过一个月的。”

这些话，媳妇不但没听见过，想也想不到，她说：“那叫人多笑话呀！”

“谁笑话？都是一样。”

“那谁也不说谁了？”媳妇问。

“可不是，这么看这件事不算什么。本来也不算什么，你说年轻轻的，谁不喜欢那样呀？”老刘似乎有进攻之意了，小郭媳妇没有言语，老刘咳嗽了一声，仿佛要说什么，可是话头儿又忘了，暂时沉默一会儿。

“城里热闹得多吧！”媳妇感到空气太沉默，颇含有危险意味，只得没话儿找话儿。

“嗬，热闹！电车你没见过吧，跟火车差不多，可是没有火车头，人都站在里头，也有坐着的，哗啦哗啦就在马路上跑。还有电话，你也没有见过，比方咱们两个人要隔着十几里地，用电话就可以说话儿：喂，你哪儿？我要西局多少号哇！得，这就接过去啦。还是人家有钱，干什么都方便。可也别说，你说城里头穷是城外头穷？你说城外头穷吧，可是还没见过街上整天整群跑要饭的。城里头有钱，拉车的就干十几万，要饭儿的一群一伙的，到天桥儿一看，那小店儿里，数都数不过来。咱们多着急，反正有两顿饭吃，城里头没饭吃的很多哪，别看是什么以前府里的少奶奶，出门还要坐汽车，有时候晚下的菜钱倒许跟老妈子借。回头卖了一个顶柜，十几块钱，一会儿叫那剃头的烫烫头发，就全没啦，难说！你没上过城里，你简直摸不透是怎么一回事。”媳妇本来就不明白是怎么一回事，叫他这一说，更不明白是怎么一回事了。

“城里的大戏一定好吧？”媳妇问。

“城里的大戏？嗬，不用提了。戏子都讲究坐汽车，一个当巡警的，一个月才挣十几块钱，一个戏子一点钟就可以挣千儿八百的，出门儿巡警还得给他行礼，势派儿大啦！”

老刘还要往下说，可是说什么也想不出来了，因为他脑子里忽然起了一个“匪夷所思”的念头。他看了小郭媳妇的被子，被子底下透出的曲线，他把烟袋装上猛吸，发狂了一样，自己都按捺不住了。

媳妇尽想听他说城里的事了，可是半天他不说了，只是把烟来狂吸。猛地竟走了过来，伏在媳妇的身上。

“你怕不怕？”

“怕！”媳妇是真怕了。

“不要紧，有我呢，我天天陪着你！”老刘把烟袋扔在一边儿。

“哟，干吗呀？”媳妇有些惊慌。

老刘并没有回答她，只是想把事实做给她看。在这挣扎时，外边叫门，两个人都惊慌站起来，媳妇脸一阵红一阵白怔怔地看着老刘，不明白老刘为什么忽然要这么做。老刘没有成功，反而觉得惭愧，他说：“不准你对他说！说了你就是提防着！”

外面叫门紧一些了，老刘连忙跑了出去，开门一看，是老何回来了。老何今天赢了，透着高兴，进到屋来，把钱口袋往炕上一扔。

“你以后可别赌了，”老刘说，“输赢没有关系，耗神耗多大呀。你天天老是这个时候回来，媳妇也熬不了这夜。人家白天还有活儿干，并且三更半夜地不回来，把她一个人放在家里，不像话，要不是我来做伴，她一个人耗多少神了。”说完看了媳妇一眼，媳妇仿佛安静多了，什么话也没有说。老何笑着说：“明儿请请你老刘！”

老刘笑着出去了。

第二天，老何请老刘吃饭，他由镇里打了酒、买了菜来，媳妇给烧火做饭。他们两个人在炕上喝着酒，老刘心里发颤，怕老何有什么动静。

“干一杯！来。”老何举杯相让。

“干!”老刘果然同他干了一杯，媳妇端菜上来，老刘看她的颜色，倒还安静，心里狐疑不定。

“别赌啦，钱虽然来得容易，可是也别不拿它当好的。”老刘仍从正面规劝，以探老何的口气。

“没错儿，输了就不来啦。喝呀!”老何一点异常态度都没有。老刘有些放心，但是这酒喝得终是不舒服。心里有事，只喝了两三杯，便觉得醉了。

“老刘怎么今天喝这么一点儿就醉了？干脆叫他躺一会儿吧!”老何便扶了老刘躺下。他自己胡乱吃了一些，拿起钱袋，就要出去。

“你别走啦!”媳妇拦住他，但是哪里拦得住呢？只说一声“我回来得快”便匆匆走了。媳妇随着关门回来，一进屋，吓了一跳，原来老刘并没有醉，站在地上，笑嘻嘻地望着她。她怕了，方要转身，却一把叫老刘抱住了。

“我想你可不是一天了。”老刘吻着她的脸说。

她惊慌着，羞赧着，哀惧着。心里乱跳，她不知道怎么来应付目前的危局，她想得到的只有跑，可是跑如何跑得了呢？她的眼睛好像什么也看不见了，看见的只是老刘垂涎的笑脸；她的耳朵什么也听不见了，听见的只是老刘的一些淫词浪语。她感到最后的危险到来，惊惧的知觉已经使她毫无力气抗拒了。

老刘酒后无德了一阵，火气下降，立刻觉得有点惭然，媳妇倒在一边哭了。

“别哭啦，他不是说回来得快吗？这叫他看见可不好。你听我说，反正已经这样啦，咱们谁也不用说，自然别人谁也看不见。我这个心总对得起你就完啦，你想，这时候我不疼你谁疼你，你不哭我永远疼你，你要是哭或是叫老何知道了，我可是先对人家去说。”

“欺侮完了人，还说这一套？”媳妇哭着说。

“谁欺侮你啦？我这是爱你才这样呢。别哭啦！他这就回来了，我也该走啦。你听着，你要是好好听我话，我天天来陪你解闷儿。我走啦，他回来要是问我，你就说我喝多了，吐了一阵走了，听见没有？明儿我还来。”说着，老刘便往外走。媳妇也不理他，仍是躺在炕上。老刘在院里叫她：“关门吧，我走了。”

“我害怕。”媳妇说了这么一句。

“我说是不是？”老刘又走回来，“没有我哪儿成，那我就多陪你一会儿吧。其实我倒愿意整夜陪着你，可是也不成啊，咱们慢慢想法子。”

门外叫门，老刘说：“我出去，你先把脸擦好。”他慢慢走出去，走到院子里，先咳嗽了两声问了问谁，然后慢慢开了门，老何踉跄走进来。媳妇虽然强自镇静可是终掩不住羞恨惊慌。

“怎么？”老何刚要刨根儿。

“哎呀，”老刘接着便说，“可了不得，幸亏我在这儿，把我都吓得酒醒了。你猜怎么着，老郭是有点儿闹，我没说吗，他死也不甘心，不甘心，你想他怎能够甘心？明摆着的，切！”

“怎么？闹鬼吗？”老何问。

“可不是。把她可吓着了，吓得直哭，我看你们得好好给老郭烧点儿纸。”

老何没有言语，他有点不佩服老郭，可是又怕他真拉替身。老刘又说窗户怎么响，灯怎么灭了又着了，茶碗怎么动弹，老何问媳妇："是吗？"媳妇点了点头。老刘满意了，他说："你们歇着吧，刚才我已经答应给他烧纸，他也不闹了。我回去了，明天再来。"说着老刘走去，媳妇跟着关门，他低声说："千万别说，明天我早点来。"

老何屋里转磨，他想："人有十年旺，鬼神不敢傍。"不要紧，老何这些日子正走红运呢，怕他？他又安然睡去。

第二天仍自老早走了，剩了媳妇一个人，她怕起来，她怕老郭来，她怕老刘来，她又怕老何来。她一个人心里透着乱，她想哭，可是又觉得没有什么可哭的理由；她想喜欢，可是又仿佛肚子憋着很多委屈。

这时有人叫门，她慢慢走到门口儿问："谁？"

"我，老何走了吗？"老刘的声音。

"走啦。"可是并没有开门。

"你给我开开门哪！"老刘在外面着急了。她只是在门里站着，怔着，好像失了知觉，她不知道应该不应该给他开门。老刘又说："你给我开门，我有好处给你。别怕了，我是疼你的。"媳妇仿佛觉得已经开了门，老刘也走了进来，可是定睛一看，门还在关着，自己还在站着，老刘做最后哀告："你真狠心哪！"说完走了。她又等了半天，见没有声音，打开门一看，老刘没有影儿了，她不觉怅然了。

她在门口站了一会儿，村儿里是真静，没有一点儿声音。她慢慢又走了回来，走到院里，不敢进屋子，她想回到门口儿找老刘，可是老刘早已无踪了。没办法，只得大胆子往屋里走。一开门，黑漆一片，她闭着眼走进里屋，猛然看见站着一个人，她"呀"的一声，几乎吓倒了，幸而那个人把她抱住了。

“吓着你了吧？”她一听是老刘的声音，心里还好一点儿，可是余悸仍不免使自己打噤。老刘把她抱在炕上说：“我给你烧点儿水去。”

“别，别理我！”媳妇喘息着说。

“你真吓着了吗？”老刘抚她的胸口。

“你把灯点上！”她命令老刘，老刘把灯点上了，她看了看老刘。

“别怕，是我！”老刘安慰她说。

“你怎么进来的？”

“我跳墙进来的，你不给我开门。你怎么这半天才进来？”

“我当是你没有走。”

“我是没有走，我跳墙进来的呀。哈哈，你怎么不给我开门？”

她没有言语。

“别这么狠心吧！”

这时有人叫门，她说：“你走吧！”老刘说：“不要紧，我去开门去。”开门一看，不是老何，却是小崔。

“我说，老何没在家？”

“没有呢，我还找他哪，这家伙整天不在家，不像话啦。”老刘一边把小崔让进来一边说。

“我说，老何简直赌得凶，这几个钱非得赌得精光不可。”小崔走进来，坐在炕上，看了看媳妇，媳妇给他请了安。

“崔叔老没有来了，我给您烧茶去。刘伯伯倒是不短来。”

“不用烧茶，我不渴。”

“刘伯伯大概也渴了，我去烧。”

“我去吧，”老刘说，“你陪着崔叔说话儿。”

“老何简直赌得不像话了，白天累了一天，晚上还叫他们圈弄，真冤！赌钱就是偶尔一次，高兴就赢几块，这几块就算白来。不高兴输几块，也输不到哪儿去。就怕整天地干，输也得输，不输也得输，我说，没好处。俗语说，久赌无胜家，一点儿不错。赌长了没个赢钱，我说，有工夫劝一劝他，别叫他这么胡来。”

“还少劝他啦？您劝他也得听呀，整天价攥着钱口袋不撒手，输多赢少，也不言语。简直我也管不了他。”

“你们婚后倒是没抬杠拌嘴的？”小崔问。问得媳妇脸一红，她说：“没有，他倒是马马虎虎的，也不怎么十分顾家里。”

“年轻总免不了，张摇张慌的。我说，慢慢对付他，两口子长了去了，慢慢对付他。只要不抬杠拌嘴，这就不错，你们人口又简单，小两口儿，挺好！我说，老郭死后，我还是真怪想他的。我想要他一个纪念物儿，他那个烟袋还有吧？”

“有，差一点叫我搁在棺材里头，我给您拿去。”说着往抽屉里把烟袋拿出来，递给小崔，又说，“那天我想到爹在的时候，总是喜欢这个烟袋时时不离手，他说这烟袋跟他足三十年了。”

“敢则三十年了。”小崔插了一句。

“我一听，我们又全不会吸烟，要他干吗，不如叫爹带了去。您侄儿说，不给他，他死了一样带不走。他想要为什么不活着时候先寄到阴间去呢？这么样才把它留下来，你要要正好，就给您吧。”

“我是纪念纪念他，我想你们要它也没有用，我先也想到你们也许扔在棺材里，要是扔在棺材里就算了。没有扔我就拿着。我说，没想到会落在我手里，落在我手里，这个东西算是命好。哈哈！”他们正说着，老刘烧了茶来。一边擦着茶碗，一边说：“喝茶小崔。”

“我说，我把老郭的烟袋要来了，他们也没有用，我要来总算纪念纪念老郭。你说吾们感情不错，真怪想他的。”小崔抚摸着烟袋嘴儿，非常喜欢。这烟袋嘴儿真不坏，老郭摸了三十年，真发亮。

“这烟袋不错呀，比我的好，我还真把这个忘了。早想起来，非得换一下子不可。老郭的烟袋三十年了，现在这个嘴儿，买还恐怕买不来，没有啊！你真透着机灵。喝茶。”

“歇着歇着，”小崔笑着说，“我这完全是纪念老郭。我说，把你的烟荷包拿出来，咱们抽两口。”

老刘把烟荷包由腰里拿出来，两个人一边喝茶一边吸着。老刘只是把小崔耗走，而小崔只是不走。这时候，老何回来了。

“我说，怎么样？手运如何？”

“马马虎虎，今天没什么大输赢，妈的。”老何说。

“我说，老郭的烟袋我可要过来了，纪念纪念他。这个烟袋我早就想着要，只是没工夫来，今天凑巧有点儿工夫，到这儿一问，敢则差点儿装在棺材里。”

“可不是，要不是我，这烟袋就叫老郭带走了，我说不能给他，谁叫他活着不带走呢？哈哈。这一来便宜你了。”

“这是我的运气，我说，喝茶呀。”

“可是有一样，”老何说，“这个烟袋虽然给了你，可是就怕老郭不甘心，他还要。他若是再要，我就叫他找你去，他这两天直闹。”

“什么？”小崔惊讶地问，“闹？不要紧，他不会为一根烟袋闹，总是心里舍不得这个家呀。本来这个家是他一辈子心血积的，死了白白送给人，当然心不甘。我说，你得想法子，可别叫他闹大发了。”

“你说怎么不叫他闹呢？除非把房子一齐卖了，他妈的都不要，看他还闹！”老何只有这个办法。

“卖房子又卖不得，我说，并且也没人买呀，谁要是听了闹鬼，谁也不买，是不是？我说，我倒是有个办法。”小崔是怕老何卖了房，老郭再找他去。

“你有什么办法？”

“你可以请李先生来，叫他给念念咒，就可以了。”小崔说。

“哪个李先生？”

“就是教学的那个李先生。”老刘告诉他。

“哪个李先生？”老何还不知道。

“就是咱们村里立的那个官塾，不是有个李先生教书吗？”老刘说。

“我就不知道有这么一个官塾，妈的。”

“好，这是咱们阖村立的，明儿将来你还得拿钱呢。我说那个李先生学问挺好，由王家店请来的。他还会批八字、相面、算卦、念咒，都有两下子，上回老张家那孩子病了，大夫都瞧不好，由他给治好的，他说有个女鬼缠着。可不是那孩子的妈刚死了没有多少日子嘛，他说他一念咒就好了，他就那么一念儿，又烧了道符，孩子的烧就退了。你说灵不灵？你就去找他去，没错儿。”小崔叼着老郭的烟袋，直叫老何找李先生。

老刘没有言语，他不知道李先生念咒究竟灵不灵。不灵还好办，假如真灵的话，他一算没有鬼闹，老郭并没来，这是人闹呢。再叫老何一猜，这不就坏了醋了吗？听说李先生念咒是挺灵的，假如他把老郭的鬼魂拘来，老郭对着一说实话，老何还不得跟我拼命吗？老刘越想越提心吊胆。

“对，明儿找李先生一趟。可是不认识人家怎么办呢？”老何问小崔。

“我说，不要紧，我跟你去。我同他一说也就成了。”

“给他多少钱呢?”

“不用给钱，请他家里，喝喝酒，愿意面子上好看点儿，送他两瓶酒，也就成了。”小崔说。

“明儿一块儿去，我找你是你找我?”

“我找你来吧！说话就走，明儿见。明儿早晨在家里等我吧!”小崔把烟荷包递给老刘，老刘说：“一块儿走。”他也跟着小崔走出来。

天黑得没有月亮，显得星星非常多。冷意侵入，小崔打了个寒噤，毛孔眼儿觉得一麻，他以为老郭跟下他来了，他不敢回头，却对老刘说：“我说，老郭那个人不错，我还是真怪想他的。”

老刘觉得他这话有点奇怪，像老郭那个人，不会有人想他，小崔想他干什么劲儿呢？他没言语，不置可否，因为他不知小崔这话是什么意思。小崔本觉得老郭在后边跟着他。

“我把这烟袋要来，替老郭保存着。搁在他们手里，就许劈了烧火。我敢保说对得起老郭。朋友是朋友，老郭死了咱们就不能对不起人家，你说是不是?”

老刘总以为他这话是讽刺他同小郭媳妇的事，按说他不知道呀，他这话是从哪儿说起呢。

“老郭那个人也没什么。”老刘说了这么一句。

“嗬，老郭可不错呀!”小崔唯恐老郭的鬼魂跟着他，所以他极力捧老郭，他以为老郭一定在后边听得见。

“那个，那个李先生到底灵不灵?”老刘不放心这件事。

“灵，灵极了，一念咒，灵透啦。”小崔极力推崇。

“那么一来，不是对老郭不起啦?”

“不呀，李先生念咒不是把鬼驱走，他是念大悲咒，能把鬼超度了，所以鬼一听见他念咒，更喜欢呢。”

“就怕不灵。”

“灵，灵透啦，他给人瞧了好几回病了。有一次老白家闹鬼，也是他念咒烧符念好的，我说，灵透啦。”

“假如没有鬼呢?”老刘慢慢探他的口气。

“没有鬼看得出来呀，他一念咒，鬼不出来，他就知道没有鬼。”

“我看你还是别管的好，你知道老郭怎么死的?”

“怎么死的?”小崔有点害怕。

“生生叫老何气死的呀。”

“气死了，超度超度不是更好吗?”小崔说着衣服的角儿被风一吹，挂在一棵棘枝上，他觉得有人在拉他，他骇得不敢回头。

“怎么回事?”老刘真奇怪。

“后、后面，有、有人拉、拉着我!”小崔都说不出话来了。老刘也害怕起来，回头看了看没有人，他说：“没有人哪，你净瞎疑心!”

“拉、拉着呢。我说，郭爷，您饶命，我、我不管啦成、成不成?”小崔向空中祷告，老刘仔细一看，原来小崔的衣服挂在荆棘上了，他笑了。

“你可真泄气，这不是挂在荆棘上了吗?”说着把他的衣服摘下来，小崔也笑了。老刘说：“我到家了，明儿见。叫老郭送你一程吧!”他故意恐吓他。小崔还真是胆小，但又无法，只得一个人走着，手里拿着烟袋，屡次想扔而又舍不得。他想到老郭不会为一根烟袋追着他，追着也不怕，他是个瘫子怕他做什么？小崔胆子略微一壮，咳嗽了一声，头发根儿有点发麻，四外看了看，乌黑一片，有几个坟头儿，在地上凸着，想到底下的死人，不禁又毛咕起来。

他咳嗽了两声，然而越发显得寂静，他想回去。可是回去也害怕，还是往下走去吧，好在也没有多远了。高高的山岭，似张着狰狞的脸，向着他笑。他不敢往远处望了。

“站住！”猛然一声，从左边树林里坟头后蹿出一个人，走到他跟前，他看出那人是拿着手枪的。

“爷，饶命！”小崔吓得直哆嗦，没有遇见死鬼倒遇见活的了。

“把钱拿出来！”那人命令着他。

“爷，我没钱。你看我哪儿像有钱的？身上没富余东西，只有这杆烟袋，还是跟人要来的。我说，真没钱。”

“别费事！”那人的手枪举了一举。

“我要有钱我还不拿出来吗？我说，我不能拿命闹着玩儿。我给你跪下，你高高手儿吧，找那有钱的……”

“起来！跟我走！”那人把手枪握得更紧了些，“你在头里走，我叫你向哪边转你就向哪边转，你要一嚷，就留神家伙！”

“是，只要爷饶命！”小崔便听着那人的指使往西一直走去，过了两道岭，黑天半夜，他也辨不清路径。净是山路，仿佛走了很远，似乎离斋堂很近了。他有点累，腿迈不动，他又不知究竟走到哪儿去。

“爷，我可累了，咱们歇一歇再走，究竟上哪儿去呢？”

“妈的，不要问，走你的好了。”

“我实在走不动了！”小崔哀告地说。

“你不想走了？”那人拿枪比着他。

“我的脚都疼了。”

“那么你就不用走了，这儿是你的坟地。”

“不，爷，我走！”小崔又往下走去。

“快走！慢了就没你的命！”那人是一点儿不怜恤的。

小崔无法，还是走得真快。人多累也怕手枪，假如没有手枪，小崔真能倒在地上起不来。又走了一程，渐渐看见村庄了，他想许快到了，精神立刻也振作一些，脚步儿又加快了。

“慢一点儿，你想跑怎么着？”真难办，慢了不成，快了也不成。小崔感到难过，为了一杆烟袋受这么大的罪，命还不知道有没有。他忽然想到，这别是做梦吧？不然怎么会遇见这么一档子？因为有这一线希望，他打了自己一个嘴巴，是不是真痛。

“你自己打嘴巴干吗？”那人问他。

“我怕是做梦。”

“妈的做梦好，我给一下子你尝尝。”

“爷，可别，我明白了，不是做梦。”

“快到了，告诉你，问你什么说实话，少得苦子。”

小崔心里哆嗦着，不知究竟是怎么一回事。忽然看见村外有几个人影来回动，见他们来了，喊了一声，小崔也没听出来喊的是什么。

跟着自己的这个人却说了一句：“牵个牛来！”

小崔知道“牵牛”就是“绑票”的意思，也不言语，反正听天由命，要钱，左右是自己那点家当儿，要命，那就没有办法。命里要是怎么死，一定是怎么死，自己也强求不了。他垂头丧气地走进村子。由人把他的眼睛蒙上，拉进一个屋里，仿佛人很多，可是并没有喧嚷的声音。烟味很冲，有两三个人在吸烟。

是把自己绑来的那个人的声音，似向着吸烟的人报告他这一次的经过，吸烟的人没有说什么，半天，听到放下烟枪的声音。

“你可以拿出多少钱来？”

小崔不知他是跟谁说呢，眼睛被蒙着，什么也看不见。

“妈的，说话，别不吱声儿！”小崔觉得旁边站着的人打了自己一下，这才知道是向自己说话。

“爷，我是穷光蛋一个，没有钱。我住在崔庄儿，您打听去，我要说谎，怎么惩治都成。”小崔说。

“怎么惩治都成！现在就惩治惩治他。”

“爷，别，我没说谎，您惩治我不是白费事？我要有钱，我能半夜跑到人家里去要烟袋？我说。”

“那么你说说，你们那边都谁有钱？”

“我哪儿知道呢？现在谁有钱谁也不说。”

“妈的，非惩治你不成呀？”

“爷，我真不知道，我知道有一个人现在有点儿钱，也不算多。”

“谁？”

“大峪西边儿，老何家，新近卖的地，拴的骆驼，手里有个千儿八百的。可是您千万别露出我说的。”

“拉去！”

小崔觉得有人拉着自己到另一个屋里去，这屋里好像人多一点儿，都睡着，鼾声很大，夹杂着呻吟的声音。

第六章　破　产

老何一清早起来便等着小崔，并且叫媳妇沏好茶，说有李先生来念咒驱鬼。可是等到正午，也没见小崔来。小崔的媳妇来了，说小崔昨天一夜没回去，今天早晨也没有回去，不知他是不是在这里，家里有事等着他回去呢。

“咦，他昨儿夜里和老刘一块儿走的呀。”老何说，“我还等着他呢。他说早晨同李先生来，到这时候还没有来。您到老刘家问一问吧，他也许在那儿。您要见着他，叫他赶紧来一趟，说我还等着他呢。”

小崔媳妇走了。

老何心里嘀咕，他猜测不出小崔到老刘家里的理由，可是他却叫小崔媳妇到老刘家去找。他在家里来回地想，想来想去，他想到卖房。

“你倒是吃饭不吃呀？”媳妇问他。原来他是想等小崔来一块儿吃的，可是小崔是没希望来吃早饭了。

“吃吧。”他答了媳妇，又计划他的卖房搬家，他想这样老郭大概没主意了。

一会儿，媳妇把饭做得，两个人吃着，老刘却由外边嚷着就进来：“这是哪儿的事！这是哪儿的事！小崔家里的一死儿地跟我要定了小崔了，我哪儿给找去呢？嗬，你们刚吃饭？”

“我们尽等小崔了，左等不来，右等不来，妈的。一块儿吃？”上句是说小崔，下句是说老刘，当中加上一个“妈的”，也不知是属于上一句的，还是属于下句的？

“我吃了。——你为什么把小崔家里的往我那儿支啊？”

“怎么回事？昨天你们不是一块儿走的？”

“一块儿走的固然是一块儿走的，可是到我家不远就分手了，谁知他上哪儿去了呢？可是当中有这么一段笑话。他大概想着老郭的茬儿，心里毛咕，走着走着被一个棘荆棵子把衣裳挂住了，他以为是老郭揪他，直喊救命，喊得我也毛咕起来。回头一看，哪儿有人呢？可是往底下一看，才知道是棘荆棵子把他挂住了。哈哈，这个尿人！”

“他也许由哪儿找李先生去了？”老何说。

“不会，三更半夜地找李先生干吗呢？并且离着李先生地方还很远，他不会去。我想他一定吓得神经错乱，没准儿走到哪儿去了呢。”

“那小崔媳妇怎么样了，你怎么和她说的？”

“我叫她去找李先生去了。”

“你不是说小崔不会到李先生那儿去吗？”

“那不是没办法吗？你说不叫她上李先生那儿去，怎么打发呢？合着你把她支到我那儿，我把她支到李先生那儿。”

“李先生怎么办呢？”

“那也许把她再支你家里来。”

“那可不成，我没法儿办。”老何说着，赶紧把饭吃完，扛起钱袋，往外就走，他说：“你坐着。”

“你到哪儿去呀？”老刘说，“有什么事好叫人找你去。”

“我找小崔去。”他是借口出去，其实他是怕小崔媳妇来找他呀。老刘呢，也乐得让他走。

老何走了一天，到夜里回家来，一看大门开着，心里很奇怪，埋怨他媳妇连门都不关。他一声不语地走进屋，屋里也是一声不语，他以为媳妇睡着了，可是灯还亮着，睡觉而亮着灯大概是她害怕的缘故。进到屋里仔细看时，不由怔了，媳妇并没有在屋。也许，是到茅房去了，他想。可是他到茅房看时并没有媳妇踪迹。各处都看了，也都没有，喊了喊，叫了叫，没有回声。

“跑啦？”老何脑子里这么一动，“可是黑天半夜跑哪儿去呢？她要是白天跑，不会点着灯的。屋里的东西，翻得乱七八糟，可是都没有拿走，真是奇怪呀！”

他想到小崔的失踪，忽然他又觉得，难道老郭真的有灵，把她也拉了走？不会，拉走不能把人都拉着，只是拉魂灵儿的，没有听说拉活人的。

老何再也想不出是怎么一回事来了，他这时感到寂寞的悲哀。在没娶媳妇的时候，是想不到有媳妇的好处，娶了媳妇也不知道没有媳妇的寂寞。现在瞪眼一看，室空无人，不免感到寂寞了。他这时候才发觉自己已经爱了她。

他也不能睡了，一个人在屋里转，想着媳妇究竟到哪儿去了。也许到街坊家去了？可是没有黑天到人家去的。她是害怕，跑回娘家去？但不能不和我说一声儿呀。不知道老刘是什么时候走的。

“咦！”老何想到老刘，不由惊讶起来，别是老刘把她拐走了？老刘这些日子神气不对，别人也全说，老刘这些日子净往老何家里跑可不合适呀，家里就是一个媳妇。虽然他是媒人，又是长辈，可是日子久了，究竟不像话，可见老刘这家伙没安着好心，今天一定是他给拐跑了。可是黑天半夜地上哪儿去呢？进城，也没有火车，碰上警察还要带走。妈的，到老刘家里看看再说。

老何锁了门，到老刘家来。老刘的媳妇正等着老刘回家，老刘始终没回去，心里很着急，她一听叫门，以为是老刘回来了，由里面埋怨着就走出来。

“什么时候啦，还不回来？黑天半夜里老在老何家里头，人家新娶的媳妇，你常上那儿去算是怎么一回事呢？那个骚娘儿们也不是好东西。”

打开门一看，是老何，她不好意思了，老何也全明白了。两个人站在那里，没话可说，老刘媳妇是怕老何问罪，胆战心惊。半天，老何问了一句：“老刘没回来？”

“没有呢，我不是还等着呢吗？没有在您那里吗？”

“妈的，把我媳妇拐跑了。”

“什么？”老刘的媳妇吓得变了颜色，她是怕老何拿她报复。

“我媳妇叫他拐跑啦，妈的！”老何重复了一句，又看老刘媳妇惊慌的神气，不由起了疑心，他不待老刘媳妇准许，便往里走。老刘媳妇一看，更自害怕。

“你进来干什么？”她怕老何对她真行出什么无礼的事，虽然自己知道没有老何媳妇年轻。但老何越发疑，他越发往里走。老刘媳妇呆住了，急得要跑出去，老何却一把抓住。老刘媳妇骇得喊起来。

“喊什么？妈的，进来！”老何气横地说。

“不，不怨我呀！没我的事。”老刘的媳妇哀求地说。

“别废话，你们把我媳妇藏在哪儿了？今天没有我媳妇不成。”

老何拉着老刘媳妇便往里走，回手又把门关上。老刘媳妇吓得直哆嗦，她以为一还一报，也不怨老何无礼，可是太可恨老刘不该做出这下贱的事，她哭了！

“哭什么？把老刘找出来。”

她这时才晓得老何是为找老刘，她放了心，遂说：“老刘没回来呢，我不是还等他呢吗？不信你看呀。”她便带着老何是屋子都转到了，连厕所带马厩，凡是可以容身的地方，老何都翻遍，也没有老刘的影子。

“你想，他能回家来吗？他不知道你要找他吗？再者说，黑天半夜他们跑哪儿去？我这儿等着还直着急呢。”老刘的媳妇仿佛又有了理，老何没话可说，她似乎胜利了，又反责老何了：“再者说他为了你们家的事，连我都不管了。老郭是怎么死的，有不恨他的吗？没准儿是怎么一回事呢？今早小崔家里也说小崔没有了呢，你说也是把你们家里拐跑了吗？”

老何低头无语，往外便走。

“老刘要是回不来，还得跟你们要人呢，我一个人怎么过呢？我好苦的命呀！咦……”她倒哭了起来。老何慌了，拔腿便走。一边嘴里嘟囔着，也不知是说了些什么，开了门，便回到家来，走到老远，还听老刘媳妇在哭。

回到家里，仍是那么空空洞洞，果然觉得有些森然。他想到也许真被老郭拉了去？他也睡不着了，躺在炕上，只等天亮。这时一点主意没有，他想把厨房的刀掖在身上，预备和谁拼命，但又懒得起来。

第二天，有人给老何送信来，叫他拿钱赎他媳妇，他这才知道他的媳妇原来被绑了去。同时他想到老刘也许同时被绑了去。果然，他正在着急，老刘媳妇又找他来了。泪眼婆娑的，进门儿就和老何闹说：要不是为老何家里，何至于被绑了去？担惊受怕还在其次，这要有了差池，将来叫一个老娘儿们怎么办呢？小崔的媳妇也来了，痛哭流涕地说，都是怨老何家，要不是他上老何家里来，何至于被绑了去呢？她找老何要人，要老何想办法。不过她们看见老何的媳妇也被绑了去，还缓和一些，可是老何却急上加急来。

这事马上传遍了几个村庄，有愿意管闲事的，便担任说票儿的事，往来说和，一来是急公好义，二来也是为交交朋友，顺便也免不了收点儿酬谢什么的。

有的说老刘倒霉的，为了串门儿，被绑了去，叫人家当作他是老何，受了许多惊怕，结果还出钱赎命。有的说是报应的，谁叫他尽往人家家里跑呢？

老何对于老刘和小崔，仿佛老抱着歉意似的，所以他极力帮助。可是山里头要钱要得很多，结果老何的房卖了，老刘的牲畜也全被拉了走，小崔家里没有钱，阖村请了一支会，由老何做会头，每家三十元，一月抓，按利钱大小写会。第一次当然由小崔家里使，无利息地使，以后便按月上会，等于偿还性质。

于是老刘、小崔、老何媳妇，全都放了回来。

村里合着请了他们一次，为是压惊；他们也合着回请了一次，算是答谢。可是手里已经没有钱了。老何同他媳妇搬到煤窑宿舍里去，和别的工人在一起住。老刘家里也空徒四壁，小崔的烟袋也都没有了。

老何媳妇埋怨老何，说都是他卖地弄出来的祸，要不卖地，何至于叫人家注意来？他说：“小崔那个人太不好了，要不是他说出来，人家怎么知道你卖地了？把人家老刘也连累了。”

“那不能怨小崔的，到那时候，搁着谁也得那么说。”老何很能原谅小崔。

小崔对于老何倒是表示相当歉意，虽然自己是毫无办法，无可奈何。他对于老刘便不然了，谁叫老刘那天不送他回家呀，假如两个人走，不会遇到土匪的。

老刘虽然自己被绑觉得委屈，然而也是自找，怨不得别人。他也想到这里有一点因果关系，他们怨来怨去，都没有怨到土匪，倒觉得土匪是地上应当有的东西，就如同虫子里有蝎虿，兽里有豺狼一个样。人人都讨厌老鼠，人人都喜欢猫，可是老鼠也不可没有，若是没有老鼠，猫做什么呢？

他们到了一块儿，互相说到以后的办法。老何只有一条路，这条是老早老早就想到的，就是下窑。老刘有点发悚的样子，他知道自己的身体不大强壮了，背煤的事，恐怕干不来，况且自己都拴了骆驼，现在又下窑背煤，叫人家看着不好看。小崔说了：“还要好看？我说，治饿要紧。现在除了下窑别无生路。干，我说，我说没关系，谁不知道咱们被架了一回。”

实在，除了下窑，别无生路。于是三个人又背起煤筐来。老刘往窑下一走，腿都有点发颤，头也晕。到了底下，装上了煤，老刘老怕自己走半途背不动。

“咱们一块儿。”他说。

“你可真乏透了。”

老何说：“小崔在前头，我在后边，你在当间儿。走累了就歇会儿，别滚下来就得。”

三个人背着煤筐，走了不久，老刘便喘了起来，不时地歇一会儿。到要往上爬的时候，老刘在底下，望那窑的洞口，那么高耸而遥远，他没有上去便胆怯了。

“上啊，惯了也没有什么了。”老何鼓励道。

“我先上。”小崔先爬上去。老刘便跟在后面，老何在最后。爬了很远，老刘的腿简直不吃劲了。

“歇会儿吧。”他说。

“歇会儿。”小崔在前面也停住了。这时由上面很轻快地跑下一个人来。

“嗬，小崔，老刘，嗬，老何，你们三个人在一块儿?”

“一块儿不闷得慌。”老刘喘着说。那人却好像没有迈步似的溜了下去。

“走啊!”老何催老刘上了。他想到假如老是这样，一天背不了几趟煤呀。他们又往上爬，爬到半途，老刘要大便，他说：“老何，你先别走，我要拉屎了。”

“真泄气。”老何笑着说。

老刘一手握住梯木，一手来解裤。

“不成，老何你帮个忙儿吧!”老刘一只脚有点不吃劲。

“真糟心。”老何爬上来，把他的裤子扒下来。老刘便趴在那里，大小便一齐下来，臭味扑鼻。拉完了，也没法儿擦，老何给他系上裤子，老刘觉得轻松多了，又接续往上爬，爬出窑洞，称了分量，走到院子，把筐一卸，坐在煤块上，抽起烟来。

“老刘可真泄气了，妈的。”老何笑着说。

“乍一下窑，免不了这样。常了就好了，我说，慢慢来。”小崔说。

“今儿晚上是推是押?”老何问。

“不来了，累了一天，再赌一夜的钱，不成，没那个精神。”

老刘不敢赌钱了，虽然他想着赌钱赢了是比下窑背煤强得多，可是输了呢？

“我说，鬼啦神啦的你们不信？”小崔问老刘。

“你怎么又想起这个来？”老何反问他。

“你说还是人家老郭强，到阴间，楼房也有啦钱也存下来了，人家是想得远。可是那家伙太抠门儿了，一根烟袋都舍不得给我。虽然要了过来，到底还是弄没了。”

“你还想着烟袋呢。”老何说。

“我就说人都是命。你当了半天儿子，也什么都没落下。这就消停了，你看他现在也不闹了。人家赵经理买过来，就镇得住，人家多大造化！我说，人就别干亏心事，干亏心事没有好报应。生来男子汉，就得光明磊落。”

“你别讲道啦，”老何说，“下窑！妈的，没那些说的。”

老刘一听下窑，浑身的懒筋好像抻不直了，坐在那里真懒得动，不过汗一下去，凉风儿一吹，待着有点儿冷，“走吧。”又跟着他们下窑去了。

“留神老刘的屎。”小崔说，“抓一手没关系，这要是滑下去，腿就得折了啊！”

第七章 一夕哲学问题

一个月后，天越发短了。老何、老刘、小崔全在窑底下工作。老刘已经恢复了黑人的状态，老何越发黑了。

“你说这是命不是，生来就是干这个的，到底还是干这个，现在又是一个月了。我说。”小崔说了“我说”两个字之后，又没话了，只得叹息了一声。

“你又讲起道来。我多么倒霉，为你弄了一支会，头一个月你白使了，第二个月就叫赵四使了去，永不见面了，拐款潜逃，人家可不是找会头，他这一笔款子，就得我垫上，妈的，我也不想干了，这个月就停止了吧，万一再有一个把会款拐走了，我哪儿找人去?”老何虽然这样说，可是他并不着急，仿佛多少钱的债务，他都可以偿还得了。

“那天写会，我说，我一看就担着心，赵四的利钱写到八毛。”

“你说这年头儿，一块钱写八毛钱的利钱，这简直是急疯了，我算定这小子非飞不可。”

“现在人心不古，没办法!”老刘说。

“反正赵四也没有什么好报，这钱不一定走到什么地方就飞尼士了。”小崔还会说一句外国话。

“走吧，背好了筐。”老何说着，三个人背好了筐，一步一步地往外走。

“天不知道是什么时候了?”老刘说，“就剩下咱们三个人了。”

“快走吧，我怎么觉得不好。头发根儿老发毛，仿佛有什么大祸要下来似的。”小崔这几天老和因果报应干上了，好像受了什么刺激。

“别瞎说了！妈的。”

“歇一歇，我累了。”老刘说。

“就是这一筐，出去就没事了。我说，前面那个柱子可得留点儿神，别碰它，前几天我走在那儿，掉下一块大石头几乎砸在我的头上。我要是背着煤出去，那就糟了。我说，幸亏!”小崔有点发颤。

正这时候，只听得和地震一样的轰然巨响，他们三个人几乎都站不住脚，老刘竟倒在地上，煤也全撒了，吓得半天说不出话。

“我的煤全撒了。”老刘说。

“快把筐卸下来吧！妈的。”老何把筐卸下来。

“怎、怎么一、一回事?”老刘骇得发昏，虽然他已经知道不是什么吉兆。

“塌啦！把咱们堵在里头了，快退回去!”老何说。

老刘说不出话来，小崔坐在地上早就呆了，连动都不动，这时一阵煤气土气扑了进来，噎得难受，那股臭气，连呼吸都感到困难，他们便全伏在地上。

“咱们往里边爬着。”老何在头里叫他们。

“我爬不动了，拉我一下。”老刘说。

老何又回来，拉着老刘，又问小崔怎么样，小崔说：“爬还凑合。”他们便往里爬。爬了很远，爬到一个稍微宽广的一个地方，止住了。坐在地上，老何叫他们把头上的灯摘下来。

“先灭两个，留着一个灯亮着，别三个灯全亮着，那多费呀!”老何先把自己的灯吹灭了。

“留点儿神，”小崔说，“剩一个灯要是灭了就点不着了。”

“谁身上有洋火?”

“我有。”老刘是抽烟用的。

“那么小崔把你那个灯也灭了吧。”小崔听老何的命令，把灯灭了。光剩下老刘的灯亮着，照着老刘目瞪口呆的神气，假如没有煤色遮着，便可以看出他的面色惨白来。

三个人呆坐着，渐渐心里平静一些，他们全知道出去是无望了，公司只能花钱雇工人掘煤，不会花钱来掘人、来掘死尸。他们只有等着别的窑挖煤挖到这里，就可以出去了，但这只有万分之一的希望。生命能延持到多少天，还不知道。虽然窑里有一种传说，说被堵塞在矿底的人，可以拿煤做食料，拿地下的水做饮料，也可以延持数十年，不过那不叫人，而叫作“干麂子”，说他们已经是“非人非鬼”了。这种干麂子被救了出来，一见空气便会死掉。可是他们还没有见过，只是听到的一种传说。他们这时候脑筋里，都浮出那“干麂子”的印象来。

“外边人不知怎么着急呢?”老何推测窑外的情形。

“谁着急?除了自己的媳妇。哼!”小崔发牢骚。

“别说了，越说越难受!”老刘不敢想窑外的情形。

“别说啦，这都怨你，没有你，怎么能出去得晚?”小崔有点恨老刘，他觉得他的生命危险，两次都是因为老刘。

“这时候别打架了。”老何说，“咱们得想主意。”

“想什么主意呀?”小崔说。

“这里面有铁镐什么的，摸儿把咱们往外刨呀！”

“刨？就凭咱们三个人？你准知道塌多少啊。要是一丈两丈的也不用咱们刨，外边儿的就往里刨了。这一塌，没准儿就是几里地，你想，咱们是地底下呢，并不是平面哪！我说，洞口就离咱们三十多丈！”小崔这时仿佛视死如归，豁出去了。

老何同老刘也全萎靡不振了。看着灯火苗儿，半天没有主张。小崔却说个没完，大概他是神经错乱了。第一次受的刺激就不小，从那儿起就爱说，尽说些因果报应的话，现在他又说起来。

“你歇会儿好不好，妈的！”老何有点儿心急，听小崔说得有点乱得慌。

“反正想出去是不用打算了。我还便宜，使了一支会，给老婆留下点儿，这一来也不用上会了，我说，老何，你也上算哪，要不然还得包赔一个会钱。我老婆再领一点儿抚恤金，得啦，她能够过半辈子的。”小崔仿佛可以瞑目了。

“我还是佩服老郭，”小崔接着说，“老郭这家伙现在抖起来了。我要知道，我他妈的也先烧点儿纸寄点儿钱到阴间去，多享福啊！咱闹了半天，赤手空拳，还他妈的一样不好。这儿说阳间不阳间、阴间不阴间。真要是阴间，找找老郭，也倒不错。命！这叫武大郎攀杠子，上下够不着。阳间没有咱们这三块料了，阴间也没有咱们三个人的户口。你说别扭不别扭？”

“哎呀，我有点儿饿。”老刘说。

“饿？你吃我一块肉。这时候您还知道饿。”小崔简直看不上老刘了。

老何是始终不言语，他是在想主意，怎么求生，可是想了半天也想不出什么主意来。他也有点儿饿还有点儿渴，心里发躁。

“咱们得想想法子。”老刘说，“老何，你有什么办法没有?”

“小崔，你也别尽说了，想个主意要紧。”

“没主意，”小崔说，“这时候认命吧。这不是前辈子没做好事，就是这辈子没做好事。我说……”

“喂，我想起来了。”老何惊呼起来。老刘和小崔也为之一惊，听他有什么好主意。

“这里有一条路可以出去。”

“真的吗?”老刘大喜若狂。

“你们还记得前几天不是有一条路挖得很远，和别的窑不是挖通了吗？那次几乎双方打了起来。后来双方就不再走那条路了。咱们慢慢地找找那条路，虽然那个口儿很窄，可是能通到别处，不是就能出去吗？一时竟吓晕了，把这条路忘了，现在才想起来，妈的!”

老刘和小崔听了，狂喜不禁，叫老何前面领路，老何拿着灯，那两个灭的灯却叫老刘和小崔拿着。老刘和小崔似乎也不饿了，跟着老何，一步一步走去。走了几条路，都不对。

“怎么找不着了呢?”老何抓了抓脑袋，“我记得有一条极窄的长洞。”

“对啦，我也记得，那个洞将容个身子进去，脑袋还得歪着。”老刘也想了起来。

“慢慢地找，别着急。我说，直当没有这么一条路。”小崔当真不着急，因为他准知道是出不去了。

“啊，找着了!”老何又惊呼起来，“往这里走。”

老刘和小崔又惊一次，跟着他在后面摸。果然摸到了，是一条极窄的洞，很深很深，进到洞里必须爬着，而且脑袋也不正着。

“你们跟着我爬，留神脑袋。这个灯先放在洞外头吧。”老何把灯放在洞外，便往洞里爬。

“这灯灭不灭呢?”老刘问。

“有洋火就灭了它。”

老刘把灯弄灭了，立刻漆黑得什么也看不见了。他说：“我跟着老何。”

老何就往里爬，老刘和小崔在后边跟着。两只手在前摸着，脑袋歪着，慢慢往前头爬。爬了很久只听老何嚷道：“退回去吧！别进啦!”

“怎么回事?”他们惊讶而泄气地问。

“退回去再说，这里不通了。”

“不是这条路吗?”老刘仍存着一线希望。

“是这条路，不过叫他们给堵上了。大概是怕水冲过去。也许是早就堵上了，妈的。”

老刘和小崔又凉了。

“喊一喊试试。”老刘仍不死心。

“喊也无用，那就听得见了吗？我说，回去吧。我早就说不成，这是命!”小崔一边退一边说。

他们又往外退，往外退比往里进更显着难了。老刘退到洞外，便倒在地上，不能起了。老何退了出来，便叫老刘拿洋火点灯，老刘没有答应，叫了几声只是不言语。小崔说：“大概是晕过去啦。”老何说：“摸摸他，先点上灯要紧。”他们摸着了老刘，又摸着了洋火，把灯点亮，再看老刘，软作一摊。他们把他弄醒过来。老刘哭了。

“真泄气!”老何说，“死就死了，真得这么丧气!”

“我说，你不知道，他还有心里惦记的人。”小崔特别恨老刘，老刘只是不语。他们坐在地上，小崔叨唠不停，老何也不知他说的是什么，也没有往耳里听，自己坐着。渐渐三个人都疲乏了，都入了睡乡。老何把灯又弄灭了。肚里饿，紧了紧裤腰带，渴是没办法，恨不能喝灯里的油。

老刘和小崔都躺在地上睡，老何是坐在地上，靠着石壁，沉闷，一点儿声息也没有。

一觉醒来，仍是黑漆漆的，也不知是什么时候了。老何摸了老刘的洋火，把灯点着，小崔也醒了，好像一边说着睡语一边醒的。老刘打了一个哈欠，往起就爬，仿佛要站起来。

“怎么还没天亮？”

“哪儿有天亮啊？天亮咱们也不知道。”

老刘醒了过来，又觉得一阵悲哀，颓然坐下了。

“大概你当是在家呢。”小崔带讽刺地说。

“老何，”老刘说，“咱们得想主意出去呀！”

“出去？”小崔说，“除非是咱们命大，要不然求老郭给咱们在阎王爷那儿报名，叫阎王爷把咱们赶快抓走。”

“小崔你怎么老说这些话？”老刘说。

“不说这些话说什么？说抱着娘儿们睡觉，也得办得到呀！”

“别说了，有这精神留一留，多活一会儿多点儿希望。”老刘到这时候总还是怕死，虽然他知道这样活着的确不如死了。

老何始终不言语，沉默又沉默，许久许久，灯光渐渐暗下来。

“那个灯呢？”老何问。

“在这边儿呢。我说，点不点都没有关系啦。”

“不，点上好，我拿去。”老刘爬了过去。把灯拿过来，他觉得有灯照着老何和小崔，知道这个世界里还不是自己一个人，多少有点儿安慰。老何把这个灯又点着了，四下里照了照，好像里面离着外面只有一尺的距离，其实自己也明知道至少离地面有二十多丈。

“我饿呢!”老刘颤声地说。

小崔不搭理他的话了，他自己净跟自己说着。老何同老刘听了，有时候懂有时候又不懂。老何心里一阵阵发急，可是又没有办法，摸了摸壁上的石头，连动也不能动一分。

“老何，我饿呀。”老刘平时总以为比老何聪明，这时竟向老何求救了，虽然知道老何也是没主意，不过这时候喊一喊，也好像可以安慰似的。

“你别不害臊了!”小崔说，“这时候你又叫老何了。你想你对得起老何吗？抱着老何的媳妇睡觉的时候，你怎么不叫老何呢？”

“什么？妈的。”老何火儿上来了。

“你媳妇跟老刘睡觉，谁不知道呢。”小崔像疯了一般，老刘却呆了，瞪眼望着老何。

老何本来就着急，他一听这话，怒不可抑。饿虎扑食似的就奔了老刘来，老刘骇得直打战。

“妈的，你原来是这么一块东西。先我听别人说，都不大信，后来连你媳妇都他妈的说出来了。你这小子，吃人饭不拉人屎!”老何过来便扑老刘。老刘跪下了，哀告地说：“老何!我错了，我再不敢了。”

“妈的一回就够了，先打发你上阴间吧!”老何把老刘扑倒，便掐他的脖子。小崔在旁边看着连动也不动，自言自语地说：“对呀!老刘也㞞骨头，再活也活不了两天了。还怕死，真奇怪，他愿意那么死不愿意这么死。老何也是，反正他也活不了啦，何必又把他弄死呢？这是为出气，可是出气谁又看见了？媳妇反正是人家的了，不是人家的也不是你的了，干吗还这么动气？唉，这是命，因果报应，就是这么一会儿，都得报应一下。他们都不懂。”说到这里，只听老刘一声惨号，便不再动弹了。老何又坐在一边，气喘喘的。

“他报应了，你呢？”小崔问老何。

“我有什么报应？”

“你把他弄死，你不是也得报应吗？”

“我把他弄死，那便是他的报应，跟我有什么关系？”老何很有理由。

“可是你得自首呀！自首才能没罪，不自首便算杀人。”小崔不知哪儿来的这些理论。

“我哪儿自首去呢？妈的我倒想自首，可是我出得去吗？”老何抓了抓脑袋，又说：“有你做证也成了。”

小崔没有言语，灯又没油了，渐渐熄灭了。“小崔，你把那个灯点上！”

“我动弹不了，灭着去倒好。”小崔说。

老何便过去，从老刘身上摸出洋火来。把那只灯又点着了，站起来，拾起一把斧头，提着灯，晃晃悠悠地走到塌陷的地方，小崔看了看他，始终没有动弹。老何拿起斧子，砍了几下，一块石头也没砍动，听那声音，一点不像空洞的样子，听了听，什么声音也没有，只是小崔自言自语的声音时常送过来。他颓然地又回到原处，想和小崔说话，可是小崔只是自言自语的，并不理他。

过了许久许久，小崔说话的声音越来越低，说得老何困了上来，可是又饿，睡不着。搬过一块石头，拄在肚子地方，伏着睡去。蒙眬间，见拥进许多人来，他一看，不禁大喜，连忙叫道：“我在这儿呢。”大家一见，也自欢喜，把他拉了出去。大家便问老刘，“老刘叫我弄死啦!”他趾高气扬，这回可有自首的机会。“我老何做事，敢作敢当。我不能像老刘，我宁肯挨剐，也不愿死在那里。”大家都鼓掌，说他大丈夫光明磊落。老何的媳妇也跑了来，抱着他直哭，他老了，也不禁落了几滴眼泪。大家便摆酒席给他压惊，他真是饿极了，看那许多菜，垂涎欲滴，大吃大嚼，可是酒已经喝得头晕了，而菜却总吃不够，越吃越不饱。席间他说：“我再发了财，我决不干这个了。”老何说。“再多待几天，根本连发财都不想发了。”甲说。“再多待几天，连出来都不愿意出来了。”乙说。大家笑着，菜吃完了，老何还没饱，便跟媳妇到家去吃。“老刘欺侮你了?”老何对媳妇说。媳妇哭了，哭得很委屈，老何也哭了，哭得很悲哀。他自己竟哭醒了，睁眼一看，黑漆一片，才知道自己是在做梦，可是梦里的悲哀，还存在着。想到这是梦，便更悲哀了。灯好像灭了好多时，他不知道这是什么时候。小崔已经沉寂了，不说话了，不过呼吸气还听得出，好像在睡着。“小崔!”他叫了一声，小崔没言语，他的泪涌出来。

他爬了起来，头有些晕，扶着石壁站起，想各处摸一摸，不料一脚踏在老刘的尸身上，把他绊了一跤，头正碰到一块突出的大石上。

他再也起不来了。

图书在版编目（CIP）数据

爱染情丝·磊落／耿郁溪著．－－北京：中国文史出版社，2021.3

（民国通俗小说典藏文库．耿郁溪卷）

ISBN 978－7－5205－2736－1

Ⅰ．①爱… Ⅱ．①耿… Ⅲ．①长篇小说－中国－现代 Ⅳ．①I246.5

中国版本图书馆 CIP 数据核字（2020）第 246216 号

责任编辑：蔡晓欧

出版发行：**中国文史出版社**

社　　址：北京市海淀区西八里庄路 69 号院　邮编：100142

电　　话：010－81136606　81136602　81136603（发行部）

传　　真：010－81136655

印　　装：北京新华印刷有限公司

经　　销：全国新华书店

开　　本：720×1020　1/16

印　　张：16.75　　　字数：188 千字

版　　次：2021 年 3 月第 1 版

印　　次：2021 年 3 月第 1 次印刷

定　　价：59.80 元